KB053557

당시대관

唐詩大觀

1권

陳起煥 편역

明文堂

唐 太宗(당 태종) 李世民(이세민)
《臺灣國立古宮博物館》

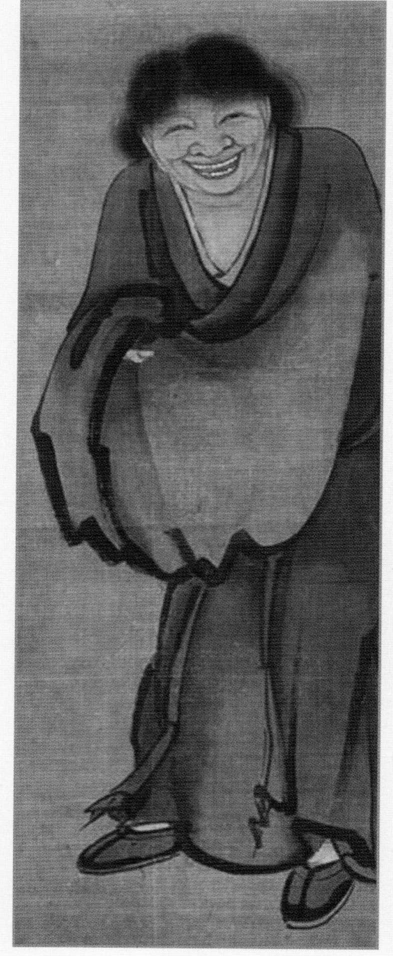

寒山(한산)
『寒山拾得圖(한산습득도)』
《東京國立博物館藏》

駱賓王(낙빈왕)
《晩笑堂竹莊畫傳(만소당죽장화전)》

王勃(왕발)
《晩笑堂竹莊畫傳(만소당죽장화전)》

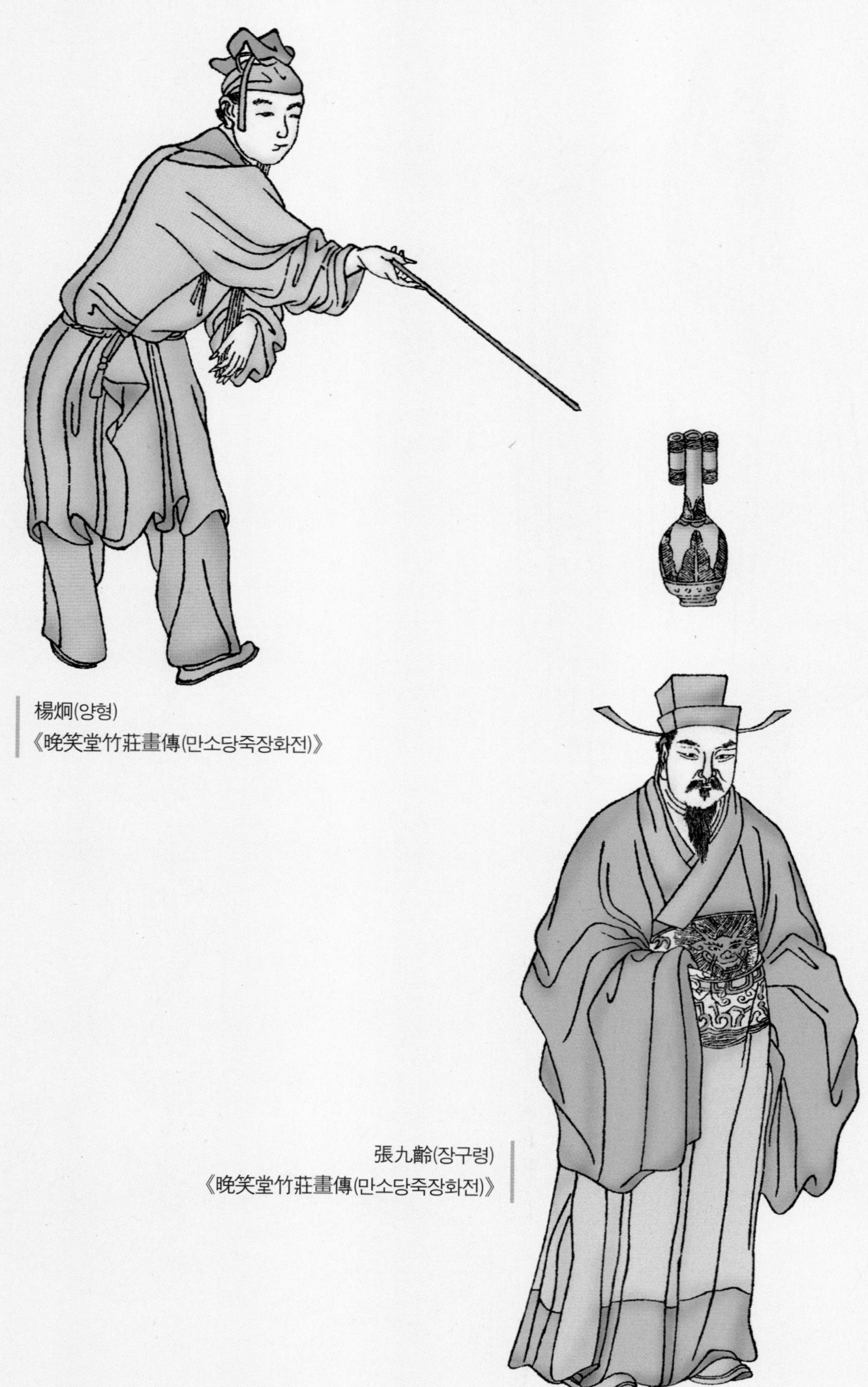

楊炯(양형)
《晩笑堂竹莊畫傳(만소당죽장화전)》

張九齡(장구령)
《晩笑堂竹莊畫傳(만소당죽장화전)》

당시대관

唐詩大觀

[1권]

陳起煥 편역

머리말

唐詩(당시)는 중국 詩 文學의 최고 성취라고 자부하면서, '중국은 詩의 나라' 이라고 자랑하는 중국인이 많다. 그만한 자부심을 인정할 수밖에 없을 정도로, 그들의 언어와 문화 속에 唐詩는 여전히 살아있다.

唐詩는 시인의 영혼이 깃들었기에 죽지 않는 靈物(영물)이고, 그런 시를 지은 시인은 우리 주변에 지금도 함께 머물고 있다.

白居易의 〈游趙村杏花〉

趙村紅杏每年開，十五年中看幾回.
七十三人難再到，今春來是別花來.

趙村의 붉은 살구꽃 해마다 피는데,
열다섯 해에 몇 번이나 보았던가?
일흔셋 내가 다시 오기 어려우니,
올봄은 꽃과 이별 하려 여기 왔네.

산속에 홀로 핀 벚꽃보다 모두가 바라보는 마을의 살구꽃이 더 아름답다. 조촌의 살구꽃은 1,200년이 지났어도 독자와 함께 해마다 꽃을 피운다. 그렇다면 백거이의 시는 살구나무에 생명을 넣어준 영물이 아닌가?

바닷물은 표주박으로 헤아릴 수 없다. 우물 바닥에 앉아 하늘을 본다면? 작은 식견으로는 큰 뜻을 헤아릴 수 없다. 큰 산은 높은 곳에서 조망하고, 大道나 眞理는 수행으로 크게 깨달아야 한다.

大觀(대관)은 장대하고 화려한 전체를 새롭게 인식하여 내 것으로 내면화시킨다. 자신의 관심만을 표준으로 삼는다면 전체 파악이 어렵고 큰 흐름을 볼 수 없다. 대관은 大志로 멀리 보고 正中으로 正道를 확인하며, 微細(미세)로 作爲(작위)하지 않기에 사물을 達觀(달관)할 수 있다. 그러니 우리는 이제 唐詩에 관해서도 大觀을 얻어야 한다.

우리나라 저명한 시인의 대표작을, 고등학교 국어교과서에 수록된 그런 시만을 우리가 골라 읽고 좋아하는가? 그렇지는 않다. 여럿이 모두 좋아하는 시인이지만, 그 시인의 작품에 대해서도 독자마다 좋아하는 시가 다르다.

대학 교재에 수록된 唐詩, 전공 교수들이 편역한 詩들은 당시를 대표하는 名作이다. 그러나 당시를 진정 즐기는 사람들은 名人의 명작만을 골라 좋아하지는 않는다. 젊은 날 좋아하던 시를 늙어서도 좋아하는가? 지금 내게 와 닿는 시가 나에게는 명작이다.

좁고 깊게 파고든 분석적 감상이 아닌, 넓고도 다양하게 唐詩를 즐기려는 독자를 위해 唐詩의 큰 마당을 펼쳐 놓아야 한다. 패션을 위해 특화된 거리에서 다양한 의상을 보고 고르는 것처럼, 당나라 시인을 모두 불러내고, 그들의 다양한 작품들을 전부 펼쳐 놓아야 한다. 그러면 당시를 즐기는 사람이 골라 읽고 즐길 수 있다.

필자는 唐詩를 이론적으로 분석하거나, 詩論을 전개하기보다는 충분한 자료 제공과 바른 번역으로 唐詩에 대한 이해와 감상을 돕기 위해 《唐詩大觀》을 選譯(선역)했고, 美意識과 審美眼(심미안)이 넓게 트일 수 있도록 《唐詩大觀》을 기획했다.

唐詩의 진면목을 누구나 보고 즐기며 鑑賞(감상)할 수 있도록 《唐詩大觀》을 엮었다. 하늘의 보름달이 밝아도 빛나는 별이 있듯, 李白과 杜甫, 王維와 나란히 섰어도 빛을 잃지 않는 시인과 그런 시인의 명작을 찾을 수 있도록 《唐詩大觀》을 꾸몄다.

두보는 '語不驚人死不休(詩語가 사람을 놀래지 못한다면 죽어도 멈출 수 없다.)' 고 하였다. 詩囚(시수)라는 별칭을 얻은 시인이 있었고, 몸이 허약했던 李賀(이하)는 좋은 시를 얻으려 거의 탈진할 정도로 노력했다. 그렇게 창작된 시를 제대로 느끼려면 독자도 그만큼 노력해야 한다.

필자는 시인의 감정에 가까이 가려 노력했고, 앞으로도 그렇게 독자를 도울 것이다. 어차피 시의 감상은 독자의 몫이고, 또 시인의 심정으로 이해하려 노력할 때, 시를 진정으로 좋아하고 즐길 수 있을 것이다.

《唐詩大觀》은 唐詩 감상의 새 地平을 여는 우리나라 최초의 획기적 도전이다.

2020. 8. 16.

陶硯 陳起煥

일러두기

1) 본《唐詩大觀》은 唐代의 시인 200명의 작품 1,400首(수)를 정선하여 번역하면서 이해와 감상에 필요한 내용을 설명하였다.

2) 唐詩를 일반적인 분류에 따라 初唐, 盛唐, 中唐, 晩唐의 4시기 구분에 의거하면서, 시인은 唐初부터 당말, 五代까지 대략적인 출생 연대순으로 수록하였다.
그러나 유명 시인일지라도 그 생졸 연도가 자료에 따라 서로 다를 수 있다. 그리고 시의 감상과 이해에 생졸 연대는 그리 중요하지 않다고 생각하지만, 시에 대한 이해나 시인 상호간 관계를 파악할 수 있기에 편의상 시대 순으로 수록하였다.

3) 시인의 생졸과 경력, 작품이나 특성은 간략히 발췌 소개하였고 시인과 관련된 여러 참고 자료를 수록하였다. 元나라 辛文房(신문방)이 (1304년) 撰(찬)한《唐才子傳》의 내용도 참고로 인용하여 시인에 대한 이해를 도왔다.

4) 작품은 다양한 영역에 걸쳐 골랐는데 우리 독자가 쉽게 이해할 수 있으며, 잘 알려진 시 또는 시인의 특성을 파악하는데 도움이 되는 작품을 정선하였다. 시인의 지명도에 따라 선역한 작품 수에 차이를 두었다.

5) 각 시인별로 五言과 七言의 絶句(절구)와 律詩(율시), 古體詩와 장문의 歌行體 등 시인의 특성을 알 수 있는 작품을 골고루 선정 수록하였다.

6) 古·新體詩, 절구나 율시를 막론하고 詩에 필요 없이 들어간 글자는 없다. 五言의 경우 한 글자를 번역하지 않으면 곧 四言詩가 된다. 글자 하나를 번역 않을 수도 없지만, 원작에도 없는 뜻을 넣어서 번역해도 안 된다.

   唐詩는 형식의 틀이 있고 그 형식은 번역 과정에서 변형되어서도 안 된다. 또 詩의 國譯 역시 詩가 되어야 한다. 곧 설명식 번역을 하지 않았다.

7) 필자의 경험에 의하면 漢文에서 漢字 1자는 평균적으로 우리 말 3자 정도로 번역된다. 唐詩의 번역에서 五言은 우리말 15자, 7언은 21자를 넘기지 않았다. 우리 말 번역에서도 정선된 詩語가 꼭 필요하다.

8) 唐詩는 그때 그 시인의 감정이며 情緒(정서)이다. 唐詩의 우리말 번역서가 책마다 크게 다름을 그간 익히 보았다. 번역자의 감정이 아닌 시인의 감정에 충실하려 노력하였다.

9) 唐詩의 제목은 無題(무제)로 덧말입력을 했다. 원문은 덧말입력을 하지 않았지만 **|註釋|**이나 **|詩意|**에서 어려운 글자에 대한 보충설명을 많이 했다. 우리말 번역에서 필요한 漢字는 그대로 수록하였다. 그리고 알기 쉬운 한자 말은 굳이 우리말로 옮기지 않았다.

   詩題와 원문에 이어 국역과 주석, 그리고 이해와 감상에 필요한 참고자료도 수록했는데, 【作者】에 대한 설명은 그 생애와 詩風 등을 소개하였다.

| 註釋 |은 〈詩題〉 해설에 이어 각 句의 이해를 위한 한자 音訓, 典故, 역사 지리적 자료 등을 설명하였다.

| 詩意 |는 시 전체에 대한 설명이며, 시 감상을 위한 분석과 보충 설명, 詩話, 詩評 및 관련 작품이나 逸話(일화) 등을 수록하였다.

| 參考 |는 그 시를 이해하기 위한 다른 자료의 소개이다. 史書 기록이나 일화 등을 수록하였다.

10) 詩體나 詩律, 詞語 등에 관한 용어는 전체적으로 모아 설명하지 않았고, 작품을 감상하면서 필요에 따라 나오는 대로 설명하였다.

11) **| 詩意 |**에서는 역자가 느끼는 감정이나 정서를 鑑賞(감상)의 방편으로서 언급한 부분이 있는데, 이는 어디까지나 참고용이다. 原詩 이해에 필요한 설명과 정확한 번역이 있다면 그 감상은 독자의 몫이다. 독자에 따라 감상을 달리할 수 있으며 그것은 독자의 권리이다. 이는 편역한 필자의 소신이기에 여기에 언급한다.

12) 도서는《 》로, 詩題, 제목이 있는 문장은 〈 〉, 경서 등 서책의 引用句는「 」, 연대는 帝號에 연호를 표기하고, 서기 연대를 병기하였는데 '년' 은 생략하였다.

13) 이《唐詩大觀》은 전질 7권으로 편집하였다.

14) 이《唐詩大觀》을 집필하면서 참고한 도서는 다음과 같다.

《唐詩鑑賞大辭典》 — 楊旭輝 主篇, 中華書局, 2012.

《唐詩鑑賞辭典》 — 蕭滌非 등. 上海辭書出版社, 1996.

《唐詩鑑賞辭典》 — 傅德岷 盧晋 主編, 湖北辭書出版社, 2005.

《唐詩百科大辭典》 — 王洪, 田軍 主編. 光明日報出版社, 1994.

《全唐詩大辭典》 — 張滌華 主編. 山西人民出版社, 1995.

《全唐詩典故辭典》(上, 下) — 范之麟, 吳庚舜 主編. 湖北辭書出版社, 2001.

《唐詩大辭典》 — 周勛初 主編. 江蘇古籍出版社, 1992.

《唐詩本事研究》 — 余才林 著, 上海古籍出版社, 2010.

《唐詩故事集》 — 王一林 編著. 中國文聯出版社, 2000.

《唐人絶句精華》 — 劉永濟 選釋, 中華書局, 2010.

《新譯 唐詩三百首》 — 邱燮又 譯, 戴明坤 注音, 三民書局, 1983.

《唐詩三百首》 — (清) 孫洙 編, 周嘯天 註評. 南京 鳳凰出版社, 2005.

《中國文學史》(上, 下) — 鄭振鐸 著. 北京聯合出版公司, 2014.

《唐詩別裁集》(全 六卷) — 淸 沈德潛 編, 徐盛 옮김, 소명출판, 2013.

《唐才子傳》 — 申文房 著, 임동석 역주. 김영사, 2004.

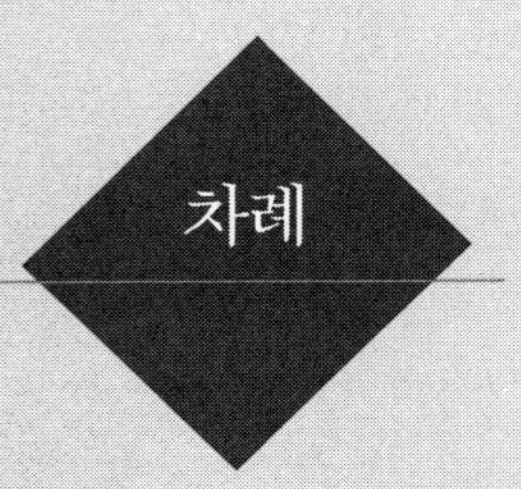

차례

二. 唐代 文學 槪觀 104

제1부 初唐의 詩

제2부 盛唐의 詩

《唐詩大觀》 부록

제2권 목차

(一), 〈同從弟南齋翫月憶山陰崔少府〉

005 祖詠(조영) ; 〈終南望餘雪〉, 〈別怨〉, 〈望薊門〉

006 孟浩然(맹호연) ; 〈春曉〉, 〈宿建德江〉, 〈送朱大入秦〉, 〈送友人之京〉, 〈尋菊花潭主人不遇〉, 〈洛中訪袁拾遺不遇〉, 〈渡浙江問舟中人〉, 〈送杜十四之江南〉, 〈黃鶴樓送孟浩然之廣陵〉, 〈早寒江上有懷〉, 〈望洞庭湖贈張丞相〉, 〈歲暮歸南山〉, 〈自洛之越〉, 〈與諸子登峴山〉, 〈宴梅道士房〉, 〈寄天台道士〉, 〈過故人莊〉, 〈秦中感秋寄遠上人〉, 〈宿桐廬江寄廣陵舊遊〉, 〈留別王侍御維〉, 〈秋登蘭山寄張五〉, 〈夏日南亭懷辛大〉, 〈宿業師山房待丁大不至〉, 〈夜歸鹿門歌〉

007 常建(상건) ; 〈三日尋李九庄〉, 〈塞下〉, 〈宿王昌齡隱居〉, 〈題破山寺後禪院〉

008 王灣(왕만) ; 〈閏月七日織女〉, 〈次北固山下〉

009 劉昚虛(유신허) ; 〈闕題〉, 〈莪葵花歌〉

010 王維(왕유) ; 一. 詩人 王維

二. 天才의 開花와 시련 ; 〈題友人雲母障子〉, 〈息婦人〉, 〈九月九日憶山東兄弟〉, 〈少年行 四首〉 (其一), 〈少年行 四首〉 (其二), 〈少年行 四首〉 (其三), 〈少年行 四首〉 (其四), 〈洛陽女兒行〉, 〈桃園行〉, 〈李陵詠〉, 〈夷門歌〉, 〈宿鄭州〉, 〈初出濟州別城中故人〉, 〈喜祖三至留宿〉, 〈送別〉, 〈寒食汜上作〉, 〈送綦毋潛落第還鄉〉

三. 超脫과 佛心;〈書事〉,〈山中寄諸弟妹〉,〈皇甫嶽雲溪雜題 五首〉,〈蓮花塢〉,〈鸕鷀堰〉,〈上平田〉,〈萍池〉,〈相思〉,〈雜詩 三首〉(其一),〈雜詩 三首〉(其二),〈雜詩 三首〉(其三),〈秋夜曲〉,〈送沈子福歸江東〉,〈歸嵩山作〉,〈終南山〉,〈送劉司直赴安西〉,〈千塔主人〉,〈過香積寺〉,〈過感化寺曇興上人山院〉,〈早秋山中作〉,〈淇上田園卽事〉,〈藍田山石門精舍〉,〈贈裴十迪〉

四. 官職과 樂道;〈哭孟浩然〉,〈送別〉,〈送別〉(五古),〈漢江臨眺〉,〈送崔九弟欲往南山〉,〈送元二使安西〉,〈伊州歌〉,〈送趙都督赴代州得青字〉,〈送張五歸山〉,〈送丘爲落第歸江東〉,〈獻始興公〉,〈使至塞上〉,〈隴西行〉,〈曉行巴峽〉,〈觀別者〉

五. 輞川 閑居;〈孟城坳〉,〈華子岡〉,〈文杏館〉,〈斤竹嶺〉,〈鹿柴〉,〈木蘭柴〉,〈茱萸沜〉,〈宮槐陌〉,〈臨湖亭〉,〈南垞〉,〈欹湖〉,〈柳浪〉,〈欒家瀨〉,〈金屑泉〉,〈白石灘〉,〈北垞〉,〈竹里館〉,〈辛夷塢〉,〈漆園〉,〈椒園〉,〈山中 二首〉(其一),〈山中 二首〉(其二),〈田園樂 七首〉(其一),〈田園樂 七首〉(其二),〈田園樂 七首〉(其三),〈田園樂 七首〉(其四),〈田園樂 七首〉(其五),〈田園樂 七首〉(其六),〈田園樂 七首〉(其七),〈檻題輞川別業〉,〈山居秋暝〉,〈終南別業〉,〈春中田園作〉,〈山居卽事〉,〈春園卽事〉,〈新晴野望〉,〈秋夜獨坐〉,〈冬夜書懷〉,〈輞川閑居贈裴秀才迪〉,〈酬張少府〉,〈輞川別業〉,〈積雨輞川莊作〉,〈酌酒與裴迪〉, 〈春日與裴迪過新昌里訪呂逸人不遇〉, 〈酬諸公見過〉, 〈渭川田家〉, 〈青谿〉, 〈春夜竹亭贈錢少府歸藍田〉, 〈奉寄韋太守陟〉

六. 만년의 詩佛 ; 〈別輞川別業〉, 〈歎白髮〉, 〈凝碧詩〉, 〈偶然作 六首〉 (其六), 〈酬郭給事〉, 〈送邢桂州〉

011 裴迪(배적) ; 〈送崔九〉, 〈華子岡〉

제3권 목차

001 崔顥(최호) ; 〈長干曲 四首〉 (其一), 〈長干曲 四首〉 (其二), 〈長干曲 四首〉 (其三), 〈長干曲 四首〉 (其四), 〈黃鶴樓, 行經華陰〉

002 孫逖(손적) ; 〈同洛陽李少府觀永樂公主入蕃〉, 〈宿雲門寺閣〉

003 崔國輔(최국보) ; 〈怨詞 二首〉 (其一), 〈古意〉, 〈長信草〉, 〈少年行〉, 〈采蓮曲〉, 〈小長干曲〉, 〈中流曲〉, 〈九日〉

004 張旭(장욱) ; 〈桃花谿〉, 〈山中留客〉

005 李白(이백) ; 一. **詩仙 李白의 生平**

二. **五言絶句** ; 〈重憶〉, 〈夜下征虜亭〉, 〈贈內〉, 〈怨情〉, 〈越女詞 五首〉 (其一, 三, 五), 〈憶東山 二首〉 (其一), 〈勞勞亭〉, 〈獨坐敬亭山〉, 〈哭宣城善釀紀叟〉, 〈夏日山中〉,

〈自遣〉, 〈秋浦歌 十七首〉(其四), 〈秋浦歌 十七首〉(其十四), 〈秋浦歌 十七首〉(其十五), 〈望木瓜山〉, 〈奔亡道中 五首〉(其一), 〈高句驪〉, 〈靜夜思〉

三. 七言絶句; 〈山中與幽人對酌〉, 〈山中問荅〉, 〈客中行〉, 〈秋下荊門〉, 〈望廬山瀑布〉, 〈少年行 二首〉(其二), 〈春夜洛城聞笛〉, 〈越中懷古〉, 〈橫江詞 六首〉(其一), 〈橫江詞 六首〉(其五), 〈峨眉山月歌〉, 〈宣城見杜鵑花〉, 〈東魯門泛舟 二首〉(其一), 〈望天門山〉, 〈贈汪倫〉, 〈清平調 三首〉(其一), 〈清平調 三首〉(其二), 〈清平調 三首〉(其三), 〈聞王昌齡左遷龍標遙有此寄〉, 〈黃鶴樓送孟浩然之廣陵〉, 〈永王東巡歌 十一首〉(其二), 〈黃鶴樓聞笛〉, 〈早發白帝城〉, 〈陪族叔刑部侍郎曄及中書賈舍人至遊洞庭 五首〉(其二), 〈結襪子〉

四. 五言·七言律詩; 〈送友人〉, 〈江上寄巴東故人〉, 〈送友人入蜀〉, 〈贈孟浩然〉, 〈渡荊門送別〉, 〈魯郡東石門送杜二甫〉, 〈沙丘城下寄杜甫〉, 〈聽蜀僧濬彈琴〉, 〈夜泊牛渚懷古〉, 〈對酒憶賀監 二首〉(其一), 〈對酒憶賀監 二首〉(其二), 〈待酒不至〉, 〈太原早秋〉, 〈王右軍〉, 〈送張舍人之江東〉, 〈清溪行〉, 〈戲贈鄭溧陽〉, 〈嘲王歷陽不肯飮酒〉, 〈登金陵鳳凰臺〉, 〈金陵城西樓月下吟〉, 〈早春寄王漢陽〉, 〈題東谿公幽居〉, 〈上李邕〉, 〈鸚鵡洲〉

五. 五言古詩; 〈登峨眉山〉, 〈下終南山過斛斯山人宿置酒〉, 〈月下獨酌 四首〉(其一), 〈月下獨酌 四首〉(其二),

〈春思〉, 〈友人回宿, 春日醉起言志〉, 〈古風 五十九首〉(其二十四), 〈經下邳圯橋懷張子房〉, 〈蘇武〉, 〈紫騮馬〉, 〈三五七言〉, 〈攜妓登梁王棲霞山孟氏桃園中〉

六. 七言古詩；〈廬山謠寄盧侍御虛舟〉, 〈白雲歌送別劉十六歸山〉, 〈夢遊天姥吟留別〉, 〈金陵酒肆留別〉, 〈宣州謝朓樓餞別校書叔雲〉, 〈送羽林陶將軍〉, 〈思邊〉, 〈南陵別兒童入京〉, 〈把酒問月〉, 〈醉後答丁十八以詩譏余搥碎黃鶴樓〉, 〈草書歌行〉, 〈流夜郎贈辛判官〉, 〈臨路歌〉

七. 五古·七古樂府；〈關山月〉, 〈將進酒〉, 〈子夜吳歌 春歌〉, 〈子夜吳歌 夏歌〉, 〈子夜吳歌 秋歌〉, 〈子夜吳歌 冬歌〉, 〈長干行 二首〉(其一), 〈玉階怨〉, 〈王昭君〉, 〈戰城南〉, 〈從軍行〉, 〈長相思 二首〉(其一), 〈長相思 二首〉(其二), 〈烏棲曲〉, 〈烏夜啼〉, 〈采蓮曲〉, 〈行路難 三首〉(其一), 〈行路難 三首〉(其二), 〈行路難 三首〉(其三), 〈蜀道難〉, 〈襄陽歌〉

006 高適(고적)；〈田家春望〉, 〈送兵到薊北〉, 〈營州歌〉, 〈九曲詞 三首〉(其三), 〈別董大 二首〉(其一), 〈別董大 二首〉(其二), 〈除夜作〉, 〈秋日作〉, 〈塞下曲〉, 〈封丘作〉, 〈邯鄲少年行〉, 〈人日寄杜二拾遺〉, 〈燕歌行〉

007 儲光羲(저광희)；〈江南曲 四首〉(其一), 〈江南曲 四首〉(其三), 〈長安道〉, 〈洛陽道〉, 〈明妃曲 四首〉(其二), 〈明妃曲 四首〉(其三)

008 張謂(장위)；〈早梅〉, 〈題長安壁主人〉

제4권 목차

七絶句〉(其一),〈江畔獨步尋花 七絶句〉(其三),〈江畔獨步尋花 七絶句〉(其五),〈江畔獨步尋花 七絶句〉(其六),〈漫興 九首〉(其一),〈漫興 九首〉(其二),〈漫興 九首〉(其四),〈漫興 九首〉(其五),〈漫興 九首〉(其八),〈貧交行〉,〈蕭八明府實處覓桃栽〉,〈詣徐卿覓果栽〉,〈春水生 二絶〉,〈江南逢李龜年〉

四. 五言律詩;〈月夜〉,〈春望〉,〈春宿左省〉,〈至德二載甫自京金光門出間道~〉,〈一室〉,〈月夜憶舍弟〉,〈遣興〉,〈垂白〉,〈遊龍門奉先寺〉,〈春日憶李白〉,〈天末懷李白〉,〈奉濟驛重送嚴公 四韻〉,〈別房太尉墓〉,〈旅夜書懷〉,〈登岳陽樓〉,〈江漢〉,〈春夜喜雨〉,〈南征〉,〈樓上〉

五. 七言律詩;〈曲江 二首〉(其一),〈曲江 二首〉(其二),〈秋雨歎 三首〉(其一),〈客至〉,〈野望〉,〈江上値水如海勢〉,〈聊短述〉,〈聞官軍收河南河北〉,〈登高〉,〈登樓〉,〈宿府〉,〈閣夜〉,〈蜀相〉,〈詠懷古跡 五首〉(其一),〈詠懷古跡 五首〉(其二),〈詠懷古跡 五首〉(其三),〈詠懷古跡 五首〉(其四),〈詠懷古跡 五首〉(其五),〈秋興 八首〉(其一),〈秋興 八首〉(其三),〈秋興 八首〉(其五),〈建元中寓居同谷縣作歌〉,〈進艇〉,〈江村〉,〈晝夢〉

六. 五言·七言古詩;〈望嶽〉,〈戱簡鄭廣文兼呈蘇司業〉,〈贈魏八處士〉,〈佳人〉,〈夢李白 二首〉(其一),〈夢李白 二首〉(其二),〈寄李十二白二十韻〉,〈夏日李公見訪〉,〈新安吏〉,〈潼關吏〉,〈石壕吏〉,〈新婚別〉,〈垂老別〉,

〈無家別〉, 〈飮中八仙歌〉, 〈悲陳陶〉, 〈韋諷錄事宅觀曹將軍畵馬圖〉, 〈丹靑引 贈曹霸將軍〉, 〈寄韓諫議注〉, 〈古柏行〉, 〈觀公孫大娘弟子舞劍器行〉 (幷序), 〈茅屋爲秋風所破歌〉

七. **樂府詩** ; 〈兵車行〉, 〈麗人行〉, 〈哀江頭〉, 〈哀王孫〉

002 岑參(잠삼) ; 〈題三會寺倉頡造字臺〉, 〈行軍九日思長安故園〉, 〈暮秋山行〉, 〈寄韓樽〉, 〈西過渭州見渭水思秦川〉, 〈逢入京使〉, 〈武威送劉判官赴磧西行軍〉, 〈磧中作〉, 〈銀山磧西館〉, 〈春夢〉, 〈山房春事 二首〉 (其一), 〈山房春事 二首〉 (其二), 〈戱問花門酒家翁〉, 〈秋夜聞笛〉, 〈寄左省杜拾遺〉, 〈韋員外家花樹歌〉, 〈奉和中書舍人賈至早朝大明宮〉, 〈與高適薛據登慈恩寺浮圖〉, 〈走馬川行奉送封大夫出師西征〉, 〈輪臺歌奉送封大夫出師西征〉, 〈白雪歌送武判官歸京〉

003 崔曙(최서) ; 〈嵩山尋馮鍊師不遇〉

004 李華(이화) ; 〈晩日湖上寄所思〉, 〈春行寄興〉

005 劉方平(유방평) ; 〈采蓮曲〉, 〈春雪〉, 〈月夜〉

006 元結(원결) ; 〈將牛何處去 二首〉 (其一), 〈將牛何處去 二首〉 (其二), 〈欸乃曲 五首〉 (其二), 〈石魚湖上醉歌 幷序〉, 〈賊退示官吏 幷序〉

007 孟雲卿(맹운경) ; 〈寒食〉

제3부 中唐의 詩

● 中唐의 詩風

008 錢起(전기) ; 〈遠山鐘〉, 〈宿洞口館〉, 〈逢俠者〉, 〈石井〉, 〈暮春歸故山草堂〉, 〈送僧歸日本〉, 〈谷口書齋寄楊補闕〉, 〈省試湘靈鼓瑟〉, 〈贈闕下裴舍人〉

009 賈至(가지) ; 〈送李侍郎赴常州〉, 〈西亭春望〉, 〈巴陵夜別王八員外〉

010 皇甫冉(황보염) ; 〈使仔春怨〉, 〈同諸公有懷絶句〉, 〈送王翁信還剡中舊居〉, 〈送王司直〉, 〈和王給事禁省梨花詠〉, 〈酬張繼〉, 〈送魏十六〉

011 李嘉祐(이가우) ; 〈春日憶家〉, 〈白鷺〉, 〈秋朝木芙蓉〉, 〈九日〉

제5권 목차

001 張繼(장계) ; 〈楓橋夜泊〉

002 金昌緒(김창서) ; 〈春怨〉

003 韓翃(한굉) ; 〈寒食〉, 〈少年行〉, 〈酬程延秋夜卽事見贈〉, 〈同題仙遊觀〉

004 郞士元(낭사원) ; 〈山中卽事〉, 〈柏林寺南望〉, 〈聽隣家吹笙〉, 〈夜泊湘江〉

005 司空曙(사공서) ; 〈留盧秦卿〉, 〈金陵懷古〉, 〈玩花與衛象同醉〉, 〈江村卽事〉, 〈峽口送友人〉, 〈雲陽館與韓紳宿別〉, 〈喜外弟盧綸見宿〉, 〈賊平後送人北歸〉

006 皎然(교연) ; 〈尋陸鴻漸不遇〉

007 皇甫曾(황보증) ; 〈山下泉〉, 〈送陸鴻漸山人采茶回〉

008 嚴武(엄무) ; 〈軍城早秋〉

009 顧況(고황) ; 〈山中夜宿〉, 〈石上藤〉, 〈憶鄱陽舊遊〉, 〈傷子〉, 〈過山農家〉, 〈酬柳相公〉, 〈宮詞 五首〉(其二), 〈聽角思歸〉, 〈行路難 三首〉(其一)

010 嚴維(엄유) ; 〈歲初喜皇甫侍御至〉, 〈宿法華寺〉

011 宣宗宮人韓氏(선종궁인한씨) ; 〈題紅葉〉

012 戴叔倫(대숙륜) ; 〈過三閭廟〉, 〈湘南卽事〉, 〈客夜與故人偶集〉, 〈除夜宿石頭驛〉

013 耿湋(경위) ; 〈秋日〉, 〈代園中老人〉

014 竇群(두군) ; 〈春雨〉

015 竇鞏(두공) ; 〈洛中卽事〉, 〈代鄰叟〉

016 韋應物(위응물) ; 〈秋夜寄邱員外〉, 〈秋齋獨宿〉, 〈聞雁〉, 〈咏聲〉, 〈西塞山〉, 〈登樓〉, 〈西郊期滁武不至書示〉, 〈同褒子秋齋獨宿〉, 〈滁州西澗〉, 〈寒食寄京師諸弟〉, 〈休暇日訪王侍御不遇〉, 〈與村老對飮〉, 〈采玉行〉, 〈初發揚子寄元大校書〉, 〈寄全椒山中道士〉, 〈淮上喜會梁川故人〉,

〈賦得暮雨送李冑〉, 〈寄李儋元錫〉, 〈長安遇馮著〉, 〈夕次盱眙縣〉, 〈東郊〉, 〈送楊氏女〉

017 戎昱(융욱) ; 〈別離作〉, 〈移家別湖上亭〉, 〈送零陵妓〉, 〈詠史〉

018 于良史(우량사) ; 〈自吟〉, 〈春山夜月〉

019 盧綸(노륜) ; 〈和張僕射塞下曲 六首〉(其一), 〈和張僕射塞下曲 六首〉(其二), 〈和張僕射塞下曲 六首〉(其三), 〈和張僕射塞下曲 六首〉(其四), 〈逢病軍人〉, 〈送李端〉, 〈晩次鄂州〉

020 李益(이익) ; 〈江南詞〉, 〈水宿聞雁〉, 〈立秋前一日覽鏡〉, 〈山鷓鴣詞〉, 〈喜見外弟又言別〉, 〈夜上受降城聞笛〉, 〈從軍北征〉, 〈塞下曲 四首〉(其二), 〈塞下曲 四首〉(其三)

021 李端(이단) ; 〈聽箏〉, 〈蕪城懷古〉, 〈送郭良輔下第東歸〉, 〈宿石澗店聞夫人哭〉, 〈閨情〉

022 陳羽(진우) ; 〈送靈一上人〉, 〈吳城覽古〉, 〈小江驛送陸侍御歸湖上山〉, 〈自遣〉

023 于鵠(우곡) ; 〈古詞 三首〉(其三), 〈江南曲〉, 〈巴女謠〉

024 張志和(장지화) ; 〈漁父歌〉(其一), 〈漁父歌〉(其二), 〈上巳日憶江南禊事〉

025 孟郊(맹교) ; 〈游子吟〉, 〈老恨〉, 〈古別離〉, 〈古怨〉, 〈借車〉, 〈登科後〉, 〈洛橋晩望〉, 〈答友人贈炭〉, 〈聞砧〉, 〈秋夕移居述懷〉, 〈泛黃河〉, 〈游終南山〉, 〈游華山雲臺觀〉,

〈烈女操〉

026 暢當(창당) ; 〈登鸛雀樓〉

027 李冶(이야) ; 〈八至〉

028 薛濤(설도) ; 〈春望詞 四首〉(其三), 〈送友人〉

029 魚玄機(어현기) ; 〈送別 二首〉(其二), 〈江陵愁望有寄〉, 〈遊崇眞觀南樓〉, 〈覩新及第題名處〉, 〈贈隣女〉

030 劉采春(유채춘) ; 〈囉嗊曲 六首〉(其三), 〈囉嗊曲 六首〉(其四)

031 杜秋娘(두추낭) ; 〈金縷衣〉

032 武元衡(무원형) ; 〈夏夜作〉, 〈春興〉

033 權德與(권덕여) ; 〈嶺上逢久別者又別〉, 〈玉臺體〉, 〈覽鏡見白髮數莖光鮮特異〉

034 崔護(최호) ; 〈題都城南庄〉

035 張籍(장적) ; 〈寄西峯僧〉, 〈與賈島閑遊〉, 〈秋思〉, 〈鄰婦哭征夫〉, 〈法雄寺東樓〉, 〈秋山〉, 〈感春〉, 〈春別曲〉, 〈送蜀客〉, 〈成都曲〉, 〈凉州詞 三首〉(其三), 〈董逃行〉, 〈沒蕃故人〉

036 王建(왕건) ; 〈新嫁娘〉, 〈園果〉, 〈雨過山村〉, 〈十五夜望月寄杜郎中〉, 〈夜看揚州市〉, 〈望夫石〉

037 劉商(유상) ; 〈行營卽事〉, 〈登相國寺閣〉, 〈醉後〉

038 韓愈(한유) ; 〈柳巷〉, 〈青青水中蒲 三首〉(其一), 〈青青

水中蒲 三首〉(其三), 〈春雪〉, 〈晚春〉, 〈早春呈水部張十八員外 二首〉(其一), 〈贈賈島〉, 〈馬厭穀〉, 〈醉留東野〉, 〈幽懷〉, 〈贈唐衢〉, 〈古意〉, 〈贈鄭兵曹〉, 〈左遷至藍關示姪孫湘〉, 〈山石〉, 〈謁衡嶽廟遂宿嶽寺題門樓〉, 〈八月十五夜贈張功曹〉, 〈石鼓歌〉

039 張仲素(장중소) ; 〈秋夜曲〉

040 劉禹錫(유우석) ; 〈秋風引〉, 〈飮酒看牧丹〉, 〈別蘇州 二首〉(其一, 二), 〈烏衣巷〉, 〈春詞〉, 〈秋詞 二首〉(其一), 〈秋詞 二首〉(其二), 〈竹枝詞 二首〉(其一, 二), 〈竹枝詞 九首〉(其二), 〈竹枝詞 九首〉(其四), 〈竹枝詞 九首〉(其六), 〈楊柳枝詞 九首〉(其一), 〈楊柳枝詞 九首〉(其六), 〈楊柳枝詞 九首〉(其八), 〈臺城懷古〉, 〈玄都觀桃花〉, 〈再游玄都觀〉, 〈與歌者何戡〉, 〈韓信墓〉, 〈堤上行 三首〉(其一), 〈望洞庭〉, 〈石頭城〉, 〈浪淘沙 九首〉(其一), 〈浪淘沙 九首〉(其二), 〈浪淘沙 九首〉(其七), 〈蜀先主廟〉, 〈西塞山懷古〉, 〈酬樂天揚州初逢席上見贈〉

041 呂溫(여온) ; 〈偶然作 二首〉(其二), 〈讀句踐傳〉

042 王涯(왕애) ; 〈閨人 贈遠 五首〉(其五), 〈送春詞〉, 〈秋思 贈遠 二首〉(其一)

043 羊士諤(양사악) ; 〈泛舟入後溪 二首〉(其二), 〈雨中寒食〉

044 楊巨源(양거원) ; 〈城東早春〉, 〈山中主人〉

045 李紳(이신) ; 〈憫農 二首〉(其一), 〈憫農 二首〉(其二)

제6권 목차

005 元稹(원진) ; 〈行宮〉, 〈菊花〉, 〈聞樂天授江州司馬〉, 〈得樂天書〉, 〈舞腰〉, 〈櫻桃花〉, 〈離思 五首〉 (其四), 〈遣悲懷 三首〉 (其一), 〈遣悲懷 三首〉 (其二), 〈遣悲懷 三首〉 (其三), 〈田家詞〉

006 賈島(가도) ; 〈劍客〉, 〈題詩後〉, 〈尋隱者不遇〉, 〈壯士吟〉, 〈題興化園亭〉, 〈題李凝幽居〉, 〈送無可上人〉, 〈憶江上吳處士〉

007 施肩吾(시견오) ; 〈幼女詞〉, 〈不見來詞〉, 〈宿南一上人山房〉, 〈望夫詞〉, 〈西山靜中吟〉

008 姚合(요합) ; 〈晦日送窮 三首〉 (其一), 〈晦日送窮 三首〉 (其二), 〈晦日送窮 三首〉 (其三), 〈閑居〉, 〈揚州春詞 三首〉 (其一), 〈揚州春詞 三首〉 (其三)

009 崔郊(최교) ; 〈贈去婢〉

010 張祜(장호) ; 〈何滿子〉, 〈莫愁樂〉, 〈贈內人〉, 〈集靈臺 二首〉 (其一), 〈集靈臺 二首〉 (其二), 〈金陵渡〉, 〈縱遊淮南〉, 〈雨霖鈴〉, 〈折楊柳枝 二首〉 (其一), 〈題潤州金山寺〉

011 李德裕(이덕유) ; 〈登崖州城作〉, 〈謫嶺南道中作〉

012 李賀(이하) ; 〈莫種樹〉, 〈將發〉, 〈塘上行〉, 〈貴公子夜闌曲〉, 〈馬詩 二十三首〉 (其一), 〈馬詩 二十三首〉 (其二), 〈馬詩 二十三首〉 (其四), 〈馬詩 二十三首〉 (其五), 〈馬詩 二十三首〉 (其八), 〈馬詩 二十三首〉 (其十), 〈馬詩 二十三首〉 (其十四), 〈馬詩 二十三首〉 (其十六), 〈馬詩 二十三

首〉(其二十), 〈馬詩 二十三首〉(其二十三), 〈蝴蝶舞〉, 〈南園 十三首〉(其四), 〈南園 十三首〉(其五), 〈南園 十三首〉(其六), 〈南園 十三首〉(其八), 〈昌谷北園新笋 四首〉(其三), 〈示弟〉, 〈題歸夢〉, 〈仙人〉, 〈感春〉, 〈雁門太守行〉, 〈秋來〉, 〈夢天〉, 〈野歌〉, 〈羅浮山父與葛篇〉, 〈蘇小小墓〉, 〈感諷 五首〉(其二), 〈浩歌〉, 〈唐兒歌〉, 〈嘲少年〉, 〈苦晝短〉, 〈致酒行〉, 〈將進酒〉

013 李涉(이섭) ; 〈再宿武關〉, 〈井欄砂宿遇夜客〉, 〈題鶴林寺僧室〉

014 楊敬之(양경지) ; 〈贈項斯〉

015 項斯(항사) ; 〈江村夜泊〉, 〈途中逢友人〉, 〈宿山寺〉

016 朱慶餘(주경여) ; 〈宮詞〉, 〈近試上張水部〉, 〈自述〉

017 盧仝(노동) ; 〈喜逢鄭三游山〉, 〈白鷺鷥〉

018 劉叉(유차) ; 〈代牛言〉, 〈偶書〉

019 崔涯(최애) ; 〈俠士詩〉, 〈別妻〉

020 皇甫松(황보송) ; 〈勸僧酒〉, 〈采蓮子 二首〉(其二)

021 雍陶(옹도) ; 〈天津橋望春〉, 〈題情盡橋〉, 〈經杜甫舊宅〉

제4부 晩唐의 詩

●晩唐의 詩風

022 許渾(허혼) ; 〈塞下曲〉, 〈楚宮怨 二首〉(其二), 〈送宋處

士歸山〉, 〈寄桐江隱者〉, 〈謝亭送別〉, 〈途經秦始皇墓〉, 〈秋日赴闕題潼關驛樓〉, 〈早秋〉, 〈記夢〉, 〈咸陽城東樓〉, 〈金陵懷古〉

023 雍裕之(옹유지) ; 〈自君之出矣〉, 〈春晦送客〉, 〈江邊柳〉, 〈柳絮〉, 〈農家望晴〉

024 徐凝(서응) ; 〈廬山獨夜〉, 〈廬山瀑布〉, 〈憶揚州〉

025 杜牧(두목) ; 〈獨酌〉, 〈醉眠〉, 〈題敬愛寺樓〉, 〈長安秋望〉, 〈江樓〉, 〈及第後寄長安故人〉, 〈贈終南蘭若僧〉, 〈杏園〉, 〈將赴吳興登樂游原〉, 〈登樂游原〉, 〈柳絶句〉, 〈漢江〉, 〈題烏江亭〉, 〈赤壁〉, 〈泊秦淮〉, 〈金谷園〉, 〈遣懷〉, 〈贈別 二首〉 (其一), 〈贈別 二首〉 (其二), 〈歎花〉, 〈江南春 絶句〉, 〈清明〉, 〈山行〉, 〈秋夕〉, 〈初冬夜飮〉, 〈寄揚州韓綽判官〉, 〈贈漁父〉, 〈齊安郡後池絶句〉, 〈念昔游 三首〉 (其三), 〈蘭溪〉, 〈漁父〉, 〈旅宿〉, 〈題揚州禪智寺〉, 〈過驪山作〉, 〈九日齊山登高〉, 〈江上旅泊呈杜員外〉 - 張祜, 〈酬張祜處士見寄長句四韻〉, 〈自宣城赴官上京〉, 〈商山麻澗〉, 〈齊安郡晚秋〉, 〈早雁〉, 〈雨中作〉, 〈雪中書懷〉

026 李群玉(이군옥) ; 〈放魚〉, 〈火爐前坐〉, 〈靜夜相思〉, 〈引水行〉, 〈黃陵廟〉, 〈雨夜呈長官〉

027 陳陶(진도) ; 〈續古 二十九首〉 (其十七), 〈隴西行 四首〉 (其二), 〈歌風臺〉

제7권 목차

〈柳〉(爲有橋邊～),〈初起〉,〈詠史〉,〈夢澤〉,〈過楚宮〉,〈驪山有感〉,〈龍池〉,〈寄蜀客〉,〈日日〉,〈花下醉〉,〈代贈 二首〉(其一),〈無題〉(白道縈迴～)

二. **五言·七言律詩**;〈蟬〉,〈風雨〉,〈落花〉,〈北禽〉,〈卽日〉,〈涼思〉,〈北青蘿〉,〈晚晴〉,〈哭劉司戶 二首〉(其一),〈無題 四首〉(其三)(含情春晼～),〈夜飮〉,〈少將〉,〈幽居冬暮〉,〈桂林〉,〈錦瑟〉,〈杜工部〉,〈蜀中離席〉,〈贈司勳杜十三員外〉,〈無題〉(昨夜星辰～),〈隋宮〉,〈楚宮 二首〉(其二),〈無題 四首〉(其一)(來是空言～),〈無題 四首〉(其二)(颯颯東風～),〈籌筆驛〉,〈荊門西下〉,〈無題〉(相見時難～),〈春雨〉,〈無題 二首〉(其一)(鳳尾香羅～),〈無題 二首〉(其二)(重帷深下～),〈野菊〉,〈流鶯〉,〈二月二日〉,〈九日〉,〈無題〉(萬里風波～),〈昨日〉,〈卽日〉,〈淚〉,〈寫意〉,〈曲江〉

三. **古詩**;〈無題〉(八歲偸照～),〈無題〉(近知名阿～),〈房中曲〉,〈武侯廟古柏〉

002 崔珏(최각);〈哭李商隱〉(其二)

003 韓琮(한종);〈暮春滻水送別〉,〈駱谷晚望〉

004 馬戴(마대);〈秋思 二首〉(其一),〈過亡友墓〉,〈易水懷古〉,〈山中興作〉,〈落日悵望〉

005 崔櫓(최로);〈華清宮 三首〉(其一),〈華清宮 三首〉(其三)

006 曹鄴(조업);〈庭草〉,〈樂府體〉,〈官倉鼠〉,〈其四怨〉,

〈其五情〉, 〈戰城南〉, 〈讀李斯傳〉

007 司馬扎(사마찰) ; 〈彈琴〉, 〈宮怨〉, 〈隱者〉

008 于武陵(우무릉) ; 〈勸酒〉, 〈贈賣松人〉

009 劉駕(유가) ; 〈牧童〉, 〈曉登迎春閣〉

010 高駢(고병) ; 〈山亭夏日〉

011 鄭畋(정전) ; 〈馬嵬坡〉

012 于濆(우분) ; 〈對花〉, 〈辛苦吟〉, 〈里中女〉

013 張孜(장자) ; 〈雪詩〉

014 曹松(조송) ; 〈金谷園〉, 〈己亥歲 二首〉 (其一), 〈商山〉

015 貫休(관휴) ; 〈月夕〉, 〈常思李白〉

016 羅隱(나은) ; 〈雪〉, 〈蜂〉, 〈西施〉, 〈感弄猴人賜朱紱〉, 〈贈妓雲英〉, 〈自遣〉, 〈鸚鵡〉, 〈金錢花〉, 〈柳〉, 〈黃河〉

017 汪遵(왕준) ; 〈淮陰〉, 〈烏江〉, 〈題李太尉平泉莊〉

018 羅鄴(나업) ; 〈共友人看花〉, 〈雁 二首〉 (其二), 〈望仙臺〉

019 王渙(왕환) ; 〈惆悵詩 十二首〉 (其三), 〈惆悵詩 十二首〉 (其十二)

020 黃巢(황소) ; 〈題菊花〉, 〈不第後賦菊〉

021 韋莊(위장) ; 〈勉兒子〉, 〈臺城〉, 〈金陵圖〉, 〈古離別〉, 〈送日本國僧敬龍歸〉, 〈與東吳生相遇〉

022 聶夷中(섭이중) ; 〈田家〉, 〈公子家〉, 〈長安道〉, 〈詠田家〉

023 司空圖(사공도) ; 〈退居漫題 七首〉(其一), 〈雜題〉, 〈獨望〉, 〈即事 九首〉(其一), 〈涔陽渡〉, 〈華下 二首〉(其一)

024 張喬(장교) ; 〈漁家〉, 〈送人及第歸海東〉, 〈河湟舊卒〉, 〈書邊事〉

025 來鵬(내붕) ; 〈山中避難作〉, 〈雲〉, 〈寒食山館書情〉

026 李咸用(이함용) ; 〈君子行〉, 〈冬夕喜友生至〉, 〈訪友人不遇〉

027 錢珝(전후) ; 〈江行無題 一百首〉(山雨夜來~), 〈江行無題〉(兵火有餘~), 〈江行無題〉(咫尺愁風~), 〈未展芭蕉〉

028 崔道融(최도융) ; 〈班婕妤〉, 〈西施灘〉, 〈寄人 二首〉(其二), 〈溪上遇雨 二首〉(其二), 〈溪居即事〉, 〈梅〉

029 皮日休(피일휴) ; 〈閒夜酒醒〉, 〈館娃宮懷古 五絶〉(其一), 〈汴河懷古〉, 〈卒妻悲〉, 〈橡媼歎〉

030 陸龜蒙(육구몽) ; 〈築城詞 二首〉(其一), 〈築城詞 二首〉(其二), 〈孤燭怨〉, 〈懷宛陵舊遊〉, 〈白蓮〉, 〈和襲美春夕酒醒〉, 〈新沙〉, 〈自遣 三十首〉(其十三), 〈自遣 三十首〉(其二十五), 〈別離〉

031 高蟾(고섬) ; 〈感事〉, 〈下第後上永崇高侍郎〉

032 秦韜玉(진도옥) ; 〈獨坐吟〉, 〈貧女〉

033 章碣(장갈) ; 〈焚書坑〉, 〈東都望幸〉

034 唐彦謙(당언겸) ; 〈小院〉, 〈春風 四首〉(其一), 〈春風 四首〉(其三), 〈魚〉, 〈仲山〉

035 吳融(오융) ; 〈溪邊〉, 〈山居喜友人相訪〉, 〈賣花翁〉, 〈楊花〉

036 張蠙(장빈) ; 〈十五夜與友人對月〉, 〈敍懷〉, 〈登單于臺〉, 〈夏日題老將林亭〉

037 韓偓(한악) ; 〈兩處〉, 〈效崔國輔體 四首〉 (其一), 〈效崔國輔體 四首〉 (其二), 〈已涼〉, 〈醉着〉, 〈自沙縣抵龍溪縣～〉, 〈忍笑〉, 〈深院〉, 〈寒食夜〉, 〈野寺〉, 〈春盡〉, 〈安貧〉, 〈傷亂〉

038 杜荀鶴(두순학) ; 〈釣叟〉, 〈感寓〉, 〈春閨怨〉, 〈溪興〉, 〈再經胡城縣〉, 〈贈質上人〉, 〈小松〉, 〈題新雁〉, 〈訪道者不遇〉, 〈送友遊吳越〉, 〈春宮怨〉, 〈山中寡婦〉, 〈亂後逢村叟〉, 〈自敍〉

039 鄭谷(정곡) ; 〈感興〉, 〈採桑〉, 〈席上贈歌者〉, 〈淮上漁者〉, 〈淮上與友人別〉, 〈菊〉, 〈讀李白集〉, 〈鷓鴣〉, 〈中年〉

040 齊己(제기) ; 〈贈琴客〉, 〈早梅〉

041 周朴(주박) ; 〈塞上曲〉, 〈桃花〉

042 盧汝弼(노여필) ; 〈和李秀才邊情四時怨 四首〉 (其一), 〈和李秀才邊情四時怨 四首〉 (其一)

043 崔塗(최도) ; 〈送友人〉, 〈櫓聲〉, 〈巫山旅別〉, 〈題絶島山寺〉, 〈春夕〉

044 王駕(왕가) ; 〈社日〉, 〈雨晴〉

045 陳玉蘭(진옥란) ; 〈寄夫〉

046 韓熙載(한희재) ;〈感懷詩 二章〉(其一)

047 李洞(이동) ;〈繡嶺宮詞〉,〈有寄〉

048 花蘂夫人徐氏(화예부인서씨) ;〈述國亡詩〉

049 譚用之(담용지) ;〈秋宿湘江遇雨〉

050 張泌(장필) ;〈寄人〉

051 孟賓于(맹빈우) ;〈公子行〉

052 西鄙人(서비인) ;〈哥舒歌〉

053 太上隱者(태상은자) ;〈答人〉

054 無名氏(무명씨) ;〈初渡漢江〉,〈雜詩〉,〈河鯉登龍門〉

一. 唐時代 槪觀

1. 一治一亂

'역사의 수레바퀴' 나 '一治一亂(일치일란)' 같은 말에는 역사의 순환, 곧 '되풀이 된다' 는 의미를 내포하고 있다. 중국의 역사를 땅 위에 가득 펼쳐놓고 하늘에서 내려다본다면 순환이라는 말이 실감이 날 것이라고 필자는 생각한다.

중국 역사는 夏(하), 殷(은), 周(주)의 三代로부터 시작한다. 이 시대는 先史時代에서 歷史時代로의 진입이었고 지배와 피지배의 관계가 형성되었으며, 나아가 중국 고대사가 본격적으로 전개되는 시기였다.

東周, 곧 春秋戰國(춘추전국) 시대는 고대사의 발전과정에서 겪어야 했던, 成長에 따른 진통의 시대였다. 그러나 이 시대에 諸子百家(제자백가) 사상이 꽃을 피웠는데 그야말로 百花齊放(백화제방)이라는 표현 그대로였다.

춘추전국시대는 前代에 볼 수 없었던 엄청난 분열, 곧 一亂의 시대였으나 그 一亂에는 분열과 함께 변화하는 성장과 발전이 있었다. 때문에 춘추전국시대가 중국의 문화나 국력이 쇠퇴하는 시대였다고는 아무도 생각하지 않는다.

이러한 춘추전국시대의 분열과 혼란은 秦(진)의 통일로 귀결되며(서기 前 221), 진에서는 중국 역사의 여러 가지 토대가(제도) 만들어진다.

예를 들면, 강력한 황제 독재권의 확립이나 능력 본위 인재 등용은 고대 중국의 관료 제도를 탄생시켰고, 이후 시대가 흘러도 변화가 거의 없었다. 또한 郡縣制(군현제)의 실시, 문자와 度量衡(도량형)의 통일은 문화와 경제발전의 밑받침이 되었으며, 춘추전국시대 이래 귀족 계급의 몰락 역시 사회 발전의 한 모습이었다.

그러나 秦의 통일은 단명으로 끝났다. 진시황의 통일 완성(前 221)에서 2세 황제의 멸망(前 207)까지는 불과 15년이었다. 그러나 진의 중국 통일이라는 성과가 있었기에 前漢과(西漢, 前 206 – 서기 8) 後漢의(東漢, 서기 25 – 220) 420년 역사가 이루어졌다.

이 前·後漢은 중국 古代史의 종결이며 중국 고대 문화의 완성이라고 누구나 인정하고 있다. 그렇다면 후한의 멸망은 곧 一治의 시대가 끝났다는 뜻이며 다음에는 一亂의 시대가 전개되었다.

그 一亂의 시작은 魏(위), 蜀(촉), 吳(오) 삼국의 鼎立(정립)이고(서기 220 – 280) 다시 西晉(서진, 265 – 316) 짧은 통일, 그리고 본격적인 혼란의 시대인 5胡16國시대(304 – 439)와 南朝(420 – 589)와 北朝(북조, 386 – 581)의 분열이 이어진다. 이를 魏晋南北朝(위진남북조, 220 – 589) 시대라 하는데 약 370년간의 분열 시기였다.

이를 도표로 정리해 보면 다음과 같다.

분열(一亂)	통일	번영(一治)
春秋戰國(춘추전국)	秦(진)	前漢(전한), 後漢(후한)
약 550년	15	420년
고대문화의 완성		

분열(一亂)	통일	번영(一治)
위진남북조	隋(수)	唐(당)
약 370년	30년	290년
중세문화의 완성		

여기서 治世란 太平한 시대를 의미한다. 그러나 치세라 하여 백성들의 살림살이에 걱정이 없던 시대라는 뜻은 아니었다.

일반적으로 역사가들은 漢 초기 文帝와(재위 前 180 – 157) 景帝(경제, 재위 前 157 – 141) 때의 文景之治(문경지치)의 40년과 당 太宗 때의 貞觀(정관)의 치세(626 – 649) 24년, 당 玄宗 전기의 開元(개원)의 치세(713 – 741) 29년 정도를 태평성세로 꼽는다. 그러나 이 기간에도 수시로 가뭄, 홍수, 蝗蟲(황충, 메뚜기)의 피해는 계속 있었다. 거기에다가 횡포한 지방관의 폭정은 언제 어느 시대에나 똑같았다.

그러다보니 중국의 태평성세, 곧 治世(치세)란 외적의 침입이나 내부 민란이 없이 정치적으로 비교적 순탄했던 시대를 의미한다.

전체적으로 난세는 길었고 거기에 비해 치세는 훨씬 짧았다는 것을 염두에 두어야 한다.

2. 唐 역사의 개략

통일제국 唐은(李唐, 618 – 907) 高祖의〔李淵(이연), 재위 618 – 626〕 개국에 이어 隋(수, 581 – 618) 말기에 전국적으로 일어난 봉기세력들을 진압하고 통일을 완성한다. 이어 태종 李世民(이세민)의 貞觀의 治를(정관, 626 – 649년) 통해 군주정치의 모범을 보이면서 안정과 번영을 이룩한다.

당 高祖 李淵과 太宗 李世民의 여러 정책은 성공을 거두어 貞觀(정관, 627 – 649년)에서 玄宗의 開元(713 – 742년)에 이르는 100여 년은 경제가 발전하며 영토 확장과 함께 번영을 누렸다. 이 기간 중에는 武則天(무측천)의 정변(실제 재위, 690 – 705) 이외에 대외적으로 큰 兵亂(병란)이 없었다. 역사에서는 이 시대를 평화롭고 번영했었으며 모범적인 군주정치가 이루어졌던 시기라고 평가한다.

그러나 武后의 집권 기간 이후, 토지매매가 허용되어 均田制(균전제)는 서서히 붕괴되었고, 균전제를 바탕으로 한 府兵制(부병제)도 무너지며 兵農分離(병농분리)에 따른 募兵制(모병제)로 바뀌었다. 이 모병제의 가장 큰 병폐 중 하나가 節度使(절도사)의 兵權(병권)을 중앙정부에서 통제할 수 없다는 점이었다.

당은 건국 초부터 국내 정세를 안정시키면서 대외적으로도 세력을 확장했고, 사회 경제적 안정을 이룩하며 제국 융성의 기초를 닦아 300년 이상 그래도 다른 시대에 비해 상대적으로 정치적 안정을 유지했다.

당은 수나라의 통일과 제도 정비, 그리고 大運河(대운하) 개통 등 앞 시대의 열매를 수확하면서 국가의 경제적, 사회적 기반을 확실히

다졌다. 또 南北朝 시대의 문벌 귀족과 관료층을 두루 흡수하여 지배층의 인적자원을 확보하였고 과거제도의 발전적 시행으로 새로운 관료층을 확보하면서 문벌 귀족의 출현을 미연에 방지하였다.

또한 균전제의 토지제도와 租(조) · 庸(용) · 調(조)의 징세 제도, 그리고 병농일치의 府兵制(부병제)로 국력을 키우면서 이민족에 대한 견제정책도 성공을 거두었다. 이처럼 이민족을 견제하거나 균형을 유지하며 군사적으로, 또 사회적으로 안정되었기에 당의 문화는 어느 시대보다 찬란하였다.

당 문화는 漢代 이후 계속 발전해온 전통적 고전문화의 바탕에 위진남북조 시대의 귀족 문화, 주변 이민족의 여러 문화적 특성을 포용하고 흡수하면서 개방적이고 국제적인 문화 특색을 보여주었다.

특히 문학에서 唐詩의 융성은 지금까지도 중국 문화의 두드러진 특색으로 나타나고 있다.

唐은 중국 역사에서 여러 가지로 공헌한 바가 크다.

당은 중국 본토를 실질적으로 가장 오랫동안(618 – 907) 지배한 국가였다. 淸의 국가 존속 기간(後金 – 淸, 1616 – 1912)이 唐보다는 길지만 明 멸망 이후(1644)의 지배기간은 唐보다 짧았다. 당은 강대한 국력과 국부를 바탕으로 국제적 문화를 이룩하였으며, 당시 세계에서 최고 수준의 문화를 자랑하였다.

3. 唐의 建國

唐 高祖의 성은 李氏, 이름은 淵(연, 在世 566 – 635, 在位 618 – 626)

이다.[1] 隴西郡(농서군)의 成紀縣(성기현) 출신으로,[2] 조부 李虎(이호)는 西魏(서위, 535 – 556)에 출사하며 공을 세워 隴西公(농서공)에 봉해졌고, 부친 李昞(이병)은 北周(북주, 557 – 581)에서 唐國公(당국공)에 봉해졌는데, 이연은 7세에 부친의 작위를 세습했다.[3]

隋나라 煬帝(양제, 재위 604 – 618)는 이연을 弘化(홍화) 留守(유수)에

---

1 唐은 國君이 李씨이기에 李唐이라고도 부르며 높이는 뜻에서 大唐이라 호칭. 隋의 정치, 제도를 거의 그대로 수용했고 수 왕실과의 관계에서 보통 隋唐이라 合稱한다. 수도는 長安. 副都 洛陽(東都). 본거지였던 太原(北都)을 합하여 三都라 지칭한다. 老子가 李氏이기에 唐에서는 老子에게 '太上玄皇帝' 라는 존호를 올렸고 道敎를 장려하였다. 淵은 못 연. 水出地而不流者. 池, 潭과 같다. 唐은 淵字를 避諱(피휘)하여 고구려의 淵蓋蘇文을 泉蓋蘇文(천개소문)으로 표기했다. 高祖는 廟號이며, 시호는 神堯皇帝(신요황제)이다.

2 成紀縣은, 今 甘肅省(감숙성) 동남부 天水市 관할 秦安縣 일대. 李姓의 근거지. 보통 隴西(농서) 李氏라 통칭. 前漢의 飛將軍인 李廣(이광), 大詩人 李白도 농서 이씨이다.

3 唐國公 – 唐은 본래 陶唐氏(도당씨) 堯(요)의 후손을 封한 나라이다. 周朝에서 周 成王이 古 唐國을 멸망시킨 뒤, 성왕의 아우인 叔虞(숙우)를 古 唐國의 옛 땅에 봉하여 唐國이라 했고 侯爵(후작)의 작위였으며, 도성은 今 山西省 남부 臨汾市(임분시) 동남의 翼城縣(익성현) 일대였다. 숙우의 아들이 뒷날 나라 이름을 晋(진)으로 고쳤고, 이 晋이 바로 춘추시대의 강력한 제후국이었으며, 근거지는 지금 山西省의 省會인 太原市 일대였다. 뒷날 晋이 韓, 魏, 趙로 갈라지면서 戰國시대가 시작된다. 당 건국 후 이세민은 晋王(진왕)에 봉해졌고, 太原은 隴西 李氏의 세력 근거지로 副都의 지위를 누렸다.

임명했고 농서 일대의 군사를 지휘 통솔케 하였다. 이연은 隋朝의 종실과 관계가 밀접했고 조정의 여러 일에 관여했으며, 사람을 거느리면서 너그럽고 단순하였기에 많은 사람이 따랐다.

이연은 양제의 미움과 배척을 받았지만,[4] 변경을 침략한 돌궐족을 격퇴하며 공을 세웠다.

이연의 차남 李世民은(이세민, 598 – 649) 총명하고 용기와 결단력이 있고, 식견과 도량이 남달랐다. 수나라 황실이 어지러운 것을 보고 천하를 안정시켜야 한다는 마음을 혼자 품고서 晋陽의(진양, 今 山西省 太原市) (수 양제) 別宮(별궁) 감독인 裵寂(배적)과 진양 현령 劉文靜(유문정) 등과 관계를 유지하고 있었다.[5]

이세민은 부친에게 기병할 것을 건의하였고, 이연은 작은아들의

---

4 당시에 '深水에 黃楊이 잠긴다.' 는 참설이 떠돌았는데 深水(심수)는 곧 淵(연못)이고, 黃楊(황양)은 버드나무 곧 隋나라의 楊氏를 지칭한다고 보았다.

5 裵寂(배적, 573 – 632년)은 唐 高祖 때의 宰相을 지내며 이연의 신임을 받았던 인물이다. 여러 벼슬을 거쳐 수 말기에 晉陽의 宮監으로 있었고 태원 유수 이연과 잘 어울렸다. 이연은 배적을 따라 양제의 별궁에 가서 술을 마시곤 했다. 그 이전에 젊은 이세민은 큰 재물을 가지고 가서 배적과 도박을 했는데 이틀 연속 크게 잃었다. 돈을 많이 따고 싱글벙글하는 배적에게 이세민이 말했다. "숙부님! 隋의 천하를 놓고 도박을 해서 이긴다면 그 재물은 자자손손을 내려가도 다 쓰지 못할 것입니다." 이에 배적은 천하를 건 도박을 결심한다. 이세민은 晉陽令 劉文靜(유문정, 568 – 619년)과 거사를 다 준비했고 배적에게 이연을 설득해 달라고 부탁했다.

뜻에 따라 617년에 거병하였다.[6] 이연은 618년 즉위, 개국하면서 장남 建成(건성)을 태자로, 차남 世民(세민)을 晋王(진왕)에, 삼남 元吉(원길)을 齊王(제왕)에 봉하였다.

고조 이연은 재위 중 3省6部와 御史臺(어사대)와 秘書省, 五監(오감), 九寺(9시) 등 중앙 통치조직을 정비하였다.[7]

---

6 《舊唐書》와 《新唐書》에는 高祖 李淵은 처음부터 隋(수)에 반기를 들 생각이 없었다고 기록하였다. 이연은 정치권력에 매력을 느끼지 못하고 산수에 노닐면서 주색을 즐기는 전형적인 귀족 스타일의 취향을 갖고 있었다. 그러나 차남 李世民은 隋의 정치가 문란해지는 것을 보고 隋에 대한 반기를 계획했었다는 것이다. 그러나 이연의 거병은 이연 본인의 뜻이라고 보아야 한다. 거병하는 617년에 이연은 52세, 이세민은 20세였고, 장남 이건성은 당시 29세였다. 정말로 이연이 아들과 이런 중차대한 문제를 상의하려 했다면 먼저 장남과 상의했을 것이다. 이러한 기록은 뒷날 태종 李世民의 영명함과 과단성을 강조하고 아버지에게는 효자이며, 모범적인 군주라는 모습을 형상화하다 보니 이러한 이야기를 만들어 기록했을 가능성은 충분하다고 볼 수 있다.

7 三省六部 – 중국 역사에서 어느 왕조에서든 황제의 전제 권력은 거의 절대적이었다는 점에는 거의 마찬가지였다. 다만 황제 아래 어떤 권력구조가 운영되었는가가 약간씩 차이가 있을 뿐이었다. 당나라의 중앙 정치 조직은 이후 중국의 왕조뿐만 아니라 고려와 조선의 정치제도에도 영향을 주었다. 그런 의미에서 당나라의 중앙 정치 조직의 골격을 이해할 필요가 있다.

황제의 명령을 어떻게 立案하고 누가 그 내용을 검토하여 황제의 결심을 받아내고 그것을 어느 부서에서 실행하는가는 바로 권력의 가장 핵심적인 내용이다. 이러한 황제 중심 권력은 3성 6부로 집약된다.

三省의 中書省(최고 책임자는 中書令)은 정책을 입안하고 詔書(조서)를 작성한다. 문하성(최고위직은 門下侍中)은 조서의 초안이나 정책의 입안 내용을 심의하고 수정하였으며 최종 황제의 결재를 받는다. 따라서 문하성의 우두머리인 문하시중은 首相이라 할 수 있으며, 이러한 제도는 곧 당나라가 황제와 귀족의 합의체제로 운영되었다고 볼 수 있다.[8] 이러한 공식 직제 외에도 필요에 따라 三師(太師, 太傅, 太保)와 三公(太尉, 司空, 司徒)을 두었다.

결정된 정책은 尙書省(책임자 尙書令)의 吏, 戶, 禮, 兵, 刑, 工部에서 집행된다. 그리고 御史臺(어사대)는 관리의 비행을 감찰하는 기구였고, 일반 서무를 분장하는 九寺(구시)와 五監으로 國子監(교육, 국립대학), 少府監(궁중 기물 제작, 관리), 將作監(장작감, 궁전, 성벽 건축과 관리), 軍器監(군기감, 무기제조 수리), 都水監이(도수감, 하천관리) 있었다.

그리고 황제를 위한 기구로서는 秘書省(비서감, 황실 및 국가의 도서,

---

8 3성 6부제도의 우수한 점으로는 재상이 정권을 오로지 할 수 있는 길을 막을 수 있고, 君權과의 균형을 유지할 수 있었으며 국정이 재상들의 합의체로 운영되었다는 점, 또 分明한 업무 구분과 적정 규모의 인원을 갖춰 운영되었다는 점을 들 수 있다. 3성 6부 제도의 단점으로는 정책의 구상과 심의와 실천의 구분은 상호 견제와 책임소재를 분명히 할 수 있다는 측면도 있지만 실제로는 시비에 대한 논쟁이 끊임없이 일어나 비효율과 함께 정책결정이 불가능할 경우도 있었으며, 수상에 해당하는 명칭과 자리가 너무 많았는데 태종과 같은 영명한 황제가 있을 때는 문제가 표면화되지 않았지만 이는 비효율적 분산이라는 평가를 받을 수밖에 없었다.

문서의 보관 관리), 殿中省(전중감, 황실 의복, 車馬 관련), 內侍省(궁내 제반 서무 담당)이 있었다.

九寺(9시)는 太常寺(태상시, 의례, 종묘나 산천에 대한 제사, 음악 담당), 光祿寺(광록시, 황실의 음식 관련 업무), 衛尉寺(위위시, 兵器, 의장 담당 업무), 宗正寺(종정시, 황실 족보 기록 및 관리), 太僕寺(태복시, 황실용 거마 관리), 大理寺(대리시, 형법 장악), 鴻臚寺(홍려시, 주변국 외교 사신 접대), 司農寺(사농시, 비축 군량, 창고관리), 太府寺(태부시, 재정 지출)였다.

또 율령을 반포하였으며(武德律令), 전국을 10道(觀察使)로 나누고, 道 아래 州(刺史) – 縣(縣令)을 예속시켜 지방을 통치하였다.[9]

당은 戶籍(호적)을 마련하여 출생자를 등록하고, 등록된 호적을 바탕으로 성인 남자에게 국가에서 均田制(균전제)에 의하여 토지를 지급하고, 토지를 경작하는 대가로 租庸調(조용조)의 징수체계를 운영하여 국가의 수입을 올리고, 府兵制(부병제)에 의거하여 국방체계를 갖추었다.[10]

---

9 이는 山川의 형세에 따른 것으로 關內, 河南, 河東, 河北, 山南, 隴右(농우), 淮南(회남), 江南, 劒南(검남), 嶺南道(영남도)인데, 이를 '貞觀十道' 라고 한다. 이 十道에는 存撫使(존무사) 또는 按察使(안찰사)를 보냈는데, 이는 監察官으로 필요에 의해 파견하였으며 十道의 고정된 治所도 없었다. 현종 개원 21년에는 전국을 15道로 나누었는데 '開元十五道' 라 하고 고정된 감찰관인 觀察使를 파견하고 고정된 治所를 두었다.

10 당나라 제도 중 가장 핵심은 성인 남자에게 토지를 지급하는 均田制이다. 균전제에 바탕을 둔 租 · 庸 · 調는 正稅, 곧 기본적인 징세였지

4. 唐 太宗 – 貞觀의 治

당 건국과 운영의 기본 계획은 고조 이연의 차남인 李世民(이세민)에 의해 실천에 옮겨졌다.[11] 이 과정에서 장남 李建成(이건성)과의 갈등은 필연이었다. 형제간의 갈등은 玄武門의 變(현무문 변)으로 폭발

만 이외에도 여러 가지 잡세가 많아 농민들의 생활은 언제나 곤궁했다. 또 농민들은 농한기에 부병제에 의거 군사훈련을 받거나 수도에 가서 衛士(위사)로 근무하거나 변방에 가서 防戍(방수)의 임무를 수행하여야 했다. 균전제는 세월이 지나면서 나중에는 丁男에게 지급할 토지가 없게 된다. 조용조의 세법은 兩稅法(양세법)으로 전환되어 운용되지만 농민에 대한 착취는 여전하였다. 부병제의 모순은 節度使(절도사)의 세력 팽창으로 이어진다. 그리고 절도사의 권력 강대는 뒷날 안록산의 난을 초래하게 된다. 안록산의 난 이후에도 절도사 제도에 대한 개혁이 이루어지지 않아 결국 당나라는 절도사에 의해 멸망하게 된다.

11 李世民(598 – 649. 재위 627 – 649) – 어렸을 적에 어떤 書生이 세민을 보고서 말했다. "龍鳳의 자태에 天日의 모습이로다. 관례를 치를 때쯤에는 틀림없이 濟世安民(제세안민) 할 수 있으리라." 서생은 가 버렸고 李淵은 사람을 보내 찾았지만 만나지 못했고, 그 말에 따라 이름을 世民이라 개명했다. 李世民은 젊어서 힘으로도 한 명성을 누렸다. 이세민이 지니고 다닌 무기 중 가장 유명한 것은 2m가 넘는 巨闕天弓(거궐천궁)이라는 활이었고 거의 백발백중이었다는 기록이 있다. 태종 이세민의 모친이 선비족이었기 때문에 그의 몸에는 유목 민족의 기질이 있었고 그래서 그런지 사냥을 무척이나 좋아했었다.

했고 결국 이세민의 즉위로 이어졌다.[12]

---

12 '玄武門의 變' – 高祖 武德 9년(626). 황궁의 북쪽 정문이 현무문인데 이곳에서 李世民은 친형인 황태자 建成(건성)을 직접 활로 죽였고, 동생 元吉(원길)은 울지경덕이라는 장군이 쏘았다. 이 유혈 사태로 이세민은 황태자가 되었다가 9월에 황제로 즉위하니, 곧 唐 太宗이다.
617년, 이연의 기병과 隋(수) 煬帝(양제)의 손자를 찾아 허수아비 恭帝(공제)로 즉위케 한 과정이 모두 李世民의 지모였다. 이때 아버지 이연은 '化家爲國(화가위국)' 의 큰 꿈을 그리면서 이세민에게 말했다. "만약 일이 성사되면 네가 천하를 움켜 쥔 것이니 너를 황태자로 삼을 것이다."
618년, 이연이 즉위하며 건성은 저절로 황태자가 되었다. 그러나 李世民은 돌궐과의 전투, 국내 반항세력의 격파에서 확실한 전공을 거듭 세우게 되자 이연은 이세민의 벼슬을 높여 司徒(三公의 一) 이상의 天策上將(천책상장)에 임명하였다. 이세민이 天策府를 설치 운영하게 되자 그 권력은 그 어느 누구보다 막강했다. 그러면서 이세민을 둘러싼 인재그룹은 건성의 太子黨 못지않게 적극적이고 능력이 있는 인물로 채워진다. 거기에 이연의 우유부단한 성격도 일조하면서 처음에는 정치적 의견대립이 정치적 대결로 확대되고 결국 무력에 의해 해결되었다. '현무문의 변' 의 원인은 이연에서 찾는 견해도 있다. 당의 건국에 결정적인 공로를 세운 이세민을 당연히 태자로 삼았어야 했는데, 이연이 唐 王으로서 세자를 세울 때, 이세민이 사양한다 하여 건성을 책봉한 것이 과연 순리이며 현명했느냐를 물을 수 있다. 황제 즉위 후, 분쟁을 예견하고 교통정리를 해야 했는데 그러지 못했으니 이연의 무능이라 할 수 있다.
그리고 장남 建成도 자신의 능력이나 공적이 아우만 못하다면 吳나

태종 이세민은 무력으로 판도를 넓히고 국위를 선양하면서 중국 역사상 군주정치의 모범으로 손꼽히는 貞觀之治를(정관의 치, 貞觀은 627 – 649) 이룩하였다.[13]

태종은 杜如晦(두여회), 房玄齡(방현령), 虞世南(우세남), 褚亮(저량), 姚思廉(요사렴), 李道玄(이도현), 蔡允恭(채윤공), 薛元敬(설원경), 顔相時(안상시), 蘇勗(소욱), 于志寧(우지령), 蘇世長(소세장), 薛收(설수), 李守素(이수소), 陸德明(육덕명), 孔穎達(공영달), 蓋文達(개문달), 許敬宗(허경종) 등 18명을 文學館 學士(十八學士)로 맞이하여,[14] 三番(삼번)으로 나눈 뒤, 교대로 숙직케 하며 정사를 보조케 하였다.

태종은 즉위 이후 武治에서 文治로 재빨리 또 성공적으로 전환한다. 태종은 "亂世(난세)에는 무력으로, 治世에는 文治를 해야 하니 이는 상황에 따라 달라야 한다."고 말했다. 18학사의 등용이나 弘文館(홍문관)의 설치와 전적 20만 권의 수집 등은 태종 문치정책의 상징이라고 볼 수 있다.

그 문치정책의 첫 번째 과제는 모든 신하와 백성에게 言路를 넓게

라 泰伯(태백)처럼 아버지 곁을 스스로 떠났어야 했었다. 진왕 이세민의 현무문의 변은 결과적으로 이세민의 즉위와 '貞觀의 治'라는 태평성대를 이룩하였지만 '형제 살육'이라는 나쁜 전례로 남았다.

13 당 태종 정치력의 바탕은 武力이었다. 隋 말기 起兵도 무력이었고, 각지에 웅거한 봉기세력을 7년여에 걸쳐 평정할 수 있던 것도 무력이었다. 반대세력 타도와 '玄武門의 變'을 통해 고조의 양위를 받아 즉위할 수 있었다.

14 十八學士라는 명칭과 등용은 隋 이전 北周에서 시작되었다. 太宗의 十八學士 이후 玄宗 때에도 十八學士가 있었다.

열어주는 일이었다(廣開言路). 이는 누구나 할 말을 할 수 있는 분위기의 조성이다. 사실 언로가 열리고 닫히기는 황제가 하기 나름이었다. 언로가 열려 있지만 그렇게 들어오는 直諫(직간)을 황제가 받아들이지 않는다면 언로는 저절로 닫히게 된다. 바른 말을 들을 줄 알았기에 언로가 열렸고, 열린 언로가 있어 황제는 시행착오를 겪지 않고 중국 역사상 가장 훌륭했다는 '정관의 치' 를 이룰 수 있었다.

태종에게 직간을 서슴지 않았던 인물로 魏徵(위징, 580 – 643년)을 꼽을 수 있다. 위징은 태자 建成을 섬겼지만 건성이 현무문에서 죽은 뒤, 태종은 위징의 강직한 성품을 알고서 바른 말을 하라는 뜻으로 諫議大夫(간의대부)에 임명한다. 위징은 이후 비서성 책임자인 秘書監(비서감)과 門下侍中(문하시중)을 역임했는데, 죽을 때까지 태종의 심기를 건드리는 직간이 2백여 회였다고 전한다.

貞觀의 治가 모범적이었다는 2번째 근거는 言路 열어놓기에 이어 인재등용에서 찾아야 한다. 태종의 인재등용은 성공적이었다. 어느 시대이든 천재는 있었다. 다만 그 천재가 천재성을 살릴 수 있는 기회가 주어졌느냐? 아니냐에 따라 천재가 존재했거나 죽었을 뿐이다. 어째서 당 태종 그 시절에만 훌륭한 재상감이나 인재들이 많았겠는가? 어느 시대인들 글씨 잘 쓰는 사람은 있었다. 그러나 태종이 書道에 관심을 갖고 인재를 찾고 키웠기에 그 시절에 뛰어난 명필이 줄줄이 나왔다.

魏徵(위징)은 태자 建成의 막료로 '晋王(진왕) 世民을 제거하라.' 고 여러 번 건의했었다. 건성이 죽은 뒤 이세민 앞에 잡혀온 위징은 당당했다.

"그때 太子가 내 말을 받아들였으면 오늘 이런 일은 없었을 것입니다!"

이세민은 위징을 살려주었을 뿐만 아니라 오히려 신임했다. 太宗의 重臣(중신) 중에는 煬帝(양제)를 섬긴 사람, 태자 건성을 섬긴 관료는 물론 당나라에 저항하며 봉기를 일으킨 장군도 있었다. 태종이 그들을 받아들인 것은 인재란 제각각 뛰어나고 잘 하는 영역이 있기 때문이었다.

태종은 隋에서 시작한 과거제도를 보다 확충하는 정책을 폈다. 과거제도는 문벌에 의한 인재등용이 아니라 학식과 능력에 의한 등용이며, 중소지주 계층에게 정치 참여의 기회를 넓혀주었다.

당 왕조에 재상 중 절대다수가 과거를 통해 등용된 사람이었다. 거기에 중, 고급관료나 지방관을 포함한다면 과거 합격자가 당의 정치를 이끌었다고 말할 수 있다.

당 태종의 인재 등용은 우선 그 문호를 넓혔다는 점과 지난날을 따지지도 묻지도 않았으며, 오늘의 그가 무엇을 할 수 있는가를 고려하여 채용하는 인재등용이었다. 이는 같은 물건이라도 누가 쓰느냐에 따라 활용도에 엄청난 차이가 있는 것과 같다.

軍國大事에 中書舍人(중서사인)들은 각자 의견을 첨부하며 거기에 자신의 이름을 써 올리는데, 이를 '五花判事(오화판사)'라 하였다. 중서시랑과 책임자 중서령이 살펴 심의하고 (문하성의) 황문시랑과 문하시중이 최종적으로 심의 결정하였다.

房玄齡(방현령)은 국사를 구상하는데 있어 꼭 "杜如晦(두여회)가 없으면 결정할 수가 없다."고 하였다. 당나라 사람들은 현명한 재상으로 방현령과 두여회를 꼽았다.

위징이 태종에게 말했다.

"제가 좋은 신하가 될 수 있게 해 주시고 충신이 되지 않도록 해주시기를 바랍니다."

그러자 태종이 물었다. “충신과 좋은 신하는 다릅니까?”

이에 위징이 대답했다.

“后稷(후직)과 契(설), 皐陶(고요)는 주군과 신하가 협심하여 같이 존경과 영화를 누렸으니 좋은 신하라 말할 수 있습니다. 關龍逄(관용봉)과 比干(비간)은 주군의 고집을 꺾으며 조정에서 논쟁을 했습니다만 몸은 죽었고 나라는 망했으니 충신이라 할 수 있습니다.”

정관 18년(644년), 태종은 친히 高句麗(고구려)를 원정하였다. 이보다 앞서 고구려 淵蓋蘇文(연개소문, 泉～)은 군왕을 시해하였고, 신라에서도 구원을 요청했었다. 태종은 마침내 고구려를 토벌하기 위해 먼저 낙양으로 출발했다. 정관 19년, 태종은 낙양을 출발하여 遼河(요하)를 건너 遼東城(요동성)을 함락시키고, 安市城(안시성)을 공격하며 구원병을 대파했다. 그러나 안시성은 지세가 험하고 군사는 잘 훈련되었으며, 수비가 견고하여 함락시키지 못했다. 태종은 요동이 일찍 추워져 물이 얼며 병사와 군마가 오래 머물 수도 없고 또 군량이 부족해지자 바로 회군하였다. 태종은 원정을 후회하며 탄식했다.

“위징이 만약 살았었더라면 내가 이 원정을 못하도록 했을 것이다.”

태종은 역마를 보내 위징의 묘에 羊을 바쳐 제사케 하였다.

정관 23년(649), 태종이 병에 걸렸다. 태자를 불러 “李世勣(이세적)은 재주와 지략이 뛰어났으나 너는 그에게 베푼 은혜가 없다. 내가 지금 그를 내쫓을 것이니, 내가 죽으면 등용하고 僕射(복야)로 임명하여 정사를 맡기도록 하라. 이세적이 출발을 꾸물대거나 딴마음을 품는다면 곧 바로 죽여 버리겠다.”

그리고 疊州都督(첩주도독, 今 甘肅省 서남부에 해당)으로 좌천시켰는데, 이세적은 황제의 명을 받고서는 집에 들르지도 않고 임지로 떠나갔다.

태종은 649년에 죽었다. 태종이 비록 武功으로 여러 환란을 평정하였지만 뒤에는 文治로 천하를 편안케 하였다. 태종은 늘 스스로 교만과 사치를 두려워하였다.

태종이 入侍(입시)한 신하들에게 創業(창업)과 守成(수성) 어느 것이 어려운가에 대해 물었다. 방현령은 "일의 시작 초기에는 여러 영웅들이 한꺼번에 일어나 힘을 겨룬 뒤에야 신하로 거느릴 수 있으니 창업이 어려운 것입니다."라고 말했다. 위징도 말했다.

"자고로 제왕은 모두가 간난을 겪으며 얻었지만 안일함 속에서 나라를 잃었으니 수성이 어려운 것입니다."

이에 태종이 말했다.

"현령은 나와 같이 천하를 얻는 과정에서 여러 번 죽을 고비를 넘기며 살아났기에 창업의 어려움을 알고 있다. 그리고 위징은 천하를 안정시키면서 교만과 사치는 부귀에서 비롯되고 재앙과 분란은 늘 걱정했었다. 그래서 수성의 어려움을 잘 알고 있다. 이제 창업의 어려움을 지나왔다. 그래서 수성의 어려움을 여러분과 같이 생각하는 것이오."[15]

---

15 흔히들 '창업은 쉽지만 그를 지켜나가기는 어렵다(創業容易守業難).' 고 말한다. 비슷한 뜻으로 '상호를 만들어 걸기는 쉬워도(創名牌容易), 상호를 지켜나가기는 어렵다(護名牌難).' 라는 말도 있다. 그러나 창업을 해 본 사람은 '천만가지가 다 어렵다지만 창업보다 어려운 것은 없다(千難萬難 莫過於創業難).' 고 한다. 또 어떤 사람은 '창

太宗의 고상한 풍채는 신하들에게는 두려움이라는 사실을 자신이 알고 있었기에 늘 부드러운 표정으로 여러 신하들과 만났고, 신하들이 바른 말을 하도록 이끌었으며 충간하는 자에게 상을 주어 황제에게 다가오도록 하였다.

태종이 죽고 太子가 즉위하니, 이가 高宗(名, 李治)이다.

이후 당의 전성시대가 高宗, 武則天(무측천), 中宗, 睿宗(예종), 玄宗(현종)의 天寶(천보, 742 – 756) 연간까지 약 130년 가까이 계속되었는데, 이 기간 당 제국의 문치와 무공에 의한 전례 없는 번영은 '정관의 치' 가 바로 그 바탕이었다.

5. 唐 高宗 – 則天武后

唐 高宗(李治, 재위 649 – 683년, 22세 즉위)의 母親은 (太宗의) 長孫皇后(장손황후)인데, 태종의 장남 承乾(승건)이 폐위되자,[16] 長孫無忌(장손무기, 長孫은 複姓. 長孫皇后의 오빠. 高宗의 외숙)는 太宗에게 治를 세울 것을 강력히 권했다. 太宗은 일찍이 《帝範(제범)》 12편을 지어 내려주며 말했다.

업 역시 어렵고(創亦難), 수성 역시 어렵지만(守亦難), 어렵다는 것을 알면 어렵지 않다(知難不難).' 고 말하는데 아마 이 말이 진리일 것이다. 실제로 '근면으로 창업하고(創業在於勤), 검약으로 업을 키우다가(守業在於儉), 나태하면 패가한다(敗家在於懶).' 는 말은 창업 – 수성 – 패망의 단계를 요약한 말이다.

16 承乾(승건) – 태종과 장손황후의 長男, 貞觀 16년(642년) 태자에서 폐위.

"수신과 치국의 요체가 모두 그 가운데 있다. 내가 죽더라도 다시 더 할 말이 없다."

고종이 즉위한 뒤, 장손무기와 褚遂良(저수량)이 선제의 유조를 받아 정사를 보필했다. 李勣(이적)을 左僕射(좌복야)로 삼았다가, 곧 司空(사공)으로 임명했다.[17]

고종은 재위 중 서돌궐을 멸망시키고 백제(660년)와 고구려를 멸망(668년) 시켜 唐 최대 영토를 차지했다.

당 高宗 李治는 능력으로 따진다면 아주 평범한 제왕이었다. 재위 기간 중 이렇다 할 치적이 없었다. 다만 태종의 정치적 업적과 그 기반 위에서 최대의 영토를 누리며 안정을 취했을 뿐이었다. 굳이 고종의 의지에 의한 치적을 꼽는다면 연상의 아버지 후궁을 정식 황후로 맞이한 것이 최대의 치적(?)이라 할 수 있다. 고종은 永徽(영휘) 5년(654)에 태종의 才人이던 武氏를 昭儀(소의)로 삼았다.[18]

---

17 李勣(이적) – 본 성명은 徐世勣. 李淵이 李氏를 賜姓(사성)했다. 태종의 世字를 피하여 李勣이 되었음. 태종 23년에 일부러 疊州都督(첩주도독)으로 좌천시켜 속마음을 떠본 일이 있는데, 이때 이적은 칙명을 받고서는 집에도 들리지 않고 임지로 향했다. 僕射(복야)는 尙書省의 부책임자. 좌, 우복야. 재상 급에 해당. 射는 쏠 사. 맞힐 석. 싫어할 역. 벼슬 이름 야.

18 才人(재인), 昭儀(소의) – 女官의 명칭. 황후 아래에 三妃(정일품에 해당)가 있고, 그 아래 六儀(정이품, 6명. 昭儀는 여기에 해당)가 있으며, 이어 美人(정삼품), 才人(정오품에 해당)의 품계가 있었다. 高宗은 태자로 있을 때, 4세 연상인 아버지의 후궁 武才人과 通姦(통간)했다. 태종이 죽자 삭발하고 여승이 되어 感業寺(감업사)에 머물

다음 해, 고종은 황후 왕씨를 폐위하고 무소의를 황후로 삼으려 했다. 몇 사람은 찬성했지만 저수량은 불가라고 했다. 고종이 이를 이적에게 물었다. 이적은 "이는 폐하의 가정사입니다. 이를 왜 남에게 물어야 합니까?" 라고 대답했다.[19]

일은 드디어 결정되었는데, 그 결과는 당 황실로서는 최고의 비극

렀는데 高宗이 옛 정을 못 잊어했다. 당시 王皇后와 蕭淑妃(소숙비)가 서로 고종의 총애를 다투고 있었는데, 王皇后가 소숙비를 내치기 위한 방편으로 무씨를 궁으로 불러들였다. 결국 왕황후, 소숙비 모두 무소의에게 죽음을 당했다.

19 李勣(이적, 徐世勣)은 태종의 특별한 부탁을 받은 사람이다. 태자에게 보위를 넘겨주기 전에 일부러 테스트를 했고, 고종이 즉위하면서 바로 불러들였던 것이다. 그만큼 고종은 이적을 신뢰했었다. 만약 폐비 문제에 이적이 저수량과 같은 입장을 취했다면 고종은 그러지 않을 가능성도 충분하였다. 이적은 '이는 家事' 라는 말로 자신의 의견은 없는 것처럼 말했다. 그러나 그것이 어찌 황제 개인의 일인가? 이적은 젊은 황제에게 충간해야 하는 의무를 저버렸을 뿐만 아니라 오히려 권장한 꼴이었다. 그 결과는 저수량의 폄직과 죽음으로 끝나지도 않았으며, 고종 자신의 불행만도 아니었다. 당나라 황실은 中絶되었고, 그 餘震(여진)이 남아 中宗은 황후 韋氏(위씨)에게 독살되었다. 다행히 玄宗의 즉위로 수습은 되었지만 그 폐해가 결코 적지 않았다. 이적은 668년에 고구려 평양성을 함락시키고 그 다음 669년에 76세로 죽는다. 고종은 7일 동안 輟朝(철조)하면서 大臣의 죽음을 애도했다. 그러나 뒷날 이적의 손자 徐敬業이 武則天에 대항하다가 일족이 주살당하고 이적 역시 剖棺斬屍(부관참시) 당했으나 中宗이 재 즉위하면서 복위 복권되었다.

이었다. 나라 이름조차 바뀌었고 많은 황족이 죽어야 했다. 중국 최초의 女帝의 출현은 모두 고종이 武后를 선택한 그 결과였다.

측천무후는 학식이나 정치적 능력에서 고종보다 여러 면에서 우수했었다고 보아야 한다. 물론 고종의 눈병이 심하여 글을 오래 보지 못한다는 치명적 약점이 있었기에 고종 재위 중의 모든 정치 행위는 무후의 정치적 치적이라 할 수 있다.

高宗은 在位기간에 연호를 14번 바꿨는데 永徽(영휘), 顯慶(현경), 龍朔(용삭), 麟德(인덕), 乾封(건봉), 總章(총장), 咸亨(함형), 上元, 儀鳳(의봉), 調露(조로), 永隆(영륭), 開耀(개요), 永淳(영순), 弘道(홍도) 등이다.[20] 재위 35년 중에 中宮이 정사를 장악한 것이 30년이었다.[21]

---

20 이전에는 해(年)를 기록하는 방법으로 제왕의 재위 연도를 표기했고 年號가 없었다. 中國에서 연호를 최초로 사용한 사람은 전한 武帝로 建元(기원전 140 - 135년)이 최초의 연호이다. 이후 이 전통은 20세기까지 계속 되었다. 황제가 즉위하면 改元을 하였지만 재위 중에도 수시로 연호를 바꾸었다. 천재지변이 일어나거나 天文현상 또는 도참설이나 정치적 필요에서 연호를 바꾸었다. 당 태종은 재위기간 중 내내 貞觀이라는 연호를 사용했지만 고종은 즉위하던 해는 정관의 연호를 쓰고 다음해부터 새 연호를 사용하여 35년 중 14번 개원하였다. 측천무후는 稱帝하는 15년간에 16번 개원을 하여 중국 역사상 가장 많은 연호를 사용한 황제가 되었다. 一帝一元의 제도가 확립된 것은 明代부터이다. 明과 清代에는 연호가, 곧 황제의 호칭으로도 통했다. 예를 들어 洪武帝는 洪武를 연호로 사용한 明 太祖 朱元璋이고, 乾隆帝(건륭제)는 청나라 高宗을 지칭한다. 明清 이전의 시대는 年號早見表를 보아야만 알 수 있다.

21 고종은 우유부단하고 소극적 성격이었으나 무후는 4살 연상에 經史

고종이 죽고 태자 李哲이 즉위하니(684), 이가 中宗이다.

中宗은 즉위한 후,[22] 韋妃(위비)를 황후로 삼았고 嗣聖(사성)이라 개원하였다. 즉위 당시 28세인 중종은 고종의 장례를 마치는 일이 더 급했다. 그러니 정치는 여전히 무후의 손에 있었다. 중종은 자신의 정치적 입지를 강화하려면 모친의 세력을 꺾어야만 했다. 중종은 개혁추진을 도와 줄 인물로 韋(위)황후의 부친 韋玄貞(위현정)을 문하시중으로 임명하려 했다. 그러나 이에 무후의 측근인 裵炎(배염)이 반대를 하고 나섰다. 배염과 이야기 중에 중종은 화가 나서 그랬는지 "만약 그분이(위현정) 원한다면 천하를 줄 수도 있다."는 말이 튀어나왔다. 이 말을 전해들은 황태후(무후)는 곧장 즉위 2달도 되지 않은 중종을 폐위시킨다. 중종은 廬陵王(여릉왕)으로 강등되어 均州(今 湖北省 서북부 丹江口市)에 유폐되었다. 이에 무후는 중종의 아우인 旦(단, 武后 소생)을 황제로 즉위케 하니, 이가 睿宗(예종, 재위 684 – 690년. 2차 재위 710 – 712년)이다. 예종은 이름뿐인 자리를 7년간 지켰다.

太后는 旦(단, 예종)을 폐위하여 皇嗣(황사)로 삼고 자신이 황제라 칭했다. 이가 則天武氏이다.[23] 무후 자신이 황제를 칭했는데, 역사적

를 두루 섭렵하여 박식하기도 했었다. 거기다가 고종은 두통과 안질로 고통을 받았는데 특히 만년에는 시력을 거의 잃었었다고 한다. 결국 35년 재위 중 30년을 무후가 정치를 전담할 수밖에 없었다.

22 中宗 – 高宗의 7남. 武后 所生. 683년(癸未)년 12월 즉위하여 2개월 재위. 재차 제위에 올라〔復辟(복벽)〕 705 – 710년 재위.

23 則天武氏는 荊州都督(형주도독)을 지낸 故 武士彠(무사확)의 딸이다. 太原 출신인데, 나이 14세에 太宗이 그 미모를 소문으로 듣고 後宮으로 불러들여 貞觀 11년에 才人으로 삼았다. 則天은 하늘을 법으

으로 인정받은 유일한 女皇帝(공식 재위 기간 690 – 704년, 690년은 周 天授 원년)이다. 어머니가 자기 아들을 내쫓은 이 사건은 中宗의 자제되지 않은 말 한마디가 초래한 엄청난 비극이었다. 그러나 그 못지않게 武后의 욕망에서 그 원인을 찾을 수 있다.

우선 고종이 제위 중에도 무후는 사실상 황제 역할을 스스로 다 했다. 그런데 이제 아들한테 통제를 받는 것은 생각하기도 어려운 일이었다. 고종의 장례 기간에 내내 정권을 휘두르다가 '장인에게 천하를 넘겨줄 수도 있다.' 는 말 한마디를 꼬투리 잡아 즉시 폐위하고 또 다른 아들 旦(예종)을 즉위시킨다. 물론 이 과정에서 친위대인 羽林軍(우림군)이 관여하게 되면 무후의 계획은 물거품이 된다. 그러나 무후도 그 정도는 미리 계산하고 있었다. 중종 폐위와 예종의 즉위 순간에 우림군은 침묵했다.

武后가 中宗을 폐위시킨 정변은 李世民의 '玄武門의 變(변)' 만큼 중대한 역사적 사건이었다. 현무문의 변은 유혈사태를 촉발했지만 무후의 이번 정변은 유혈사태가 벌어지지 않았다. 중종의 폐위와 예종의 즉위는 '唐朝의 中絶' 과 중국 역사상 '유일한 여황제의 출현' 과 '새 왕조(武周, 則天朝) 출현' 의 서막이었다.

무후는 예종을 세우고 7년간 정식으로 수렴청정을 하였다. 그리고서는 690년에 정식으로 황제로 즉위하여 국호를 周로 바꾸고 15년간을 군림했다.

705년 2월 재상 張柬之(장간지)가 중심이 되고 羽林軍이 동원되어

로 삼다. 《論語 太白》편에 '唯天爲大, 唯堯則之' 이라는 말이 있다. 則은 원음 측, 법칙 칙, 본받을 측. 곧 즉.

무측천을 압박하여 中宗에게 양위를 하게 한다. 이를 역사에서는 '神龍(신룡)혁명' 이라 한다. 중종은 705년에 다시 즉위하고〔復辟(복벽)〕 국호를 다시 唐으로 되돌린다.

그러나 중종은 결국 황후에게 독살 당하는데, 하여튼 父子, 母子, 또 夫婦之間의 일은 정말로 그리 간단하지가 않았다.

측천무후가 神龍 원년(서기 705년)에 82세로 죽었다는 기록을 기준으로 무후의 일생을 표로 요약하면 아래과 같다.

서기	무후 나이	황제	행 적
624	1	고조	장안 출생. 父 무사확.
637	14	태종	才人으로 入宮(武媚).
643	20	〃	李治 – 태자가 됨.
645	22	〃	태자와 통정(通情).
649	26	〃	태종 붕어. 비구니 됨.
		고종	7월 고종(李治) 즉위(22세).
650	27	〃	재 입궁(武 昭儀).
655	32	〃	황후가 됨. 정사 관여.
659	36	〃	장손무기 등 삭직 면관.
668	45	〃	고구려 멸망시킴.
675	52	〃	고종 지병, 讓位의 뜻 언급. 태자 李弘 폭사.
683	60	〃	고종 붕어, 中宗 즉위.
684	61	예종	중종 폐위, 睿宗 즉위. 황태후로 공식 섭정.
690	67	武周	황제로 즉위. 국호 周.
705	82		정월, 퇴위. 太上皇.
		중종	12月. 병사.

측천무후는 科擧(과거)를 활성화한 군주였다. 문관 등용을 위한 과거는 明經科(명경과)와 進士科(진사과)가 있었는데 '30세에 명경과에 급제하면 늦은 것이고, 50세에 진사과에 급제하면 빠른 것' 이라는 말이 있을 정도로 진사과 합격이 어려웠다. 진사과에는 詩와 賦(부)를 시험했기에 唐나라에서 詩가 융성할 수 있는 배경이 되었다.

과거 시험 응시자는 國子監(국자감)의 교육을 받고 응시하는 生徒(생도)와 지방 州縣의 추천을 받아 응시하는 貢生(공생, 鄕貢)으로 대별했다. 그전에는 공생이 갖고 온 貢物(지방 특산물)을 앞에 놓고 그 뒤에 공생이 서 있었는데, 무후 때부터는 공생이 앞에 서 있고 그 뒤에 공물을 놓았다고 한다. 이는 인재를 중시한다는 무후의 뜻이었다.

무후는 武科를 처음 시행하면서 무관의 질을 높였고, 응시자들을 직접 면담하고 파격적으로 등용하는 殿試(전시, 뒷날의 殿試와는 같지 않음)를 시행하기도 했다. 그래도 등용하지 못하는 인재가 있을 것이라 생각한 무후는 '自擧(자거)' 라 하여 스스로 작성한 자기소개서를 받아보고 등용하는 경우도 있었다. 그러다 보니 관리의 정원보다 많은 사람들이 근무하게 되었는데, 이를 '員外' 라 하였다. 하여튼 무후 시대에는 조정에 인재가 아주 풍성했었다고 한다.

徐敬業(서경업, 李勣의 손자, 徐氏로 復姓)의 반란에서 뿌려진 '〈討武曌檄(토무조격), 무후를 토벌하자는 격문〉' 을 무후가 읽는데 '一抔之土未乾에 六尺之孤安在오?' 에 이어 '試看今日之域中하니 竟是誰家之天下오?' 라는 구절에 이르자 무후가 물었다.

"이 글을 누가 지었는가?"

신하가 駱賓王(낙빈왕, 626? 640? – 684?, 字 觀光)이 지었다고 대답하자, 무후는 "왜 이런 인재를 등용하지 못해 반란의 무리에 들어가게 했는가? 이는 분명 재상들이 잘못한 것이다."라고 말했다.

무후가 황제를 제쳐두고 섭정을 했고 또 공식적으로 나라 이름까지 바꾸었는데도 무후에 대한 지식인들의 저항이 없었다는 사실은 무후가 지식인들을 우대하고 잘 등용했기 때문일 것이다. 그리고 酷吏(혹리)들이 설쳐대는 조정이었지만 그보다 더 많은 인재들이 조정을 지키고 있었기에 측천무후 시대는 내우외환이 없었고 경제와 문화가 발전했었다. 이는 인재를 중시하고 잘 등용할 줄 알았던 무후의 정치적 능력에 따른 결과였다고 보아야 한다.

무후의 병환이 위중했다(705). 張柬之(장간지)는 동조자와 함께 거병하여 太子(中宗)를 東宮에서 영입하고, 황성 문을 부수고 들어가 무후의 寵臣(총신)인 張易之(장이지)와 張昌宗(장창종) 형제를 궁 안에서 죽였다. 무후를 上陽宮으로 옮기고, 則天大聖皇帝(측천대성황제)라는 존호를 올렸다. 이 해 겨울에 무후가 죽었는데, 나이는 82세였다.

무후가 고종의 황후가 된 655년 이후 퇴위하는 705년까지 반세기는 측천무후 한 사람의 시대였다. 우유부단한 고종은 측천무후보다 여러 면에서 자질이 부족했기에 무후의 독재 정치는 자연스러운 결과였다. 무후가 정치권력을 행사했던 50년은 태종의 '貞觀의 治'와 현종의 '開元의 治'를 연결하는 기간이었다. 이 기간에 당의 國勢는 크게 불어났고 이민족과 원만한 관계를 유지하면서 최대 판도를 통치했다. 나라 이름이 바뀌었는데도 많은 사람들이 武后의 조정에서 뽑아주기를 기다렸었다. 그 당시 권력의 최상층은 어지러웠으나 백성들은 평안했다. 역사가들은 그 시대를 '亂上而未亂下'라고 기록했다. 한 시대의 평가는 한 면만 바라보고서는 바로 평가할 수 없

다.[24]

측천무후가 죽은 뒤에 中宗(李治, 재위, 705－710)이 복위하였다. 한 사람이 두 번 황제 자리에 즉위하기는 실로 특별한 것이다. 중국에서는 中宗이 그 첫 번째였고, 그 다음 睿宗〔예종, 李旦, 이단, 재위 710－712, 復辟(복벽)〕이 두 번째였다.

中宗은 한마디로 昏迷(혼미, 멍청함)하고 凡庸(범용, 지극히 평범함)하며 무능한 황제였다. 소인을 가까이 하였고 賢臣을 멀리했다. 武三思(무삼사, ?－707, 武則天의 조카)의 뜻에 따라 자신을 復辟(복벽)케 해준 張柬之(장간지) 등을 내치고 죽인 것은 정말 우매한 짓이었다. 武后 집

---

24 則天武后(측천무후)는 중국 역사상 유일한 女皇帝였다. 高宗과 武則天은 今 陝西省 乾縣(건현)에 있는 乾陵(건릉)에 묻혔다. 건릉 동편에 전체 높이 7.3m, 폭 2.1m, 두께 1.5m의 거대한 비석이 있는데, 아무런 글자가 없어 이를 '無字碑(무자비)' 라 부른다. 이 무자비에 대하여 후인들의 갖가지 추측만이 있다. 碑文이 없는 이유로서 ㄱ) 武則天은 자신의 功德은 文字로 표현할 수 없을 정도로 위대했기에 무자비는 측천무후 자신의 의지일 것이다. ㄴ) 武則天 자신의 죄과와 稱帝한 일 자체가 과오였다는 것을 자신이 알고 무자비를 세우게 했을 것이다. ㄷ) 武則天의 "나의 功過는 후인의 평가를 기다려 기록하라." 고 유언했기 때문이다. ㄹ) 아들 中宗이 비문을 세워야 하는데 측천무후에 대한 칭호를 皇帝, 아니면 母后로 하느냐의 논쟁이 있었고 결론을 내리지 못했기에 아예 비문을 쓰지 않았다. 이런 저런 온갖 추측이 난무하며 나름대로 설득력이 있는 주장을 펴지만 그 眞實은 누구도 알 수 없다.

결론으로 말한다면 한 사람에 대한 평가는 이처럼 어려운 일이다.

권 시의 폐단을 바로잡을 생각도, 또 쇠약해진 종실을 일으킬 생각도 못할 정도로 용열했기에 韋皇后(위황후)가 날뛰었고 아내와 친딸의 공모에 의해 독살 당했다. 여하튼 그 자질이 중간 이하라는 평가만 받아도 후한 점수였다.

중종이 景龍(경룡) 4년(710)에 시해를 당하자, 아들 重茂(중무)가 즉위했고 위황후가 섭정을 하였다(少帝, 2개월 재위). 相王의 아들 李隆基(이융기)가 기병하여 난을 토벌하면서 위황후와 안락공주를 모두 죽였다. 이어 중무를 폐위하고 아버지인 상왕을 받들어 즉위케 하니, 이가 睿宗(예종)이다.

예종의 이름은 旦(단)이다. 그전에 高宗이 붕어하자 中宗을 폐한 뒤에 武后가 단을 즉위케 하였는데 7년(재위 684 – 690) 동안 武后에 눌려 아무런 권한도 행사하지 못했다. 그리고 폐위되어 周의 皇嗣(황사)로 9년, 다시 相王으로 피봉되어 10년을 기다렸다.

중종이 피살되자(서기 710년), 中宗의 子 李重茂(이중무)를 폐위하고 예종이 즉위한 사건을 그 해의 (少帝의) 연호를 따서 唐隆之變(당륭지변)이라 한다. 예종은 三男인 李隆基(이융기)를 태자로 정했다.

예종의 여동생인 太平公主(665 – 713년, 高宗과 武則天의 막내딸)는 張易之(장이지)와 장창종을 주살할 때와 韋황후를 처단할 때 모두 힘을 보탰다. 이미 여러 번 큰 공을 세웠기에 위세가 높고 무거웠다. 예종도 태평공주와 정사를 논의하였으니 그 권력이 황제를 능가하였고 저택 문 앞은 시장처럼 붐볐다. 태평공주는 태자 이융기의 영특함과 용맹을 꺼려 태자를 바꾸려 했다.

서기 712년 8월, 예종은 태자 이융기에게 전위하고서 太上皇帝라

칭했고, 이융기는(玄宗) 즉위하면서 先天이라 개원했다. 先天 2년(713년) 太平公主는 현종으로부터 정권을 탈취하려고 御林軍(어림군)과 南衙兵(남아병)을 동원하여 기병하지만, 현종은 즉시 무력 제압에 성공한다. 태평공주는 자신의 집에서 사약을 받았다.

태평공주는 16세인 681년에 결혼했다가 과부가 되었다. 무후는 과부가 된 태평공주를 자신의 친정조카에게 690년에 시집보냈고, 무후는 황제로 정식 등극한다. 이후 태평공주의 생활은 매우 음란했다. 어찌 보면 태평공주는 측천무후의 복사판으로 야심이 많고 心計가 남들보다 뛰어나 결코 남자의 품에서 얌전하게 지낼 여인은 아니었다.

태평공주의 모반 실패는 626년 이세민의 '玄武門의 變' 이후 측천무후의 등장과 중종 폐위와 예종을 대신한 섭정, 武周의 건국과 무후의 퇴위(神龍 革命), 709년 中宗 태자 李重俊의 謀反, 중종 韋(위)황후의 발호와 중종의 독살, 그리고 위황후의 축출과 예종 즉위〔唐隆之變(당륭지변)〕에 이은 마지막 정변이었다. 이후 '開元의 治'라는 태평성세가 이어진다.

6. 唐 玄宗 - 開元의 治와 安史의 亂

李隆基(이융기, 재위 712 - 756)는 예종의 三男인데, 玄宗은 廟號(묘호)이고 보통 唐明皇(당명황)이라 호칭한다. 玄宗의 재위 기간은 唐이 盛世(성세)에서 쇠약기로 전환하는 시기였다.[25]

---

25 이때 新羅에서는 聖德王(名, 金隆基. 702년 즉위) 때였다. 신라에서

開元 원년에(713) 환관 高力士(고력사, 684 – 762)는 右監門將軍이 되어 內侍省(내시성)의 일을 함께 담당했다.[26] 그전에 太宗이 만든 제도로는 내시성에 三品官을 둘 수 없었으며, 황색 옷을 입고 녹봉으로 곡식을 받으면서 문을 지키거나 심부름을 하는 일 뿐이었다. 이때에 이르러 3품 장군을 제수 받는 자가 점점 많아졌고 宦官(환관)이 늘어나 3천 명이나 되었으니 내시의 융성은 이때부터 시작되었다.

唐의 현명한 재상으로는 전에는 房玄齡(방현령)과 杜如晦(두여회)를 일컬었고, 뒤에는 姚崇(요숭)과 宋璟(송경)을 말했는데 다른 이들은 비교가 되질 않았다.[27] 요숭과 송경 두 사람이 들어와 알현하면 현종은

712년에 당에 사신을 보냈는데, 唐에서는 현종의 이름을 避諱(피휘)하여 聖德王의 이름을 고치라 요구했다. 渤海(발해)는 699년에 건국되어 高王〔大祚榮(대조영)〕이 재위 중이었다.

26 高力士(684 – 762년) – 本姓 馮(풍), 환관. 太平公主를 제거하는데 공을 세워 현종의 절대적인 신임을 받았다. 안록산의 난 때, 현종이 촉으로 피난을 가는 길에 호위 군사가 양귀비 처형을 요구했다. 현종은 주저했으나 고력사가 현종을 설득하여 양귀비가 자결토록 했다. 현종이 양위하고 숙종이 즉위하자 고력사는 지방으로 귀양을 갔다. 현종이 울분 속에 762년 죽자, 그 소식을 들은 고력사는 식음을 전폐하고 7일만에 죽었다.

27 당나라의 宰相(재상) – 唐 太宗은 中書省, 門下省, 尙書省의 三省에서 政務를 종합적으로 처리하는 일종의 재상합의체를 유지하였다. 당에서 宰相이라 부를 수 있는 직책이 매우 많았다. 中書令, 門下侍中, 尙書令은 모두 宰相이었다. 이중에서 상서령은 正二品이었고 상서령 밑의 좌, 우복야는 從二品이었으나 중서령과 시중은 正三品이

번번이 자리에서 일어나 맞이했고, 물러날 때는 섬돌까지 나가 전송했다.

개원 21년(733), 韓休(한휴, 672 – 739)가 同平章事(동평장사, 同中書門下平章事의 줄임)가 되었다. 한휴는 사람됨이 매우 강직하였는데, 현종이 연회나 유락이 좀 도를 넘었다 하면 바로 좌우 근신들에게 "한휴가 아는가 모르는가?" 라고 물었다. 그 말이 끝나자마자 한휴의 충간하는 글이 올라오곤 했다. 측근들이 "한휴가 재상이 된 뒤로 폐하는 전보다 유달리 수척해지셨습니다." 라고 말했다. 이에 현종은 "내가 수척해졌지만 백성들은 살쪘을 것이다." 라고 말했다. 한휴가 사직하자 張九齡(장구령, 678 – 740)이 인계받았다.

개원 22년에, 李林甫(이임보, ? – 753년)는 유순하고 말을 잘했으며 교활한 술수가 많은 사람으로,[28] 환관이나 비빈들의 집안과 깊은 관

었다. 그 밖에도 정무에 참여하지만 정삼품이 아닌 '同中書門下平章事' 와 '同中書門下三品' 도 事實上의 재상급이었다. 이 재상급 위에 다시 三師라 하여 太師, 太傅(태부), 太保가 있고 三公이라 하여 太尉, 司徒, 司空이 있었다. 이들 三師와 三公은 명예직이었다.

28 李林甫(이임보) – 唐朝의 宗室이기에 벼슬을 시작했지만 교활하였으며 口蜜腹劍(구밀복검) 고사의 주인공이다. 개원 22년(734년)부터 천보 11년(752년)까지 재상직을 수행했다. 장구령 같은 인재를 이간질하여 폄직케 하였고, 문란한 政事로 안록산의 난이 일어날 수 있는 배경을 만들어 놓은 사람이었다. 이임보는 무식한 사람으로 정평이 나 있었다. '弄璋之慶(농장지경, 璋은 홀 장)' 은 得男 축하의 글귀인데, 이임보는 이를 '弄獐之慶(獐은 노루 장)' 이라 썼기에 당시 사람들이 '弄獐宰相' 이라고 불렀다는 이야기도 있다.

계를 맺고 황제의 동정을 엿보아 모르는 것이 없었다. 이 때문에 매번 아뢰는 답변이 늘 황제의 뜻에 잘 맞았다.

개원 24년(736), 幽州節度使(유주절도사)인[29] 張守珪(장수규)가 패전한 장수 安祿山(안록산)을 잡아 장안으로 압송했다. 장구령은 이를 비평하여 "장수규가 군령대로 처형했어야 하는데 안록산을 살려 압송한 것은 옳지 않다."고 하였다.

본래 安祿山(안록산, 703 – 757)은 그 부친이 이란계 소그디아나人(Sogdiana. 粟特, 속특 / 羯族 갈족의 일부)으로, 본성은 康(강)이고 모친은 돌궐족인데, 뒷날 아들을 데리고 安씨에 재가하여 安氏 성을 사용하였다. 소그디아나人들은 상업 활동이 활발했는데, 안록산은 6개 언어를 구사할 수 있었다. 현종은 안록산의 재능과 용기를 아껴 사면하였

---

29 節度使(절도사) – 지방의 각 도(10道 → 현종 때 15道)에 주둔한 무장을 都督(도독)이라 하였는데, 이 도독 중에서 천자를 대행하여 軍權을 행사할 수 있는 持節(지절)을 받은 도독을 節度使(절도사)라고 불렀다. 현종 開元 연간에 北庭(북정), 河西, 河東, 隴右(농우), 朔方(삭방), 范陽(범양), 平盧(평로), 劍南(검남), 嶺南(영남), 磧西(적서)의 10절도사를 두었다. 이중에 범양절도사(北京 지역, 幽州)가 가장 강했다고 한다. 절도사를 처음 설치할 때는 군사 업무를 담당하며 외적 방어가 주목적이었으나 점차 권한이 확대되어 관할 구역의 군사 행정 재정의 모든 권한을 장악하게 되었다. 당나라에서는 이 절도사의 세력을 통제하질 못했기에 안록산의 난이 일어났고, 안록산 난 이후에도 절도사의 세력은 여전히 막강했다. 결국 당나라도 절도사 출신 朱全忠에게 멸망했고, 五代의 건국자와 北宋의 건국자인 趙匡胤(조광윤)도 모두 절도사 출신이었다.

는데, 張九齡(장구령)은 힘써 간쟁하면서 "안록산은 반란을 일으킬 인상이니 죽이지 않으면 필히 후환이 될 것입니다."라고 말했다. 그래도 현종은 안록산을 죽이지 않았다.

장구령이 사직했고, 이임보가 中書令을 겸직했다.[30] 현종은 오래 재위하게 되자 점차 멋대로 호사스런 생활에 빠졌고, 이임보는 마침내 정치를 전횡하게 되었다.

天寶 원년(742 – 755)에, 안록산은 말갈족에(여진족) 대비하기 위한 平盧節度使(평로절도사)가 되었다. 천보 3년에(744), 안록산은 약 10만의 병력을 보유한 최대 軍鎭인 范陽節度使(범양절도사, 현 北京)를 겸직하였다.

천보 4년(745), 楊太眞(양태진, 719 – 756)을 貴妃로 삼았다. 양귀비는 죽은 蜀州(촉주)의 司戶인(호적업무 담당) 楊玄琰(양현담)의 딸이었다〔귀비의 초명은 玉環(옥환)〕. 현종의 아들 壽王(수왕)의 妃가 된지 10년이었다. 현종은 그녀의 미모를 본 뒤에 (太眞이) 스스로 女官이(女道士) 되기를 희망한다 하여, 수왕에게는 다른 妃와 결혼을 시킨 다음에, 뒷날 양귀비를 맞이하였는데 결국은 현종의 총애를 독차지하였다.[31]

---

30 전에 현종이 이임보를 재상으로 임명하려고 장구령에게 의견을 물었었다. 장구령은 "재상은 국가 안위와 직결됩니다. 뒷날 틀림없이 사직의 걱정거리가 될 것입니다."라고 반대하였으나 현종은 듣지 않았다. 이후 이임보는 기회 있을 때마다 장구령을 헐뜯었다고 한다.

31 楊貴妃 – 비도덕적 결합 – 玄宗이 총애하던 武惠妃(무혜비)가 開元 25年(737년)에 죽는다. 後宮에 아무리 美人이 많다지만 玄宗의 뜻에 맞는 여인이 없었다. 이에 18子인 壽王의 왕비 楊氏가 미인이라

천보 6년(747), 안록산이 御史大夫를 겸직하게 하였다. 안록산은 양귀비의 양아들이 되겠다고 하였다. 천보 9년에, 안록산을 東平郡王에 봉하면서 河北道 採訪處置使(채방처치사, 관리 비행 감찰)를 겸하게 했다.

는 말을 듣고 자신의 며느리를 불러 보니 과연 미인이었다. 양씨는 양현염의 딸로 蜀에서 태어났지만 10세에 부친을 여의고 叔父의 손에 양육되다가 16세인 735년에 壽王 李瑁(이모)의 妃가 되었고 이미 두 아들을 출산했었다. 현종이 양씨를 만나본 뒤, 현종의 모친 두태후의 명복을 빌게 한다는 이유로 양씨를 여도사로 만들어 道觀(道敎의 사원)에 밀어 넣고 道號를 太眞이라 했다. 아들 수왕을 재혼시키고, 그 한 달 뒤에 太眞은 환속하여 귀비로 책봉되는데(745년) 이때 貴妃는 26세, 현종은 61세의 노인이었다. 귀비는 756년까지 12년간 현종의 총애를 독점했었다. 현종은 712년 28세에 즉위하여 756년까지 45년을 재위하고, 762년 78세에 죽는다.

사실 양귀비와 玄宗의 결합과 애정은 비도덕적이고 비정상적이었다. 기운이 왕성하고 풍류를 아는 황제라는 점을 감안하더라도, 자신의 며느리를 강제로 이혼케 하여 아내로 맞이했다는 자체가 비도덕적이었다. 결국 '安史의 난' 으로 양귀비는 마외파의 절에서 목을 매어야 했고, 현종은 슬픔과 실의 속에서 帝位를 아들(肅宗)에게 넘겨주어야 했다. 말하자면 '安史의 난' 과 당의 國運이 기우는 계기가 된 것은 현종과 귀비의 애정이었다.

그 이전 현종의 할아버지인 高宗은 아버지 太宗의 후궁인 武才人(武后)을 절에서 데려와 황후로 삼았었는데 물론 애틋한 사랑이 있었다고는 하지만 그 결과는 당 왕조의 중간 단절이라 엄청난 파장을 불러왔었다. 이러한 비정상적인 애정은 太宗도 예외가 아니었다. 태종은 '현무문의 변' 을 통해 동생인 齊王(元吉)을 죽이고, 그 아내 곧 弟嫂

安祿山이 入朝할 때, 楊釗(양쇠)의[32] 형제자매들은 모두 교외까지 나가 안록산을 영접했다. 천보 11년(752), 재상 李林甫가 죽었다. 이임보는 황제 측근에게도 아첨을 잘해서 황제의 뜻에 잘 영합하여 총애를 독차지하면서 언로를 막았고 황제의 귀와 눈을 가렸다. 현명하고 유능한 사람을 질투, 배척, 억제하였고 성질이 음험하여 사람들은 '말은 달콤하게 하지만 뱃속에는 칼이 있다〔口蜜腹劍(구밀복검)〕.' 고 하였다. 이임보가 자리에 19년을 있으면서 천하대란의 싹을 키우고 있었으나 현종은 깨닫지 못했다. 이 해에 양국충은 재상이 되었다.

천보 14년(755), 안록산은 마침내 반란을 일으켰다. 거느리던 병력과 흉노족의 별종과 거란의 군사 등 15만을 동원하였다. 그때는 태평세월이 오래라서 백성들은 전쟁을 몰랐고, 각 州, 縣이 바람에 쓸리

(제수)를 데려다가 사랑하고 거기에서 所生을 얻기도 했었다. '貞觀의 治' 라는 선정을 행한 태종이 武氏를 궁으로 불러들인 결과는 측천무후의 등장을 초래했고, '開元의 治' 를 이룩한 현종이 양귀비를 사랑한 결과는 安史의 난과 당나라의 쇠퇴를 불러오는 단초가 되었다. 그래서 帝王이건 凡人이건 모든 행실이 도덕적이어야 한다는 교훈이 통하는 것이다. 아무런 실효가 없어 보이는 人倫이라는 도덕이 인간의 삶에서 가장 중요하다는 것을 알아야 한다.

32 楊國忠(楊釗, 釗는 사람 이름 쇠)은 貴妃의 6촌 형제로 궁중을 출입할 수 있었다. 본래 楊釗(양쇠)는 거의 무뢰배와 같은 생활을 하다가 군에 투신하였다가 양귀비의 득세에 따라 벼슬길에 올랐다. 천보 9년(750년)에 개명을 요청하여 현종이 國忠이라는 이름을 하사. 752년에, 이임보가 죽은 뒤 재상의 반열에 올라 안록산과 각을 세우면서 대립하였으며 전성기에 40여 관직을 겸했다. 안록산은 '양국충 타도' 를 주창하며 난을 일으켰다.

듯 와해되었다. 안록산은 東京(洛陽)을 함락시켰다. 천보 15년, 안록산은 大燕(대연) 황제를 참칭했다.

삭방절도사인 郭子儀(곽자의)와[33] 하북절도사 李光弼(이광필)은 안록산의 부장 史思明(사사명)과[34] 싸워 대파하고 먼저 河北의 여러 군을 되찾았다.

長安을 떠난 현종은 馬嵬驛(마외역, 今 陝西省 咸陽市 관할 興平市 서쪽)에 머물렀다. 장수와 병졸들은 굶주리고 지쳐 분노하면서, 양국충 등을 죽이고 황제를 핍박하여 양귀비를 목매어 죽인 뒤에야 출발했다.[35]

결국 현종은 재위 45년에(712 – 756) 양위하고 太子가 즉위하니, 이가 肅宗(숙종, 재위 756 – 762)이다.

---

33 郭子儀(곽자의, 697 – 781년) – 武科에 장원급제한 장수, 安史의 난 평정에 공을 세웠다. 현종, 숙종, 대종, 덕종을 섬기면서 2차례 재상을 역임하며, 85세까지 장수했고 그의 아들 8명, 7명의 사위가 모두 출세했기에 唐代에 가장 유복한 사람으로 알려졌다.

34 史思明(703 – 761) – 돌궐인 初名 窣幹(솔간). 안록산과 동향인, 안록산은 군사를 잘 몰랐고 사사명이 군사적 재능이 있었다. 안록산의 아들 안경서를 죽이고 大燕의 제위에 올랐다가 자신의 아들 史朝義(사조의)에게 피살되었다.

35 현종의 호위 장졸들은 모두 양국충에게 분노를 쏟았다. 양국충은 마외역에서 도주했지만, 현장에서 난도질당했다. 피를 본 무리는 흥분했고 마외역 전체를 둘러싸고 현종에게 양귀비 賜死(사사)를 요구했다. 장졸들은 뒷날의 보복을 걱정하였다. 급박해진 현종은 어쩔 수 없었다. 환관 高力士는 양귀비에게 비단 한 필을 건넸고, 양귀비는 佛堂 앞에 있는 배나무 가지에 목을 매었다. 겨우 軍心을 진정시켰다 생각했지만 그것은 끝이 아니었다.

7. 唐의 쇠퇴

玄宗의 재위 기간이 길어지면서 天寶(천보) 연간(742－755년)에는 사치와 향락이 도를 넘게 되고, 여기에 李林甫와 楊國忠의 발호가 국가적 위기를 초래했다. 또한 토지 겸병의 폐단이 두드러졌고 유랑농민의 대량 증가, 세금과 요역의 증가에 따른 사회적 모순과 갈등은 점점 심해졌다.

결국 安史의 난(安祿山과 史思明의 난, 755－763)으로 진행되었고, 당은 난을 겪으면서 성세에서 쇠퇴기로 접어들었다. 안록산과 사사명의 난은 천보 14년(755년)에 시작되어 代宗(재위 763－779)이 즉위하는 光德 원년(763년)에 평정이 된다. 장장 9년에 걸친 난을 통하여 당의 통치 역량은 크게 약화되었다.

우선 안사의 난 이후 당에 반기를 들었던 장수들을 제거하지 못하여 절도사들의 발호가 계속 되었다. 당은 이들을 통제할 수가 없었으며 절도사들이 서로 살육 쟁탈하면 조정에서는 그대로 지위를 인정해 주었다. 절도사가 스스로 그 관내의 관리 임명권을 갖고 있었다. 또 지역의 조세와 재정권을 절도사들이 완전 장악하게 된다. 이리하여 절도사를 중심으로 하는 지방 세력이 중앙세력과 대결 국면을 불러오게 되었다.

조정에서는 환관들에게 변경 절도사들을 감독하라고 수시로 파견하였으나 아무런 실효를 거두지도 못하고 오히려 환관의 세력만 키워 주었다.

이 안사의 난 이후 주변 이민족들은 수시로 변경을 침략했다. 그럴수록 당의 군사 유지비는 계속 증가했고 그 폐해는 고스란히 농민들에게 전가되었다.

安史의 난 중, 당 조정에서는 반군 세력의 확산을 방지한다는 명분으로 많은 약 40명 가까운 절도사를 두었다. 이 절도사들이 관장하는 부대를 藩鎭(번진)이라 하였다. 安史의 난 이전의 절도사는 지역의 軍政만을 담당하였으나, 난 이후에는 관찰사와 州의 刺史(자사)를 겸했기에 민생과 재정권까지 장악한 거대한 지방 세력으로 급성장하였다.

하나의 번진이 보통 2, 3개 주, 강력한 번진은 10여 주를 관장하였기에 번진은 실질적인 지방행정단위였다고 볼 수 있다. 특히 안록산의 난에 가담했다가 당에 투항했다가 절도사로 임명된 번진은 당의 통제에서 벗어나 반 독립적 성향을 띠었다.

幽州(유주)에 근거지를 둔 盧龍(노룡)절도사와 成德(성덕)절도사, 魏博(위박)절도사는 '河北三鎭(하북삼진)' 이라 하였는데, 安祿山과 史思明을 받들며 당의 지배를 거부하였다. 이들은 절도사 직을 세습하면서 중앙에 조세를 보내지 않았으며 지방관 임명권을 행사하였다. 이처럼 중앙정부에 반기를 띤 번진을 '反側之地(반측지지)' 라 하였다. 河東절도사나 朔方(삭방)절도사도 당 조정에 반기를 드는 반측지지에 속했는데, 山東 일대의 군권을 장악하고 있던 淄青(치청)절도사(平盧절도사라고도 부름, 治所는 青州) 또한 그러했다.

이에 대하여 당의 지배를 받아들이는 후방의 번진은 '順地(순지)' 라 하였다. 이러한 번진체제는 안사의 난 이후 당 멸망 때까지 140여 년을 존속했다. 절도사들은 하극상에 의해 절도사를 축출하고 그 자리에 올라도 정부에서 그 지위를 인정할 수밖에 없었으니 절도사에 의한 망국을 초래할 수박에 없었다.

절도사에 의해 운영되는 번진의 군사들은 절도사의 능력에 따라 모병된 병사들이었다. 이들을 거느리는 절도사 직속의 부하 장수들은 자신의 뜻에 따라 출정을 거부하거나 또는 절도사를 축출하고 스스로 절도사에 오르는 下剋上(하극상)을 수시로 감행하였다. 그러다 보니 절도사는 절도사대로 자신의 친위군이라 할 수 있는 家兵을 조직하고 운영하였다. 이 절도사와 家兵들은 擬制的(의제적) 가족관계를 형성하는 경우가 많았다. 절도사들은 부하 장수들의 환심을 사기 위해 재물을 하사하거나 중앙정부에 추천하여 관직을 수여받도록 주선도 해 주었다.

절도사들이 이렇듯 모병을 하고 번진을 유지할 수 있었던 근본 배경은 균전제와 부병제의 붕괴, 그리고 폐정에 따른 流民의 대량 증가를 꼽을 수 있다.

물론 당 조정에서도 이들 절도사들의 세력을 꺾으려는 시도도 있었지만 큰 성과를 거두지 못했고 절도사 간에 상호 견제도 있어 당 왕조는 명맥을 유지할 수 있었다.

안사의 난 이후, 唐이 안고 있는 여러 가지 모순들이 그 모습을 드러낸다.

중앙정부와 지방 藩鎭(번진) 간의 內戰이나 번진들의 長安 침공도 있었고, 이민족의 침입과 수도 점거, 환관들의 조정의 고급 관원 배척, 그리고 백성들의 피폐와 유랑은 내재적 모순의 외부 표출이라 할 수 있다.

당의 국가적 근본이었던 均田制, 府兵制와 租(조)·庸(용)·調(조)의 납세 제도였다. 균전제가 붕괴하면서 토지 사유화가 진행되었고, 부병제는 모병제로의 전환했는데, 이에 따라 절도사들은 더욱 발호했다. 조용조의 납세는 780년 이후 시행된 兩稅法(양세법)으로 바뀌었으나 재정지출 증가에 따라 국가에서는 增稅하면서 鹽稅(염세), 茶稅(차세) 등 잡세를 더 많이 거두어들인다. 이런 과정에 편승하여 지방관의 백성에 대한 착취 등은 더 치열했기에 백성들의 생활은 매우 곤궁하였다.

중앙의 정치에서 용렬하거나 무능한 황제의 연속 즉위와 특히 宦官(환관)의 발호에 따라 황제권은 아주 허약해졌다. 환관과 朝官(조정의 高官)의 결합으로 생성된 朋黨(붕당)은 牛李(우이) 당쟁으로 그 정점을 찍는다.[36]

---

36 이덕유와 우승유의 종말 – 李德裕(이덕유, 787 – 850)는 武宗이 卽位하는 開成 5년(840년)에 다시 재상이 되어 무종의 신임을 받았다. 비록 짧은 기간이지만 위구르(回紇)족을 물리쳐 당의 국위를 높였다. 會昌 원년(841년)에, 太尉에 임명되고 衛國公에 책봉되었다. 내정에도 힘써 필요 없이 많은 관리들을 줄이고 환관을 통제하면서 내정을 一新하였다. 會昌 5年(845년)에, 무종의 불교탄압 정책을 따르면서 4,600여 개의 절을 없애고 승려 26만 명을 환속시켰다. 武宗 다음에 宣宗(선종)이 즉위하면서 승상에서 물러난 이덕유는 지방의 절도사와 外地의 司馬로 폄직되었다가 宣宗 大中 2年(848년)에 海南島로 유배된다. 이덕유는 거기에서 주민들에게 열심히 유학을 가르치면서 존경을 받았지만 서기 850년에 해남도에서 63세를 일기로 죽었다. 會昌 6年(846)에, 宣宗이 즉위하면서 이덕유의 李黨은 모두 배척당했다. 牛僧孺(우승유, 779 – 848, 新進 士類 牛派의 영수)는 조정에 들어와 여러 관직을 역임하고 東都(낙양)의 分司에서 술과 시와 비파를 타며 여유를 즐겼지만 이덕유는 당나라의 남쪽 끝 해남

그 뒤에 조정의 南司(남사)와 환관의 北司(북사)의 계속되는 대립이 있었고, 조관들은 지방의 번진세력과 결탁하여 환관과 맞서면서 晩唐(만당)의 정치는 크게 어지러웠다.

여기서 일단 唐代 상업의 발달을 언급하고 지나가야 한다.

당나라 문화는 당 제국의 개방성과 함께 국제적 문화라는 특성을 갖고 있다. 수도 장안에는 주변 여러 소수 민족에서 보내온 외교 사절이 넘쳐났다고 하는데, 그러한 외교사절의 왕래가 있다면 틀림없이 상인의 왕래 또한 많았을 것이다

특히 黃巢(황소)의 난(875－884) 때 황소는 廣州에서 페르시아 인이나 아라비아 이슬람 상인 등 12만 명을 죽였다는 기록을 보면 외국무역의 융성을 짐작할 수 있다.

당의 국제 무역은 내륙의 국경에는 互市(호시)가 형성되어 국제무역이 이루어졌으며, 해상무역은 廣州에 市舶司(시박사)를 두어 외국무역을 감독케 하였다. 시박사는 세관업무를 수행하였으며 황실에서 필요로 하는 물품의 구매도 담당하였다.

당나라의 상업은 농업 생산량의 증가, 강남 개발, 대운하의 소통, 茶 마시는 습관의 유행, 면화 재배와 면직물의 보급, 그리고 300년 가까운 통일 유지 등에 힘입어 비약적으로 발전할 수 있었다.

당의 행정도시인 장안과 낙양에는 상설시장이 개설되어 있었고 관리의 감독 아래 상업 활동이 이루어졌다. 이러한 시장에는 동업자끼리

도로 유배되었다. 우승유는 大中 2年(848년)에, 낙양의 별장에서 죽었다. 우이당쟁의 최후 승자는 牛黨이었다.

'行' 이라는 조직이 있어 상업 활동을 자체적으로 규제하기도 하였다.

지방의 주와 현에는 草市(초시)가 형성되었고, 초시에는 客商(객상), 坐賈(좌고), 牙儈(아쾌, 일종의 거간꾼. 儈는 거간 쾌)가 활동하였다. 큰 도시나 교통요지에는 여관, 창고업, 술집 등이 발달하였고, 덕종 때 양세법 실시와 함께 세금의 金納化가 시행되면서 화폐유통이 보편화 되었고 送金(송금) 어음인 飛錢(비전)도 사용되었다. 당의 이러한 경제적 발전이 있었기에 문화 전반의 향상이 가능했다.

德宗(덕종, 재위 780 – 804) 때 소위 涇原兵變(경원병변, 경주, 원주 병졸반란)이 일어나자 덕종은 피난해야만 했다. 전 盧龍(노룡)절도사인 朱泚(주차)는 칭제했고, 삭방절도사 이회광도 반란 진영에 가담하였다. 결국 중흥의 명장 李晟(이성)에 의해 반군이 토벌되자 덕종은 4년 만에 환도할 수 있었다.

德宗은 재위 초기에는 문무백관을 신임하고 환관의 정치 간여를 엄금하면서 중흥의 기상을 내 보였다. 덕종은 楊炎(양염)을 재상으로 삼아 兩稅法을 시행했고, 劉晏(유안)을 등용하여 漕運(조운)을 개혁하며, 鹽法(염법)을 고치면서 국가 재정을 개선하였다. 그렇지만 간신 盧杞(노기)를 신임하여 양염을 죽이고 유안을 배척하면서 대신을 감시하였다.

덕종은 경원병변을 거치면서 피난 중 자신에게 충성을 다한 竇文場(두문장), 霍仙鳴(곽선명) 같은 환관들을 신뢰하면서 환관에게 禁軍(神策軍)의 통솔을 맡겨 환관이 '護軍中尉(호군중위)' 라 하여 監軍(감군)하는 제도가 자리를 잡았다.

唐 順宗(재위 805)은 大歷 14年(779년)에 황태자가 되었다가, 貞元 21년(805년)에 德宗의 뒤를 이어 즉위한다. 永貞이라 개원하면서 王叔文(왕숙문), 韋執誼(위집의), 柳宗元(유종원), 劉禹錫(유우석) 등을 중용하여, 德宗(덕종, 재위 780 – 805) 이래의 폐정을 개혁하고 탐관을 축출하며 염철의 전매 정책을 개혁하고 환관이 장악하고 있는 병권을 회수하려 했다. 이러한 일련의 개혁을 당시의 연호에 따라 '永貞革新(영정혁신)' 이라 한다.

그러나 순종은 중풍 치료 중에 말을 못하게 되었고 환관과 절도사들이 결탁하여 개혁에 반대하며, 한편으로는 순종을 핍박하여 태자에게 양위케 하였다. 이를 史書에서는 '永貞內禪(영정내선)' 이라 부른다. 이로서 영정개혁은 종결된다. 순종은 이듬해에 병으로 죽는데 환관에 의해 살해되었다고 한다.

순종 재위 8개월에 당의 말기적 현상이 집약되는데, 곧 폐정 개혁의 시도가 있었으나 실패하였고, 환관과 지방 번진의 결탁, 그리고 환관에 의한 황제의 양위, 옹립되었다는 사실 등이다.

憲宗(헌종, 재위 806 – 820)은 順宗 長子로 805年에 順宗이 卽位하면서 太子가 되었다. 憲宗은 즉위하면서 황제의 권력으로 지방의 藩鎭(번진) 세력을 꺾으려 했다. 元和 10년(815)에서 817년에 淮西(회서) 절도사 吳元濟(오원제)의 반란을 평정하였다. 이어 원화 13년(818) 에는 淄靑(치청)절도사 李師道(이사도)를 죽여 버렸다. 오원제가 평정된 뒤로, 전국의 藩鎭들은 적어도 名義上으로는 전부 당에 복속하였고 당의 지방 지배력은 회복된 것처럼 보였다. 이를 역사에서는 '元和中興(원화중흥)' 이라 부른다.

元和 14년(819년) 정월에 鳳翔縣(봉상현) 法門寺의 佛舍利(불사리)를 장안에 맞이하여 친견하였는데, 이를 극간한 韓愈(한유)를[37] 먼 남쪽의 潮州(조주)자사로 좌천시키기도 하였다.[38]

憲宗은 환관에 의해 옹립되었기에 즉위하면서부터 환관을 중용하

---

37 韓愈(한유, 768 – 824년) – 字 退之, 祖籍 昌黎郡(今 河北省 昌黎縣) 世稱 '韓昌黎(한창려)'. 만년에 吏部侍郎을 지내 '韓吏部' 라고도 부르며, 시호가 文公이라서 '韓文公' 이라는 칭호를 많이 사용. 唐代 文學家로 柳宗元과 함께 古文運動을 주창했다. '唐宋八大家' 의 한 사람.

38 불교 탄압 – 三武一宗의 法難 – 唐朝는 道教를 國教로 삼았었다. 高宗은 老子〔名 李耳, 老聃(노담)〕를 太上玄元皇帝라고 추존했다. 그러나 高宗, 武則天, 中宗, 肅宗, 德宗, 憲宗, 懿宗(의종)과 僖宗(희종)의 8명 황제는 불사리를 맞이하거나 참배 공양하였는데 그런 행사를 할 때에는 온 나라가 들썩거렸다고 한다. 그러나 불교가 융성하면서, 농민이 승려가 되어 국역을 회피하고, 사원의 토지에 대해 과세를 할 수 없어 국고 손실이 많다는 이유로 廢佛(폐불)을 주장하는 논의가 이어졌다. 물론 南朝 梁 武帝와 같이 자신의 몸을 부처에 공양하여, 곧 僧이 되어 국정을 주재하던 극단적인 好佛의 황제도 있었지만 '三武一宗의 法難(법난)' 이라 하여 대대적인 4차례의 불교 탄압이 있었다. 三武一宗이란 北魏의 太武帝, 北周의 武帝, 당의 武宗, 後周 世宗을 지칭한다. 唐 武宗의 불교탄압은 會昌 2年(842년)에 시작하여 그가 죽는 846년까지 지속적으로 계속되었다. 이를 특히 무종의 연호를 따서 '會昌法難(회창법난)' 이라 하여 불교 탄압 중 가장 폐해가 컸다. 佛寺 4,600여 개소를 폐쇄하고 관련 시설 4만여 곳을 파괴했으며, 승려 26만 명 이상을 환속시켰다.

였는데 수도와 지방의 많은 군진의 지휘관을 환관이 겸임하였다.

헌종은 만년에 長生不老를 추구하면서 金丹(금단)을 장복하여 성격이 조급하고 포악해졌다. 결국 환관에 의해 독살되었다.

소설《삼국연의》의 독자라면 누구든 後漢 말기의 黃巾賊(황건적)의 난과 환관 十常侍(십상시)의 발호를 기억하고 있다. 사실 환관들의 하는 일이란 것이 궁중의 출입문을 지키고 관리하거나 황제와 大臣 간에 문서를 나르는 심부름이나 궁중 생활의 잡역을 담당하는 것이 전부였다.

당나라에서 환관이 고위직에 나가고 정치에 관여하기 시작한 것은 현종 때였다. 현종은 中宗이 독살당한 뒤 중종의 韋皇后(위황후)를 죽이고 예종을 즉위시키는데 환관 高力士(고력사)의 힘을 빌렸다.

현종이 즉위한 뒤 開元 원년에, 고력사는 우감문장군이 되어 內侍省(내시성)의 일을 함께 담당했다. 그 전에 태종이 만든 제도로는 내시성에 3품 관리를 둘 수 없었지만 고력사가 3품장군을 제수 받는 뒤로 3품관도 많아지고 환관도 크게 늘어나 환관이 3천 명이나 되었다. 이후 환관의 관아를 총칭하는 北司(북사)는 조정 대신들의 행정체계의 총칭인 南衙(남아)의 상대적 조직이 되었다.

안사의 난 이후 현종이 물러나고 肅宗이 즉위하면서 환관 李輔國(이보국)은 전국의 병권을 장악하였다. 安史 亂이 平定된 뒤에는 환관들이 지방의 번진에 대한 감독관으로 파견되기 시작했는데 결국 환관과 번진의 결탁이 이루어진다.

환관 程元振(정원진)은 代宗을 옹립하였고, 환관 魚朝恩(어조은)은 수도와 황궁을 방위하는 禁軍을 장악하였다. 그러나 헌종이 원화 15년(820년)에 환관에게 죽음을 당했고, 목종과 경종, 문종이 모두 환관들에 의해 옹립된다.

또 文宗(문종, 재위 827 – 840) 太和 9년(835)에는 환관들이 조정의 문무 대신들을 대량학살이라는 '甘露之變(감로의 변)' 이 일어났고, 문종은 환관들에 의해 연금되었다가 죽음을 당한다. 이후 환관들이 군정의 대권을 장악하고 황제의 폐위와 옹립에 간여하여 당의 멸망까지 진행이 된다.

환관의 정치 간여는 날로 심해졌고 당 말기에는 환관에 의한 황제 살해와 옹립이 이어진다. 거기에 환관이 중앙의 禁軍을 장악하여 황제권은 여지없이 추락하였다.

환관이 관여한 황제의 옹립과 폐위를 정리하면 다음과 같다.

代	帝位	재위기간	환관의 간여
14	憲宗	805 – 820	陳弘志(진홍지)에게 피살
15	穆宗	820 – 824	梁守謙(양수겸) 所立
16	敬宗	825 – 826	劉克明(유극명) 所殺
17	文宗	827 – 840	王守澄(왕수징) 所立
18	武宗	841 – 846	仇士良(구수량) 所立
19	宣宗	847 – 859	馬元贄(마원지) 所立
20	懿宗(의종)	859 – 873	王宗實(왕종실) 所立
21	僖宗(희종)	874 – 888	劉行深(유행심) 所立
22	昭宗	888 – 900 901 – 904	楊復恭(양복공) 所立

11대 憲宗 이후 19대 昭宗까지 9대의 황제가 재위하는 기간에 2명의 황제가 환관에 의해 시해되었고 7명의 황제가 환관에 의해 옹립되

었다. 이를 본다면 환관의 마음에 드는 황제, 곧 환관에 의해 배출된 '門生天子' 라는 말이 실감난다.

文宗은 환관들에 통제되는 자신을 '後漢 마지막 獻帝(헌제, 재위 189 – 220)만도 못하다.' 고 자탄하였고 자신의 뜻에 맞는 태자를 정하지도 못했다. 문종 때 감로지변에서 문신들이 대량 학살당한 것은 朝臣보다 환관의 우위를 증명하는 대 사건이었다. 牛李 당쟁이 오랫동안 계속된 것도 환관과 연관이 깊고, 번진 절도사와 결탁한 환관들의 폐단은 이루다 열거할 수가 없다.

환관 구사량이 말한 그대로 황제는 독서하지도 않고 유생을 가까이 하지 않으며, 또 사치와 놀이에 빠진 황제로 이끄는 것이 환관의 임무였다. 황제란 먹고 놀기만 하는 사람이어야 하니 僖宗(희종, 재위 874 – 888) 같은 황제가 제일 좋았을 것이다.

능력과 식견이 있는 宣宗(선종)도 환관의 악폐를 뿌리 뽑지 못한 이유는 무엇인가? 여러 가지 이유가 있겠지만 문제는 황제 자신의 식견과 의지가 아니겠는가? 황제가 반듯하게 정사를 처리하려는 의지와 능력이 있다면 어찌 환관이 발호하고, 어찌 환관이 태자를 바꾸거나 황제를 옹립할 수 있겠는가?

사실 천하의 중심은 조정이고, 조정의 중심은 황제이다. 그런데 그 황제의 시작, 곧 즉위가 잘못된다면 어찌 제 역할을 하고 조정이 반듯할 수 있겠는가? 결론적으로 어리석고 우매하며, 주색과 사냥과 놀이에 빠진 황제가 있는 한 환관 제거는 전혀 불가능했다.

그렇다면 환관을 완전 제거한 – 대량 학살 – 朱全忠(주전충)은[39] 어

---

39 後梁 太祖 朱溫(852 – 912) – 黃巢의 난에 참여, 당에 투항. 僖宗(희

떠한가? 주전충이 환관을 박살한 것은, 당의 국가체질 개선을 위한 조치가 아니었다. 환관과 황제 모두가 제거된다는 것은 곧 당의 멸망이었다.

8. 황소의 난과 당 멸망

결국 이러한 상황에서 874년에 王仙芝(왕선지)가 반란을 일으키자 여기에 黃巢(황소)가 호응하여 황소의 난(875 – 884년)으로 이어진다.

黃巢(황소)[40]는 본래 소금 밀매업자의 아들로 산동 지역의 큰 부자였었기에 과거에 응시할 준비도 할 수 있었다. 진사과에 급제하지 못했기에 정부에 반감을 가지는 것은 당연했다. 소금 밀매업자는 나라의 단속을 피해 활동했기에 그들은 살기 위해 뭉쳐야만 했었다. 황소는 소금 밀매업자 조직인 鹽幫(염방)의 우두머리로 왕선지의 반란에 참여한다.

황소는 처음부터 천하를 차지할만한 雄才大略(웅재대략)이 없었고 兵法도 몰랐으며 대중을 거느린다는 생각도 없었다. 불평분자들이 갖고 있는 편협한 관념으로 세상을 바라보니 더더욱 화만 치밀기에

종)이 朱全忠(주전충)이라 賜名. 昭宗(소종)을 살해한 뒤, 哀帝(애제)를 옹립, 애제를 폐위(907) 후 後梁(후량)을 건국했다.

40 黃巢(황소, 835 – 884) – 曹州(今 山東省 서남 菏澤市) 출신. 鹽幫(염방)의 首領, 반란 후 大齊의 황제를 자칭. 연호 金統.

잔인 포악했고 무고한 농민을 마구 죽였다. 그러니 그 반군들에게 무슨 기강이 있었겠는가?

황소가 왕선지의 뒤를 이어 우두머리가 되어 황제를 칭하고 반란이 수년간 지속된 것은 황소의 능력이 아니라 관군의 무능이 초래한 결과였다. 황소는 山東에서 봉기하여 河南을 거쳐, 今 安徽省(안휘성) 지역으로, 이어서 浙江省(절강성) 지역을 휩쓸고서 福建省과 廣東省을 거쳐 廣西省과 湖南省, 湖北省을 거쳐 洛陽과 長安에 들어갔는데, 이러한 大 遠征(원정)은 毛澤東(모택동)의 長征(장정)만큼이나 먼 거리였다.

황소의 반군이 이처럼 전 중국을 휘젓고 돌아다닌 것은 황소의 난 초기에 황소 군사의 노략질이 관군의 노략질보다는 적었기 때문에 농민들의 저항이 크지 않았다는 점을 이유로 들고 있다. 그러나 그보다는 지방관이나 지방 군사의 무능력과 진압을 지휘할 수 있는 인물이나 조직이 없었기 때문이었다.

황소가 장안을 차지하고서 황제라 칭했지만 그저 노략질과 죽이는 일 외에는 할 일이 없었다. 가난한 농민들을 이끌고 봉기했지만 농민들을 위해 아무 조치도 없었다. 자신도 부자였지만 부자들의 재산을 빼앗는 과정을 즐겼다. 무고한 장안 백성들을 마구 죽여 피가 성 안에 가득하자 '성을 씻었다(洗城).' 고 말한 사람으로, 野史에 8백만 명을 죽였다는 악명만 남겼을 뿐이었다.

황소의 난으로 당 왕조의 지배권은 사실상 무너졌다. 그러나 황소 역시 마찬가지였다. 황소는 장안에 들어가 황제를 칭한 이후 아무런 개혁이나 혁신적인 정책도 제시하지 않았다. 황소 자신이 사치와 음락에 빠졌고 지식인과 투항해온 관리들을 학살하였다. 황소는 부패

한 지주나 관리들의 생활을 흉내 내었고 농민들의 어려움을 외면했으며 병졸이 굶주려도 마음을 주지 않았다.

결과적으로 농민대중의 계속적인 지지를 이끌어내지 못하고 농민과 단절되었다. 부하 장수 역시 공적을 과장하거나 배신하였다. 황소의 부장 朱溫(주온, 朱全忠)이 배신하자 관료지주들도 따라 배신했고 지주 계층에서도 황소를 지지하지 않았다.

결국 황소는 과거에 낙방한 지식인으로서, 또 소금 밀매업자가 갖고 있던 봉건체제에 대한 불평불만을 터트리면서 한바탕 약탈과 살육을 자행한 놀음판을 벌린 것에 불과했다. 황소의 난이 끝나면서 당나라도 멸망한다. 이어 五代의 혼란이 계속된다.

황소의 난으로 달라진 것은 없었다. 지배층의 새로운 각성이나 변화도 없었고 지식인들의 새로운 시대정신도 발현되지 않았다. 지주 또는 부유한 상인들이라 하여 이전과 다른 새 시대상을 꿈꾸지도 못했다.

황소는 결코 대장부가 아니었고 성공한 반란자도 아니었다. 물론 당나라의 멸망을 촉진시킨 결과를 가져왔지만 수백만의 백성들을 죽인 것조차 起義(기의)라는 이름으로 미화할 수는 없을 것이다.

後漢 말기 黃巾賊(황건적)의 亂(184, 잔당은 188년까지 준동), 唐 말기 황소의 난 모두가 대규모의 농민 봉기라는 공통점이 있으나 그 결과도 마찬가지였다.

농민 봉기가 起義로서 성과를 거두기 위해서 지도자는 어떤 인식을 갖고 있어야 하는가?

기근이나 전쟁의 뒤에서 최소한의 의식주를 충족하기 위한 폭동인가? 아니면 지배계층의 압제와 착취에 대한 저항인가? 더 나아가 새로운 시대를 준비하고 실현하기 위한 의식적인 투쟁인가?

起義의 지도자에 따라 그 결과도 달라질 것이다.

황소의 난이 진압되자 다시 藩鎭(번진) 간의 세력 싸움이 치열하게 전개되었다. 중앙 정부에서는 아무런 조치도 취하지 못했고 번진 간 세력 다툼은 朱全忠(주전충)의 승리로 귀결된다.

哀帝(애제, 재위 904 – 907)의 처음 이름은 祚(조)이다. 昭宗에게는 廢太子인 裕(유)가 있었는데, 이미 성인이 되었지만 朱全忠이 싫어하였고 祚(조)는 어리기에 즉위할 수 있었다. 주전충은 相國이 되었고 九錫(구석)을 받았다(서기 905년). 주전충은 환관을 먼저 제거한 뒤에 당의 선양을 받아 즉위하면서 당은 멸망하였다(907년). 당은 高祖로부터 이때까지 20世에 총 290년이었다.

9. 唐朝의 역사적 의의

唐은(618 – 907) 중국 역사에서 매우 중요한 의미가 있는 왕조이다. 前, 後漢 400년 역사가 중국 고대 문화의 완성기였다면, 300년 唐의 역사는 중국 중세의 완성이며 경제적, 문화적으로 번영과 발전을 구가한 시기였다.

'貞觀의 治'와 '開元의 治'로 대표되는 당의 융성은 안록산의 난으로 쇠퇴하였고, 말기에 황소의 난으로 끝을 맺는다. 그러나 당 쇠퇴와 멸망의 근본 원인은 균전제를 기본으로 하는 경제체제가 시대에 따라 발전적 개혁을 이루지 못한 데서 찾을 수 있다.

균전제가 무너지면서 농민에게 토지를 지급하지 못하자 부병제는 자동적으로 무너지게 된다. 그러면서 모병제로 전환하면서 유랑 농민들이 군대로 모여들었고 이에 따라 절도사의 발호를 초래했다. 결국 이러한 군사력으로 국가 지배권이 유지될 수도 있었고, 또 황소의 난을 평정할 수도 있었지만 결국 당 왕조 자체의 정권도 절도사가 가진 무력과 경제권에 의해 찬탈 당한다. 물론 이런 상황은 당 멸망 이후 五代十國 시대에도 계속되고 宋의 건국과〔960, 趙匡胤(조광윤)〕 통일을 불러오게 된다.

당의 존속 기간 290년(618 – 907년)을 文學史에서는

- ○初唐 – 당의 건국부터 무후시대를 거쳐 예종까지(618 – 712년)
- ○盛唐 – 玄宗 開元 원년부터 代宗 永泰 원년까지(713 – 765년)
- ○中唐 – 代宗 大曆 원년부터 文宗 太和 9년까지(766 – 835년)
- ○晩唐 – 文宗 開成 원년부터 당의 멸망까지(836 – 907년)로 시대를 구분하기도 한다.

이는 明代(1368 – 1644) 高棅(고병, 1350 – 1423, 號 漫士)의 《唐詩品彙(당시품휘)》에 의한 분류인데,[41] 이러한 시대 구분이 史書에서도 통하여 지금까지도 사용되고 있다.

그러나 이러한 시대 구분이란 것이 주관적인 판단이기에 학자에 따라 의견이 다를 수밖에 없다. 그래서 건국(618년)에서 – 현종 開元

---

41 元의 楊士弘(양사홍)이 《唐音》에서 詩風에 의한 구분이라는 주장도 있다.

연간(– 741년)까지 124년간을 初唐, 그리고는 현종 天寶 원년(742년)부터 憲宗 재위(820년)까지 79년간을 中唐, 이어 穆宗(목종) 즉위(821년)로부터 멸망(907년)까지 87년간을 晩唐(만당)으로 구분하는 학자도 있다.

10. 唐 이후 五代十國의 혼란

귀족 중심의 화려한 문화를 꽃피웠던 唐은 安史의 난(755 – 763년) 이후 쇠락의 조짐이 뚜렷하게 나타나기 시작하여 黃巢(황소)의 亂(875 – 884년)에 의해 곧 멸망한다.

안사의 난 이후 지방 절도사들의 무력에 대한 통제력을 상실한 당나라는 내부적으로 환관의 발호에 의거 결정적으로 중흥이나 재기의 동력을 상실한다.

환관들은 文宗 이후 8代 황제 중 2명의 황제를 죽이고 7명의 황제를 옹립한다. 환관과 朝臣들의 대립은 그만두고서라도 절도사의 무력과 결합되어 있고 중앙군을 장악한 환관 앞에 황제는 허수아비에 불과했다. 거세된 남성으로 천시 받는 이들 환관들에게 황제가 힘을 못 쓰고 조신들이 이들에게 아부하는 역사 장면은 마치 희극과도 같은 비극이었다. 이러한 시대에 무능한 황제의 즉위와 관료들의 당쟁은 빠질 수 없는 단골 메뉴였다.

서기 907년, 당나라를 멸망시킨 절도사 출신의 주전충은 後梁을 건국하는데(서기 907년) 이후 北宋의 건국(960년)까지 50여 년에 화북지방에서는 後梁(907 – 923년), 後唐(923 – 936년), 後晋(936 – 946년), 後漢(947 – 950년), 後周(951 – 960년)의 다섯 나라가 차례로 흥망을 이어간다. 그래서 이 시대를 五代라 통칭한다. 이중 後唐, 後晋, 後漢은 漢族이 아닌 胡人에 의해 건국되었다.

그런데 5代 각국의 영토는 주로 화북 지역에 걸쳐 있었고, 長江 유역과 그 이남에는 10개 나라가 흥망을 거듭한다. 그리하여 이때의 중국을 五代十國이라 통칭한다.

이 五代를 정통으로 보는 이유는 명의상 唐을 계승하여 北宋으로 이어졌기 때문이고, 十國은 唐末 번진의 계승자로 후량이나 후당으로부터 책봉된 나라가 있었기 때문이다.

五代의 10國은 대개 唐末에 독립 상태를 유지했던 藩鎭(번진)에서 발전했거나(6개 나라) 새로 건국된(4개 나라) 지방정권이었다. 이들 중 北漢(북한, 951 – 979 존속)은 유일하게 화북의 한 모퉁이에서 北宋의 건국 이후까지 존속했다. 이들 10국은 거의 5대 전 기간에 걸쳐 존속했는데, 이는 남방이 북방에 비해 정치적으로 안정되었다는 뜻이며 이런 안정은 경제적 발전을 가져왔다.

五代十國 시대는 50여 년의 짧은 시기였지만 중국 사회에 큰 변혁을 준 시대였으며 과도기적 성격을 띠는 매우 중요한 시대였다.

五代의 정치는 武人의 지배체계가 계속되었지만 문신 관료들의 성장이라든지 황제 중심 체제의 대두 등은 그대로 北宋으로 이어졌다.

이 五代의 마지막 정권이 後周인데 후주의 世宗은 南으로 10국의 하나인 南唐을〔남당, 937 – 975, 定都 金陵(금릉), 39년 존속. 後主 李煜(이욱)이 유명〕 굴복시키고 북으로 거란과 대결할 정도로 군사적으로 성장하였으며 내정에서도 볼만한 치적을 쌓았다. 후주의 이런 성공은 그대로 北宋에 이어져 북송에 의한 중국 통일의 기반을 제공하였다.

사회적으로는 이 시대를 거치면서 남북조 시대 이후 唐代까지 정치 사회 문화의 주체였던 문벌 귀족은 확실하게 소멸하였고 이를 대신하는 形勢戶(형세호)라는 대토지 소유 계층이 등장하였다. 이들은 宋代에 사회의 주된 지배계층으로 활약한다.

한편 이 五代 시기에 북방 이민족 중 거란족이 흥기하여 遼(요)를 세우면서 오대의 여러 나라와 대결한다. 오대와 북송, 그리고 남송의 역사에서 이 거란과 여진족, 서하의 탕구트 족, 그리고 몽고족은 五代와 북송, 남송과 긴밀하게 엮어진다.

二. 唐代 文學 槪觀

1. 唐代의 文風

魏晉南北朝(위진남북조) 약 370년간의 분열 시대를 통일한 隋(수)나라는 단명했다. 618년 건국된 唐은 수나라 말기 지방 봉기세력을 모두 격파하고 명실상부한 통일제국을 건설하였다.

唐나라는 건국 이후 당나라는 걸출한 황제 태종 이세민의 '貞觀의 治' 라는 모범적인 군주정치에 의거 안정과 번영을 구가하였으며 정치적 안정과 경제의 발달에 힘입어 문화와 학술의 여러 분야에서 다양한 발전을 이룩하였다. 이러한 정치적 안정은 문학의 융성으로 이어졌는데, 唐代 문학은 찬란한 발전을 이룩하면서 그 이전 漢의 문학 또 이후 宋, 明, 淸 제국의 문학 이상으로 중국문학 발전에 획기적인 기여를 하였다.

당나라는 국세의 팽창에 따라 주변 국가의 문화가 당에 흘러들어 국제적 성격이 강한 문화적 특성을 보였는데, 이는 사상의 발달과 함께 문학 융성의 기초가 되었다.

唐代에는 문학뿐만 아니라 문화 자체가 크게 통일 융합되었다. 태종이 수많은 전적을 수집하고 孔穎達(공영달)로 하여금 《五經正義》를

撰定(찬정)한 것은 학문의 통합을 추진한 것이었다.

太宗은 '守成以文'을 표방하며 十八學士를 우대하였고, 弘文館을 설치하여 崇文의 기풍을 진작하였다. 高宗과 則天武后 역시 과거제도의 정비와 함께 文人을 등용하였고, 玄宗은 풍류황제의 명성을 누리면서 李白(이백) 같은 시인을 우대하였다.

이후 역대의 황제들이 모두 문학을 애호하고 장려하였으니, 憲宗(재위 806 – 820)은 白居易(백거이)를 발탁하였으며, 穆宗(목종, 재위 821 – 824)은 元稹(원진)의 시를 좋아하였다.

따라서 당대의 많은 관료와 문인들이 시인으로 그들의 작품을 남겼으며 평민이나 부녀자들도 詩作을 남겼고, 傳奇(전기) 등 다양한 분야의 서민문학도 발달하였다.

또한 詩賦(시부)로 인재를 등용하는 과거제도의 정비와 시행은 전국에 크게 문풍을 일으켰다.

'上有好者면 下必有甚焉'이라 하여 태평성세에 일반 백성들도 문학을 즐겨 종사하였으니 貧寒之士(빈한지사)라도 시문으로 명성을 얻으면 관리로 특채되는 길이 열렸으니, 당대 문학의 융성은 극히 자연스러운 결과였다.

이러한 문학의 융성은 '年年歲歲花相似나 歲歲年年人不同이라'는 표현 그대로 개성 있는 시인을 등장케 하였고, 걸출한 문학 작품의 量産으로 이어졌다.

2. 唐詩의 융성

중국에서는 각 시대를 대표하는 문학형태로 '한문(漢文), 당시(唐詩), 송사(宋詞), 원곡(元曲), 명청 소설(明淸小說)' 이란 말이 있다. 곧 전, 후한 시대에는 古文이, 唐에서는 詩, 宋나라에서는 詞(사, 넓은 의미로 본다면 詩로 분류할 수 있다.) 그리고 元代에서 西廂記(서상기)와 같은 희곡이 발달하였으며, 명과 청대에는《四大奇書》나《紅樓夢(홍루몽)》같은 소설이 크게 발달하였다.

그러나 어느 시대에서든 문학의 중심인 詩와 文章이었다. 특히 詩는 재능을 가진 文人이 각고의 노력으로 창작할 수 있다고 믿었으며, 문인이라면 당연히 詩文에 박통해야 한다고 누구나 인정하고 있었다.

六朝文學의 뒤를 이은 唐代 문학은 형식면에서도 완성되었고, 사상과 내용이 풍부해졌으며, 육조 문학의 경미한 폐풍을 교정할 수 있었다. 곧 唐代 문학은 文質(문질)을 강조한 漢 · 魏의 문학과 文彩(문채)와 아름다움을 강조한 육조문학의 장점을 모두 흡수하여 文質이 彬彬(빈빈)하게 開化하였다.

唐代 문학의 핵심은 詩이다. 唐詩는 작품의 量뿐만 아니라 思想, 題材, 형식, 기교의 모든 면에서 최고의 경지를 이룩했다.

淸나라 康熙帝(강희제) 때인 1706년에 편찬된《全唐詩》에는 시인 2,200명의 작품 48,900수(목차만 12권, 전질은 900권에 달한다)가 수록되어 있다. 이는 그때까지 남아있는 작품을 수록한 것이기에 唐代 시의 일부라고 생각해야 한다.

이러한 唐詩의 융성은 정치 경제의 발전과 문학 자체의 발전에 따른 필연이었다. 당대 초기 백 년간의 사회 경제적 안정과 발전의 결과로 일반 백성들의 생활을 풍족하고 부유하였다. 풍족한 생활은 문학뿐만 아니라 무용, 음악, 회화, 건축 등 각종 예술을 꽃피웠고 이러한 예술은 그대로 시의 소재가 되어 시를 통해 그려졌다.

국내 치안의 안정과 대운하 등 교통의 발달은 시인들의 여행 욕구를 유발했고, 여행의 견문과 다양한 경험은 시의 내용을 한층 풍부하게 하였다. 그리하여 당시는 산수자연에 대한 묘사와 서정은 물론 인생의 전반적인 문제들이 시의 素材(소재)가 되어 독자들에게 보다 새로운 문학의 地平(지평)을 볼 수 있게 하였다.

唐詩의 번영은 시문학 자체의 발전과 역사적 발전의 결과라고 말할 수 있다. 4言 위주의 《詩經》의 詩에서 《楚辭(초사)》의 형식으로 발전한 이후 漢代에서 五言·七言의 시가 발생하였고 魏晉南北朝(위진남북조) 시대를 거치면서 내용과 형식은 점차 완비되어 갔다.

그리하여 沈約(심약, 441－513)이 제창한 '四聲八病說(사성팔병설)'은 唐代 新體詩(신체시) 형성의 밑거름이 되었다.

唐代에 완성된 신체시 이후 새로운 형식의 시는 출현하지 않았다. 곧 唐詩가 형식상 최고라는 뜻이다.

그리고 시인 계층의 폭이 매우 넓고 두터웠다. 또한 걸출한 시인이 당대처럼 많은 적이 없었다. 그리고 시인들의 노력도 이 시대만큼 열정적인 때가 없었다.

杜甫(두보)는 자신이 '천성적으로 좋은 구절을 찾으려 노력하였다(爲人性癖耽佳句).' '語不驚人死不休(詩語로 사람을 놀라게 하지 못한다면 죽을 때까지 멈출 수 없다).' 라는 말을 남기었는데, 이는 韻

(운)과 平仄(평측)에 맞는 詩語한 글자를 찾기 위해 시인이 얼마나 고심하는가를 단적으로 증명해 주고 있다.

이후 어느 시대에서도 唐詩 형식의 다양성을 뛰어넘지 못했다. 李白, 杜甫, 王維, 柳宗元, 白居易 등 천재 시인들이 독창적인 風格(풍격)을 창출하였으며 사상성과 예술성 등 모든 면에서 최고 完熟(완숙)의 경지에 도달하였다.

唐代의 일부 시인들을 제외하고는 그 생애가 불명한 경우가 많다. 관직생활을 한 시인의 경우는 史書에 그 이름이 등장하고 연보가 만들어질 정도로 생애가 알려진 경우도 있지만, 관직 경력이 없는 경우 대부분 그 생애가 불분명하다는 아쉬움은 어쩔 수 없다.

3. 唐詩의 시대 구분

唐詩는 初唐, 盛唐, 中唐, 晩唐의 4시기로 구분하여 발전과정과 특색을 설명하는 것이 통례로 되어있다. 이러한 4시기 구분은 대체적으로 역사적 실정에 부합하고 또 편리한 구분법이기에 널리 사용되고 있다. 물론 학자에 따라 조금씩 연대가 틀리기도 하며, 또 성당에 속하거나 아니면 중당의 시인이라 하면서 소속을 달리하는 경우도 있음을 감안해야 한다.

일반적으로 明代의 高棅(고병, 1350 – 1423, 號 漫士)의 《唐詩品彙(당시품휘)》에 의한 분류가 가장 일반적으로 적용되고 있다.

1) 初唐(초당, 618 – 712) – 당의 건국에서 당 현종 즉위 전까지 –

남조 齊와 梁의 詩風을 계승하고 古體詩의 형식과 기교가 규율화 되면서 근체시가 성립되는 시기이다. 궁정시인 上官儀(상관의)를 비롯하여, 王勃(왕발), 楊炯(양형), 盧照隣(노조린), 駱賓王(낙빈왕) 등 初唐四傑(초당사걸)과 沈佺期(심전기, 656? – 713?)와 宋之問(송지문, 656 – 712) 등이 활약했고, 陳子昂(진자앙), 張九齡(장구령)도 등장하였다. 특히 심전기와 송지문은 五言律詩의 기초를 확실하게 다져 이 시기 律詩의 定型化(정형화)에 크게 공헌하였다.

2) 盛唐(성당, 713 – 765) – 당 현종(재위 712 – 756)과 숙종(肅宗, 재위 756 – 762), 대종(代宗) 즉위 초에 해당한다. 開元의 治를 지나 天寶 연간에 安史의 亂(755 – 763)을 겪었지만 당의 최 전성기라 할 수 있다. 이 시기는 현종의 '開元 연간의 盛世(713 – 741)' 와 天寶 연간(742 – 756)의 퇴폐기와 '安史의 난(755 – 763)' 기간에 해당된다.

이 시기는 번영과 파국을 함께 하고 있어 낭만적, 낙관적인 시풍이 있는가 하면, 전란의 참담한 사회를 묘사한 현실적이고 침울한 시풍도 있다.

이 시기에는 王維(왕유, 701 – 761)와 孟浩然(맹호연, 689 – 740) 같이 자연을 읊은 시인과 高適(고적, 702 – 765), 岑參(잠삼, 715 – 770) 같은 邊塞(변새) 시인의 활약도 눈부시지만, 무엇보다도 李白(701 – 762)과 杜甫(712 – 770)가 활약했던 시기로 가히 唐詩의 전성기라 할 수 있다.

李白은 杜甫의 〈寄李十二白二十韻〉의 표현 그대로 '筆落에 驚風雨하고 詩成에 泣鬼神하는' 천재 시인이며 詩仙이었다.

두보는 詩聖이라는 존칭과 함께 그의 시는, 곧 詩史라고 일컬어진다. 이외에도 王維와 孟浩然 같은 유명한 山水 詩人과 邊塞 시인으로 王昌齡(왕창령) 또한 유명하였다.

3) 中唐(중당, 766 – 835) – 代宗(재위 762 – 779) 이후 文宗(재위 826 – 840)의 재위 연간에 해당하는데, 이 시기에도 걸출한 시인들이 많이 배출되었다. 盧綸(노륜, 748 – 799), 錢起(전기, 722 – 785) 등 大歷十才子(대력십재자)가 활동했고, 白居易(백거이, 772 – 846), 元稹(원진, 779 – 831)이 활약하였다. 또 고문운동을 전개하며 唐宋八大家에 속하는 韓愈(한유, 768 – 824)와 柳宗元(773 – 819)도 시인으로 명성을 누렸고 劉禹錫(유우석, 772 – 842), 李賀(이하, 791 – 817) 등도 명성을 남겼다.

4) 晩唐(만당, 836 – 907) – 이 시기는 절도사의 발호와 환관의 전횡으로 정치가 크게 어지러웠고 黃巢의 亂(황소의 난, 875 – 884) 이후 당이 멸망에 이르는 시기이다. 이 시기에는 杜牧(두목, 803 – 852)과 李商隱(이상은, 812 – 858)이 유명하고, 皮日休(피일휴, 843 – 883), 杜荀鶴(두순학, 846 – 907) 등이 당 말기 농민의 참상을 시로 읊었다.

4. 唐詩 융성 원인

중국 고전 시가의 발전은 《詩經》과 《楚辭》에서 시작하여 오랜 시간의 성숙과 발전을 거쳐 당대에 이르러 최고로 발달하였다. 현재 전해오는 唐人의 詩歌 작품이 약 50,000수 정도이며 시인으로 이름을 남긴 사람이 2,200명이 넘는다.

唐詩는 다양한 題材(제재)와 내용, 잘 정비된 체제와 형식, 감동을 선사하는 뛰어난 묘사와 표현 그리고 최고의 風格(풍격)과 깊고도 원대한 영향력을 종합한다면 중국인뿐만 아니라 한자 문화권의 여러 나라에서 문화적 자부심의 결정체라고 평가할 수 있다. 唐詩가 이룩한 이러한 성취에 따라 많은 사람들이 당시를 읽고 연구하며 고증과 품평에 힘썼다.

唐詩는 문학사적으로 《시경》 이후 古典 詩歌의 완성이라 할 수 있고 李白과 杜甫, 白居易(백거이)와 李商隱(이상은) 같은 천재 시인들이 독창적인 풍격을 창조하면서 詩 발달에 크게 공헌하였다.

唐詩는 귀족이나 소수 文士들만의 전유물이 아니었고 문자를 습득한 모두의 관심사였다. 그리고 모든 이들이 당당히 자신의 작품을 공개할 수 있었으니 그 大衆性(대중성)이야말로 이후 唐詩의 명성을 드높일 수 있었던 가장 큰 특성이라 할 수 있다.

이러한 唐詩의 발달은 唐代 정치적 안정과 경제적 발달, 국제적 특성을 지닌 문화적 교류, 그리고 문학 자체적 발전의 필연적 결과라고 말할 수 있다.

唐詩의 全盛 원인으로 여러 가지를 생각할 수 있지만 우선 漢 이후 역대 왕조의 文治主義 정치에 힘입은 바가 크다. 문치주의 정책에 따라 어느 시대건 문인들이 정치와 문화의 주체로 활동하였다.

특히 唐에서는 隋(수)에서 시작한 科擧(과거) 제도의 확충에 따라 많은 문인들이 등용되었다. 과거 중에서도 특히 문예를 시험하는 進士科의 경쟁이 심하였다. 그리하여 '50에 진사가 되었다면 젊은 편이고, 30에 명경과에 급제했다면 늙은 편이다.(五十少進士, 三十老明經.)' 이란 말이 통했으니, 진사과 급제가 어려움을 짐작할 수 있다.

이러한 문치주의와 과거 중시에 따라 문인들의 사회적 지위가 향상되었고 동시에 문인들 자신이 각고의 노력을 기울이기도 했다. 당대 대부분의 시인이 과거급제와 관직을 경험하였지만 高適(고적)이나 白居易를 제외한 대부분의 시인들은 하위직에 머물렀다.

시인들은 地方官이나 절도사의 幕僚(막료)로 일했거나 수시로 貶職(폄직)되어 지방에 전출 또는 이동되어 시인들이 갖고 있던 이상을 실제로 실현하기에는 현실적 장벽이 높았다. 그러할수록 시인들의 좌절이나 감상이 깊어졌고 그 때문에 또한 우수한 시가 창출되기도 하였다.

그리고 문학으로서 詩의 자체적 진화와 발전이 있었다. 이런 모든 결과의 종합으로서 5언과 7언의 絶句와 律詩가 중심이 되는 근체시가 확립되었다. 사실 중국의 시는 근체시 이후 더 이상의 새로운 형식이 창조되지 않았다고 볼 수 있는데, 이는 그만큼 근체시가 체제와 격식에서 완벽하다는 의미일 것이다.

5. 古體詩와 近體詩

중국의 시는 우선 古典詩와 現代詩로 대별할 수 있다. 현대시란 특히 1919년 5·4 운동 이후 白話(백화)로 창작되었으며 전통적 형식이나 韻律(운율)을 무시하고 유럽의 영향을 받은 자유로운 형식의 시를 지칭한다.

고전시는 중국 역사 시대 이후로 19세기 말엽까지 창작되고 읽혀진 모든 시를 포함한다. 이는 곧 중국에 서양의 문학사조가 영향을 끼치기 전까지라 할 수 있다.

이 고전시의 내용은 서정적이며, 분량은 아주 적지만 字數, 行數, 압운 등 일정한 格律(격률, 作詩를 위한 규칙)을 갖추고 있다. 중국인들은 지금도 일상 언어생활에서 이러한 옛 시가의 名句를 자연스레 사용하니, 곧 詩와 생활의 일체화가 이루어졌다고 볼 수 있다.

이 고전시가는 다시 古體詩와 近體詩로 대별한다. 古體詩(古詩라 통칭)는 《詩經》의 시나 楚辭(초사), 樂府詩, 五言詩, 七言詩 등을 모두 포함하고 있다.

近體詩란 唐代에 확실하게 형성된 絶句와 律詩, 排律(배율, 10行 이상에 압운을 한 시)로 대별되는데 모두 五言과 七言 두 종류로 나뉜다. 宋代에 크게 성행한 詞(사, 宋詞, 長短句)도 근체시에 포함한다.

唐이나 宋代에도 악부시가 창작되었으며, 지금도 오언과 칠언의 율시가 창작되고 있으니, 시의 분류에서 고체시와 근체시는 시대에 따른 구분이 아니라 시의 격식에 따른 구분이다.

6. 散文과 古文運動

唐代의 散文(산문) 또한 당대 문학의 두드러진 특성의 하나이다.

당대에 성행했던 문장은 四六騈麗體(사륙변려체, 騈儷)의 문장이었다.[42] 사륙변려체란 문장의 句節을 4字句, 또는 6字句로 구절을 깨끗하게 조율하면서 對句를 많이 써서 修飾性(수식성)을 한층 강조하는 문장이다. 또한 변려문은 對句뿐만 아니라 典故를 많이 사용하고 文辭가 華奢美麗(화사미려)하며 音調(음조)의 조화를 추구하였다. 때문에 文氣가 미약하고 문맥이 산만하며 文義가 확실치 않다는 병폐를 면할 수 없었다.

初唐四傑인 왕발, 양형, 노조린, 낙빈왕이 六朝의 이러한 유풍을 따랐고 '文章四友'인 崔融(최융), 蘇味道(소미도), 杜審言(두심언, 두보의 祖父), 李嶠(이교) 또한 수식적인 명문으로 이름을 누렸다. 이런 문장의 기풍은 성당으로 이어졌기에 사륙변려체 문장의 융성을 초래하였다.

그간에 陳子昂(진자앙)의 古文 숭상이 없지는 않았으나 李白과 杜甫가 唐詩의 혁신을 완성하였듯이, 中唐에 들어 韓愈(한유)와 柳宗元(유종원)이 고문부흥을 주창하면서 형식적인 문장을 배제하며 氣骨(기골)있는 내용으로 先秦(선진)의 고문을 따르자고 주창하였다.

唐은 安史의 亂 이후 모든 면에서 심각한 퇴조 현상을 보였다. 절도사의 막강한 세력과 그들의 발호, 이민족의 빈번한 침략, 무능한 황제 밑에서 날뛰는 간신배와 환관들, 착취와 重稅에 시달리다 못해 유

---

42 四六騈麗體(사륙변려체) – 四六文, 騈文(변문), 騈儷(변려), 혹은 騈體(변체)라고도 표기. 고대 중국 文言文의 특별한 文體의 하나. 句式에 四字 혹은 六字(四六句)의 대구로 지은 문장. 예술적 기교를 중시, 寫景(사경)에는 적당하나 敍事(서사)에는 부적합한 문장 형식이다. 王勃(왕발)의 〈滕王閣序(등왕각서)〉는 대표적인 사륙문이다.

랑하는 농민들, 이런 틈을 이용하여 불교와 노장사상의 유행과 유가 사상의 퇴조가 눈에 확실하게 보이는 시대였었다.

한유는 이러한 때에 불교와 노자 사상을 배격하며 공자와 맹자의 道를 높여 사회질서를 확립하면서 문란한 정치를 바로세우고자 했다. 한유는 맹자 이후 단절된 유가의 정통을 이을 사람이 바로 자신이라는 강한 자부심을 가지고 '문장은 도를 담아야 하고(文以載道)', '문학은 道를 밝히는 도구(文以明道)' 라고 생각하였다. 한유는 兩漢의 글이 아니면 읽지를 않고, 聖人의 뜻이 아니면 감히 마음에 담아두지 않았으며, 고문을 통해 성인의 도를 깨우쳐야 한다고 주장하였다.

한유의 많은 散文 중에서 〈原道〉와 〈原性〉은 유가 사상의 확립에 기여한 명문장이고, 〈師說〉은 한유가 德宗 貞元 17년(801)에 國子四門博士로 근무하면서 스승의 역할과 교육원론을 논한 논설이고, 〈進學解〉는 憲宗 元和 6년(811년)에 國子博士로 근무할 때 지은 글로 논리가 확실하여 매우 설득력이 있는 명문장이다.

한유의 〈祭十二郎文〉는 조카를 위한 祭文이지만 제갈량의 〈出師表〉, 李密(이밀)의 〈陳情表〉와 함께 중국의 3대 抒情文(서정문)으로 평가되고 있다. 그밖에 〈爭臣論〉, 〈諫迎佛骨表〉, 潮州로 좌천되어 지었다는 〈祭鰐魚文(제악어문)〉도 잘 알려진 명문이다.

柳宗元(유종원)은 유명한 文章家로 한유와 함께 唐宋八大家의 한 사람이다. 유종원은 '文以明道' 를 강조하면서 유학 사상뿐만 아니라 불교와 老莊(노장) 사상까지 폭넓게 수용하면서 道와 함께 文章 자체도 중요하다고 강조하였다. 유종원의 명문장으로는 〈封建論〉 같은 이지적이고 논리적인 論說文이 있고, 〈種樹郭橐駝傳(종수곽탁타전)〉, 〈梓人傳(재인전)〉 같은 傳記文, 〈捕蛇者說(포사자설)〉, 〈三戒(삼계)〉로 통칭되는 寓言文(우언문)은 당시의 탐관오리들의 탐욕과 무능을 비판하고 있다. 그가 永州의 산수에 노닐면서 지은 〈永州八記〉는 매우 유명한 산문이다.

7. 民間 文學

唐代의 민간문학 역시 내용이 풍부하며 다양한 형식으로 발전하였다. 현존하는 당대의 민간 가요는 수량이 많지 않으나 민중의 예술적 창조력과 질박한 서정을 잘 표현하고 있다.

당대의 變文(변문)은 불교 포교를 목적으로 창작되었는데, 佛經의 故事뿐만 아니라 중국의 역사 이야기나 민간 전설 등 다양한 소재를 다루고 있어 뒷날 話本, 彈詞(탄사) 등 講唱(강창) 문학의 발달에 크게 기여하였다.

당대의 소설은 육조 志怪(지괴) 소설을 이어받아 傳奇小說(전기소설)로 발전하였다. 내용도 귀신 이야기 중심에서 인간 중심으로 소재가 바뀌었으며 창작된 이야기로써 근대적 의미의 소설적 요소를 다 갖추며 발전하였다.

沈旣濟(심기제)의 〈沈中記〉, 元稹(원진)의 〈鶯鶯傳(앵앵전)〉, 白行簡(백행간)의 〈李娃傳(이왜전)〉 등의 작품이 잘 알려졌다. 이러한 唐代의 傳奇는 宋代의 話本小說과 元代의 희곡 발전에 영향을 주었다.

唐代에는 詞(사)가 출현하고 창작이 되었는데 唐末 五代에 많은 詞 작가들이 출현하면서 花間派(화간파)가 형성되어 宋代의 宋詞 발전의 토대를 마련하였다.

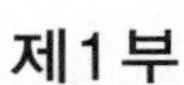

제1부

初唐(초당)의 詩

1부

初唐의 詩風

서기 617년, 關隴(관농) 귀족집단의[1] 李淵(이연)과 李世民 부자가 太原(태원)에서 기병하며, 隋(수) 文帝 楊堅(양견, 재위 581－604)의 손자인 楊侑(양유)를 허수아비 황제로 내세웠는데, 煬帝(양제, 名 楊廣, 재위 604－618)가 江都(강도, 今 江蘇省 남부 揚州市)에서 于文化(우문화)에게 시해 당하자, 이연이 양유의 선양을 받아 즉위하니 이가 唐 高祖이다. 차남 李世民(太宗)은 武德 7년(624)에 전국의 반대 세력 평정을 완료하였다. 이어 이세민은 玄武門의 變(현무문 변)을 겪고 고조의 양위를 받아 즉위하며 '貞觀之治'의 서막을 열었다.

---

1 關隴集團 － 關隴世族, 關隴貴族 － 北朝의 西魏(서위), 北周(북주) 및 隋(수), 唐 시기에 關中(今 陝西省)과 隴西(今 甘肅省 동남)를 근거지로 하는 門閥世族(문벌세족)을 지칭한다. 이들은 胡漢 혼혈에 文武合一의 특성을 지녔고, 당시 통치계층의 상층부를 형성하였다.

당 태종은 수나라 말기 농민의 봉기와 지방 반대세력을 성공적으로 진압했다. 태종은 '물이 배를 띄울 수도 있지만 엎을 수도 있다.(水可載舟, 亦可覆舟.)'는 현실의 교훈을 체험했기에 사치와 낭비를 멀리하고 백성의 요역과 부세를 경감하는 정책을 폈는데, 그 실천 방안은 인재의 발탁과 등용이었고, 虛心(허심)으로 간언을 받아들였다.

태종의 선정은 文風에도 영향을 끼쳐 文質(문질)을 함께 중시하면서, 南朝(宋, 齊, 梁, 陳朝)의 화려한 시풍에 반대하며 건실한 사상체제의 기초를 마련하는 계기가 되었다.

그렇지만 현실에서는 남조의 화려한 꾸밈을 중시하는 시풍이 일조일석에 바뀔 수 없었다. 예를 들어, 虞世南(우세남, 558 – 638)은 남조와 隋(수)의 시단과 문단을 겪은 사람으로 그의 시풍이 唐의 건국으로 바뀔 수는 없었다.[2]

당 태종 자신도 적지 않은 宮體詩(궁체시)를 남겼다고 알려졌다. 남조 문풍의 영향이 강한 궁체시에는 여전히 唯美主義的(유미주의적)이고 형식주의적인 특색이 강했으며, 그 詩歌에는 丈夫(장부)다운 기질이 없었다.

초당 시기의 궁정 시인으로는 陳叔達(진숙달), 虞世南(우세남), 楊師道(양사도), 上官儀(상관의) 등을 들 수 있다. 그들의 詩作은 應制(응제)

---

2 虞世南(우세남, 字 伯施) – 정치, 문학, 시인, 書法의 대가로, 歐陽詢(구양순), 褚遂良(저수량), 薛稷(설직)과 함께 '서법의 初唐 四大家'로 알려졌다. 그가 편찬한《北堂書鈔》160권은 唐代 四大類書의(백과사전) 하나이며《全唐詩》에 그의 시 一卷이 들어있다.

나 酬唱(수창)을 한 작품이 많았으며, 화려하고 농염한 표현 위주로 귀족생활의 좁은 소재를 벗어나지 못했다.

그러면서도 일부 시인들은 시가에는, 예를 들어 魏徵(위징)의 〈述懷(술회)〉 같은 시가에서는 강건하고 장대한 포부를 표현하였지만, 아직은 새 시대의 풍조가 되지는 못했다.

초당의 유명한 궁정 시인으로는 李嶠(이교), 崔融(최융), 蘇味道(소미도), 杜審言(두심언)이 있는데, 이들을 '文章四友(문장사우)라 불렀다. 그리고 沈佺期(심전기) 宋之問(송지문) 등을 들 수 있는데, 이들 시작은 내용이 공허하여 수작은 많지 않으나, 이들에 의해 七言律詩(칠언율시)의 형식이 새로이 정비되기 시작했다. 특히 심전기와 송지문은 7언율시 형식 완성에 크게 공헌하였다고 인정받고 있다.

이후로 '初唐四傑(초당사걸)' 로 통칭되는 盧照鄰(노조린, 637 – 680?), 駱賓王(낙빈왕, 생졸년 미상), 王勃(왕발, 648 – 675), 楊炯(양형, 650 – 692)이 활약한다. 이들은 조숙한 천재였으나, 양형이 관직에 좀 있었고 나머지는 모두 불우한 가운데 익사, 자살, 반란 가담과 도피 등 비참한 종말을 보았다.

왕발은 隋의 大學者 王通(왕통)의 손자로 어려서부터 천재라 일컬어졌다. 오언절구와 율시에 우수했으며, 그의 〈滕王閣序(등왕각서)〉는 에피소드와 함께 미문으로 유명하다.

양형은 唐 高宗 顯慶 6년(661)에 겨우 11살에 과거에 급제하여 神童으로 소문이 났었다. 그는 자신이 초당사걸로 일컬어진다는 말을 듣고서 "나는 노조린 앞에, 그리고 왕발의 뒤에 불리는 자체가 부끄럽다.(吾愧在盧前恥居王後.)"라고 말했다. 양형은 변새시를 통해 격앙 강개한 감정을 잘 표현하였다.

노조린은 가난과 病苦(병고)에 상심하다가 자살하였는데 그의 작품에는 비탄과 불만의 정서 표출이 많다. 그의 장편 〈長安古意〉가 대표작으로 알려졌다.

낙빈왕은 측천무후 시절에 徐敬業(徐世績, 곧 李績의 손자)이 반란을 일으켰을 때 측천무후를 토벌하자는 격문을 지었는데 격문에 '一抔之土未乾, 六尺之孤安在.'라는 名句로 측천무후를 감탄케 했다. 반란이 실패하자 도망하여 자취를 감추었다. 낙빈왕은 〈帝京篇〉 같은 長詩를 잘 지었다.

노조린과 낙빈왕의 장편 시는 뒷날 李白의 七言樂府나 두보의 사회비판 七言 排律의 서사시와 白居易의 〈長恨歌〉, 〈琵琶行(비파행)〉 등 명작 탄생의 준비단계라는 의의를 갖고 있다.

결론적으로 초당 四傑(사걸)의 작품은 南朝 시풍을 완전히 벗어나지는 못했지만 남조 시풍의 유행을 막고 새로운 시풍으로 발전하는 계기를 마련했다는 평가를 받고 있다.

이러한 변화의 기운은 陳子昂(진자앙)에 이르러 일변하여 이후 唐詩의 극성기를 맞이할 준비를 마쳤다.

조정에서 복무하며 옛 시풍에서 벗어나지 못한 宮庭(궁정) 시인과 달리 승려인 王梵志(왕범지), 寒山(한산)과 拾得(습득) 같은 사람들은 통속적 시어로 새로운 시가를 창작하였고, 특히 王績(왕적)의 질박한 시는 초당 시단에 이채로웠으며, 그 명성이 널리 알려졌지만 아직 시단의 새로운 풍조를 형성하지는 못했다.

001

虞世南(우세남)

虞世南〔우세남, 558 – 638, 字 伯施(백시)〕은 당나라 초기 정계의 주요 인물이면서 명필이었다. 우세남은 명필인 歐陽詢(구양순), 褚遂良(저수량), 薛稷(설직)과 함께 '初唐四大家'로 불린다. 우세남은 太宗을 도운 중신으로 홍문관학사 겸 저작랑과 비서감을 역임하였고 凌煙閣(능연각) 24공신의 한 사람이다.

蟬(선)

垂緌飮淸露，流響出疎桐.
居高聲自遠，非是藉秋風.

매미

늘어진 갓끈 맑은 이슬을 마시며,
울음은 성긴 오동 잎에서 나온다.
높이 살지만 멀리까지 들리기는,
가을 바람에 덕분만은 아니로다.

| 詩意 | 垂緌(수유)는 늘어트린 갓 끈, 곧 매미의 입을 뜻한다.〔緌는 갓끈 유, 매미 주둥이 유. 늘어진 모양〕

옛사람들은 매미(蟬,선)에 대한 인식이 비교적 좋았다.

우선 羽化하여 공중을 자유롭게 날 수 있는 능력을 부러워했고 이슬을 먹고 산다 믿었으며 다른 사람에게 해를 끼치지 않고 고고하게 사는 매미의 삶이라고 생각했다.

이 시는 매미의 소리보다는 매미로 상징할 수 있는 德을 형상화하였다.

春夜(춘야)

春苑月裴回, 竹堂侵夜開.
驚鳥排林度, 風花隔水來.

봄밤

봄날 뜨락에 달빛이 흔들리고,
대숲 별당에 어둠이 스며들었다.
놀란 새들은 수풀 너머 날아가고,
물을 건너서 꽃에 바람 불어온다.

| 詩意 | 봄밤의 아름답고 평온한 모습을 그려내었다.〔裴回(배회)는 徘徊(배회). 度는 渡와 通.〕
《全唐詩》 36권 수록.

002
魏徵(위징)

魏徵(위징, 580 – 643, 字 玄成)은 鉅鹿縣(거록현, 今 河北省 남부 邢台市 巨鹿縣) 사람. 당의 개국공신으로 鄭國公에 봉해졌으며 시호는 文貞(문정)이다. 태종에게 直諫(직간)과 敢言(감언)으로 가장 잘 알려진 諫臣(간신)이다. 《隋書》의 序論과 《梁書》, 《陳書》, 《齊書》의 總論을 저술했다. 그의 言論은《貞觀政要》에 많이 실려 있는데 〈諫太宗十思疏〉가 유명하다.

貞觀 18년(644), 太宗의 高句麗 원정이 실패한 뒤 태종은 "위징이 살아 있었다면, 이 원정을 못하게 했을 것이다."라고 말하며 그전에 쓰러트렸던 위징의 묘비를 다시 세우게 하였다.

述懷(술회)

中原初逐鹿, 投筆事戎軒.
縱橫計不就, 慷慨志猶存.
杖策謁天子, 驅馬出關門.
請纓繫南粤, 憑軾下東藩.
鬱紆陟高岫, 出沒望平原.
古木鳴寒鳥, 空山啼夜猿.
旣傷千里目, 還驚九折魂.
豈不憚艱險, 深懷國士恩.
季布無二諾, 侯嬴重一言.
人生感意氣, 功名誰復論.

술회

이전에 中原의 패권을 다툴 때,
文筆을 버리고 軍務를 따랐다.
종횡의 방책이 성공치 않았지만,
강개한 뜻만은 여전히 남아있다.
지팡이 짚고서 天子를 알현했고,
戰馬로 關門을 나가서 출전했다.
밧줄로 남월왕을 묶어오겠다 주청했고,
수레를 타고가서 동방제후를 유세했다.

구불구불 드높은 산을 올라갔으며,
여기저기 널따란 들을 바라보았다.
고목위에 외로운 새가 지저귀고,
공산에는 원숭이 밤에 울어댄다.
이미 천리의 봄날에 마음이 아프나,
이제 돌아온 혼령은 아홉번 놀란다.
어찌 어렵고 험한 길을 꺼리지 않으랴,
나라 신하에 베푼 깊은 은덕을 품었다.
季布(계포)는 두 번 승낙을 하지 않았고,
侯嬴(후영)은 한 번 약속을 중히 여겼다.
인생이란 의기에 감동할 뿐이니,
功名인들 누구가 또다시 말하랴?

| 註釋 | 이 시에는 故事(고사), 곧 典故(전고)가 많이 쓰였다.

○ 원문의 逐鹿(축록)은 사슴을 잡으려 쫓아간다는 말이나, 이는 中原의 지배권을 다툰다는 뜻이다. 이 말은 《史記 淮陰侯列傳(韓信)》에 처음 나온다.

○ '投筆(투필, 文事를 버리다)하고 戎軒(융헌, 兵車)을 따르다.' 는 말은 後漢 班超(반초)[3]의 고사로, 지금은 보통 '投筆從戎(투필종

3 班超(반초, 32 – 102, 字 仲升) – 《한서》의 저자 班固(반고)의 동생. 父 班彪(반표)와 함께 '三班' 이라 통칭. 讀書人이 軍旅(군여)에 투신하는 '投筆從戎' 의 어원이며 본보기였던 後漢의 명장. 《後漢書》 40

융)' 이라고 쓴다. 여기서는 위징 자신이 隋末唐初에 문필을 버려두고 군무에 종사했다는 뜻이다.

ㅇ '請纓繫南粵(밧줄로 남월왕을 묶어오겠다고 주청하다.)' 은 前漢 終軍(종군)[4]의 고사이다. '憑軾下東藩(빙식하동번, 수레를 몰아 동쪽 제후에게 유세하러 찾아가다.)' 은 前漢 고조의 謀士(모사)인 酈食其(역이기)[5]의 고사이며, '季布無二諾(계포무이락, 계포는 자신이 한 말은 꼭 지켰다.)' 은 前漢 季布(계포)[6]의 고사이다.

그리고 侯嬴重一言(후영중일언, 후영은 약속한 말을 중히 여겼

권, 〈班彪列傳〉에는 父 班彪(반표)와 兄 班固를 立傳. 반초는《後漢書》47권, 〈班梁列傳〉에 별도로 입전했다.

4 終軍(종군, 前 133 – 112) – 人名. '긴 밧줄을 갖고 가서 南越(남월)王을 묶어다 바치겠다(請纓報國).' 면서 前漢 武帝 때 자청하여 남월에 사신으로 갔다가 그곳 승상 呂嘉(여가)에게 피살되었다. 21살의 아까운 나이였기에 사람들이 '終童' 이라고 불렀다.

5 酈食其(역이기, 前 268 – 204) – 食易(yì jī, 이기)는 '배불리 먹는다' 는 뜻. 食은 사람 이름 이. 별명은 高陽酒徒, 漢王의 謀臣. 나중에 齊王 田廣(전광)에게 停戰(정전)토록 유세하여 성공했으나, 대장군 韓信이 공격해 오자 역이기는 팽살되었다.《漢書 酈陸朱劉叔孫傳》에 입전.

6 季布(계포, 생졸년 미상) – 項羽(항우)와 동향. 항우의 部將으로 漢王을 여러 번 궁지에 몰았으나 나중에 漢王의 사면을 받았다. 혜제 때 중랑장. 文帝 때 하동군수. 역임. '得黃金百金, 不如得季布一諾', '一諾千金' 成語의 주인공.《漢書 季布欒布田叔傳》,《史記 季布欒布列傳》에 입전.

다)' 은《史記 魏公子列傳》에 나오는 고사이다.[7]

또 '傷千里目(천리를 보면서 마음이 아프다)' 은《楚辭, 招魂(초혼)》에 나오는 구절인데, 원문은 '目極千里兮, 傷春心. 魂兮歸來! 哀江南!' 으로 〈招魂〉의 마지막 구절이다.

'還驚九折魂' 의 九折魂은《楚辭, 九章, 抽思(추사)》에 나오는 말인데, 초사의 원문은 '魂一夕而九逝(혼은 하룻밤에 아홉 번이나 도읍 郢(영)으로 돌아간다.)' 이다.

| 詩意 | 위징은 정사에 전념했기에 좋은 詩를 쓰려 노력할 틈이 없었으리라. 그러나 이 〈述懷〉는 자신의 일평생 강개한 의지를 읊었는데, 風格(풍격)이 古拙質朴(고졸질박)하면서도 筆力이 웅건한 敍情詩(서정시)의 佳作이다.

이 시는 고조 李淵(이연) 재위 중에 지방의 저항세력을 무마하거나 평정해야 할 다사다난한 시기에 지어진 것으로 알려졌다.

그러다 보니 漢代의 여러 고사를 인용하여 자신의 술회를 피력했다. 시의 감상에서 이런 고사를 제대로 다 알고 있어야 詩를 이해하겠지만 모든 唐詩 한 편에 이렇게 많은 전고가 인용되지는 않는다.

---

7 侯嬴(후영, 前 4세기 – 前 257) – 戰國 시대 魏國의 隱士(은사), 70여 세에 魏國 국도大梁(今 河南省 開封市)의 守門 小吏였으나 信陵君(신릉군) 魏無忌(위무기)의 존중을 받았다.

003

王績(왕적)

王績(왕적, 590? – 644)은 文中子 王通(왕통)[8]의 아우로, 字는 無功이며 號는 東皐子(동고자)로 隋末唐初에 絳州(강주) 龍門(今 山西省 남부 運城市 聞喜縣) 사람이다.

唐이 건국된 뒤 高祖 武德 연간에 왕적은 황제의 특별한 부름을 받아 門下省待詔에 임명되었다. 왕적은 太樂署의 焦革(초혁)이라는 小吏가 술을 잘 빚는다는 말을 듣고 太樂丞(태악승) 자리로 옮겨줄 것을 간청하여 태악승이 되었다. 그러나 곧 초혁 부부가 연이어 죽으면서 좋은 술을 공급할 사람이 없자, 태종 貞觀 원년(627)에 그의 형 王通과 함께 고향에 은거하며 양조기술 연구에 몰두하면서 《酒經》을 저술하였다. 당시 사람들이 왕적을 '斗酒學士'라 호칭

---

8 王通(왕통, 584 – 617, 字 仲淹 중엄) – 시호 文中子, 外號는 王孔子. 隋朝의 大儒이다. 隋 文帝에게 〈太平十二策〉을 헌상했으나 중용되지 못했다. 나중의 蜀의 지방관을 잠시 지냈지만 관직을 버리고 귀향하여 저서와 강학에 전념했다.

그 문하제자가 모두 유명했는데 魏徵(위징)도 왕통의 제자였다. 王通은 자신의 키와 같은(等身書) 저서를 남기고 33세에 죽었다. 그 동생 王績(왕적)은 初唐의 저명한 田園詩人이고, 손자가 바로 初唐四傑(초당사걸)의 한 사람인 王勃(왕발)이다.

했으며, 왕적은 〈五斗先生傳〉을 짓고 彈琴하며 시문을 지으며 일생을 마쳤다. 初唐四傑(초당사걸)의 한 사람인 王勃(왕발)은 왕적의 姪孫(질손)이니, 곧 왕발의 작은 할아버지이다.

初唐 30여 년의 詩壇은 여전히 南朝 梁과 陳의 시풍이 유행하였는데 오직 王績만이 陶淵明의 유풍을 따르는 시를 지었다고 알려졌다. 그의 〈野望〉은 당나라 초기의 오언율시로 높은 평가를 받고 있다.

過酒家(과주가) 五首 (其二)

此日長昏飮, 非關養性靈.
眼看人盡醉, 何忍獨爲醒.

술집에 들리다 (2 / 5)

오늘 오래 정신없이 마시기는,
바른 본성을 지니려는 뜻이 아니다.
눈에 뵈는 모두가 다 취했는데,
어찌 혼자 깨어 있어야 하겠나?

| 參考 | 屈原(굴원)은 〈漁父詞〉에서 '衆人皆醉(중인개취)나 我獨醒(아독성)'이라 하여 자신의 고고한 지조를 말했다.

왕적이 隋나라 말기 혼란한 세상에 혼자 깨어 있기는 정말 어려웠을 것이다. 남들이 다 취했으니 나도 취하겠다는 뜻이 나쁘다고 할 수 있는가? 그러나 왕적이 混飮(혼음)한 것이야말로 衆人皆醉한 것을 맨정신으로는 못 보겠다는 뜻이 아닌가?

술에 의탁하여 난세를 피해 자신을 보전하려는 뜻일 것이다.

秋夜喜遇王處士(추야희우왕처사)

北場芸藿罷，東皐刈黍歸.
相逢秋月滿，更値夜螢飛.

가을밤에 王處士와 기쁘게 만나다

북쪽 밭에 콩밭을 잡초를 뽑고서,
동쪽 언덕 기장을 베고 돌아왔다.
우린 가을달이 둥글 때 만났는데,
한창 반딧불이 날아다닌 밤이었다.

| 註釋 | 芸은 김맬 운, 나물 이름 운. 藿은 콩잎 곽. 罷는 마칠 파. 그만두다. 皐는 언덕 고. 물가. 왕적의 號가 東皐子라서 동고를 山 이름으로 해석할 수도 있다. 刈은 벨 예. 黍는 기장 서.

| 詩意 | 왕적의 시는 소박하고 자연스러우며 남조의 화려한 색채가 없어 陶淵明(도연명)과 비슷한 느낌을 준다. 전원생활의 정취와 質朴, 平淡하고 醇厚(순후)한 맛을 느낄 수 있다.

野望(야망)

東皐薄暮望, 徙倚欲何依.
樹樹皆秋色, 山山唯落暉.
牧人驅犢返, 獵馬帶禽歸.
相顧無相識, 長歌懷采薇.

들을 바라보며

동쪽 언덕서 지는 노을을 바라보나,
저쪽 멀리로 어디 무엇을 의지하랴.
온갖 나무가 벌써 가을빛을 띠었고,
모든 산에는 다만 저무는 저녁노을.
목동은 소 떼를 몰아 집을 찾고,
사냥 말은 새를 매달고 돌아온다.
서로 보아도 아는 얼굴이 없나니,
길게 고사리 뜯는 뜻을 노래한다.

| 詩意 | 마지막 구절의 采薇(채미)는 採薇(채미), 곧 고사리를 꺾어먹는 은자의 생활을 뜻한다. 伯夷(백이)와 叔齊(숙제)는 西周 武王이 포악한 殷(은)의 紂王(주왕)을 정벌하자 武王을 不孝不忠이라 비난하며 신하가 되기를 거부하고 首陽山에 들어가 고사리를 꺾어 먹고 살다가 굶어 죽었다.

王維(왕유)의 〈渭川田家〉에 '悵然吟式微(슬피《詩經 式薇》구절을 읊다.)' 라는 말이 있는데, 시인이 생각하는 고사리는 곧 자연 속의 은거이다.

가을 날 저녁 풍경을 묘사하며 자연 속에 묻혀 편하게 살고 싶은 시인의 뜻을 노래했다. 이 시는 당 초기의 5언율시 중 秀作(수작)이라고 알려졌다.

004

王梵志(왕범지)

王梵志(왕범지, 590? – 660?)의 생졸년은 확실하지 않지만, 隋末唐初에 활동하였다. 왕범지는 詩僧(시승)으로 原名은 梵天(범천)으로 알려졌지만 별다른 사적은 미상이다. 그의 시가는 매우 쉬우면서도 해학의 멋이 있으며 권선징악과 警世(경세)의 뜻이 깊다.

왕범지는 시에 속어를 잘 사용하여 통속시로 분류할 수 있기에 최초의 白話 시인이라 할 수 있다. 왕범지의 시는 일찍 失傳되어《全唐詩》에는 그의 시가 수록되지 않았다. 그러나 敦煌(돈황) 莫高窟(막고굴) 藏經洞(장경동) 안에서 왕범지의 시 필사본이 발견된 이후 널리 조명을 받게 되었다고 한다.

詩(시) 三首 (其一)

他人騎大馬, 我獨跨驢子.
回顧擔柴漢, 心下較些子.

시 3수 (1 / 3)

남들은 큰 말을 타지만,
나는야 홀로 나귀를 탄다.
나뭇짐 진 사람을 돌아보면,
마음에 그 보다는 조금 낫다.

| 詩意 | 위의 시에서 較는 견줄 교, 비교한다는 뜻이다. 些는 적을 사, 些子(사자)는 '조금' 이라는 그때의 口語이다.

큰말 타는 사람과 나귀를 타는 사람, 그리고 등짐을 지고 가는 사람을 서로 비교하는 그 뜻은 정말 다양한 의미가 있을 것이다.

詩(시) 三首 (其二)

城外土饅頭, 餡草在城裏.
每人喫一個, 莫嫌無滋味.

시 3수 (2 / 3)

성문 밖에 흙으로 빚은 만두는,
풀로 속을 채우고 城안에 있네.
사람마다 하나씩 먹는 것이니,
맛이 없다 불평을 하지 마시오.

| 詩意 | 흙으로 된 만두는 사람의 무덤이다. 餡(함)은 만두를 채우는 소이다.〔裏는 쌀 과(包也). 얽을 과. 풀의 열매.〕 죽어서 흙으로 쌓은 성안에 살고 있다는 뜻, 한 사람이 하나씩만 먹어야 한다는 비유가 인생이 무엇인가를 생각게 해준다.

북송의 蘇軾(소식, 東坡)은 왕범지의 이 시에 대하여 '풀로 채운 만두소를 누가 먹어야 하나? 預先著酒澆(미리 먼저 술을 준비하여), 圖教有滋味(맛이 있게 만들어야 한다)' 라고 재미있는 말을 했다.

詩(시) 三首 (其三)

世無百年人，强作天年調.
打鐵作門限，鬼見拍手笑.

시 3수 (3/3)

세상에 백년 사는 사람 없는데,
억지로 천년 일을 꾸미려 한다.
쇠를 두드려 대문 문지방 만드나,
귀신이 보고 손뼉 치면서 웃는다.

| 詩意 | '人生不滿百' 은 천고의 진리이며 '常懷千歲憂(상회천세우)' 하는 인간의 어리석음이야 늘 이야기한다. 인간은 왜 '晝短苦夜長(주단고야장)' 하다는 것을 모를까? 부자인 守錢奴(수전노)가 도둑이 못 들어오게 쇠 자물쇠를 채운다고 도둑을 막을 수 있는가?

書聖 王羲之(왕희지)의 7世孫으로 승려였던 智永(지영, 本名 王極)은 글씨를 잘 써서 많은 사람들이 글씨를 받으러 왔기에 대문 문지방(門限)이 닳을 정도였다고 한다. 그래서 얇은 쇠로 문지방(鐵門限)을 씌웠다는 이야기가 전해 온다.

이 시는 지독한 풍자이면서 따끔한 충고를 하고 있다. 분명 쇠로 門限(문지방)을 만든 사람도 벌써 土饅頭(토만두) 속에 흔적도 아니 남았을 것이다.

無題(무제)

梵志翻着襪，人皆道足錯.
乍可刺你眼，不可隱阿脚.

무제

내가 버선을 뒤집어 신었더니,
잘못 신었다고 여럿이 말한다.
잠깐 당신 눈에 거슬리지만,
내발 편한 일을 숨기겠는가?

| 註釋 | ㅇ 梵志翻着襪 – 翻은 뒤집을 번. 뒤치다. 襪은 버선 말. 洋襪(양말)은 서양의 버선.

ㅇ 人皆道足錯 – 道는 말하다. 錯은 아로새길 착, 뒤섞일 착. 어긋나다.

ㅇ 乍可刺你眼 – 乍는 잠깐 사. 짧은 시간. 刺는 찌를 자. 你는 너 니.

| 詩意 | 그야말로 自由奔放(자유분방)이다. 내가 좋으면 내가 한다. 겉치레에 신경 쓰지 않는다는 주체 선언과도 같은 시이다. 진정한 자유는 주체성에 바탕을 둔다. 세상 살면서 내 마음대로 안 되는 일이 열 개 중 여덟아홉이다(人生不如意事常八九). 이 말은 난관에 처한 상대방을 위로하는 말로 쓰인다. 그러면서 내가 다른 사람의 마음에 들기도 쉬운 일이 아니다(一人難稱百人意). 그러나 내가 만든 외나무다리는 내 마음대로 다닐 수 있다(自走自家獨木橋). 내가 좋아서 하는 일이니 다른 사람과는 무관하다.

吾富有錢時(오부유전시)

吾富有錢時, 婦兒看我好.
吾若脫衣裳, 與吾疊袍襖.
吾出經求去, 送吾卽上道.
將錢入捨來, 見吾滿面笑.
繞吾白鴿旋, 恰似鸚鵡鳥.
邂逅暫時貧, 看吾卽貌哨.
人有七貧時, 七富還相報.
圖財不顧人, 且看來時道.

내가 돈 많은 부자였을 때

내가 부자로 돈이 많을 때는
처자는 나를 보며 좋아했다.
내가 바지 저고리를 벗으면,
내게 겹옷 두루마기를 주었다.
내가 일을 하러 길을 떠나면,
바로 나를 따라와 전송했었다.
내가 돈을 다 쓰고 돌아왔어도,
나를 보며 함박웃음 지었었다.
나의 주변을 흰 비둘기처럼 맴돌고,
내게 마치 앵무새처럼 조잘거렸다.

내가 우연히 가난한 처지가 되자,
나를 보면서 난감한 표정을 지었다.
누구나 일곱 번 가난할 때가 있고,
부자로 일곱 번 남에게 보은한다오.
재물을 바라나 사람 따라 오지 않으니,
제발로 찾아오는 재물을 기다려야지.

| 詩意 | 七貧, 七富 – 사람 한평생에 가난할 수도 부자가 될 수도 있다(人有七貧八富). 곧 인생 내내 부자나 가난할 수는 없다는 뜻이다.

가난뱅이와 부자는 모두 타고난 팔자이나(貧富皆有命), 가난은 그럴만한 바탕이 없고, 부자도 그러할 뿌리가 없다(貧無本 富無根)고 하였다.

이 말은 빈부는 일정하지 않고, 언제나 바뀐다는 뜻이다. 그렇지만 사람이 가난하면 큰 뜻을 못 가진다(人貧志短). 곧 그 뜻이 비루해진다는 말이다. 하여튼 사람이 가난하더라도 빈천할 때 사귄 친구를 잊어서는 안 되고(貧賤之知不可忘), 가난한 고생을 같이 한 아내는 버릴 수 없다(糟糠之妻不下堂). 부자는 돈을 뿌려 선행을 쌓고(富以錢爲善), 빈자는 마음으로 선행을 한다(貧以心爲善)고 하였다. 곧 가난하더라도 늘 선행을 염두에 두고 살아야 한다.

사람은 누구나 그 인생에 세 번쯤 바보 같을 수 있다(人有三昏三迷). 이는 곧 어리석은 결정을 내릴 때가 있다는 뜻이다. 그러면 망할 수도 가난할 수도 있다.

사람에게 앞을 보는 눈은 있지만 뒤를 보는 눈은 없다(有前眼沒有後眼). 사람에게 앞뒤를 보는 눈이 있다면(人有前後眼) 일천 년 부귀를 누릴 것이다(富貴一千年).

젊어 가난은 가난이라 할 것도 없지만(少年受貧不算貧), 노년에 가난해지면 가난이 사람을 죽인다(老年受貧貧死人). 하여튼 몸은 가난하더라도 뜻은 가난할 수 없나니(身貧志不貧), 부귀와 빈천은 모름지기 바른 길로 얻어야 한다(富貴貧賤須以道得之).

005

寒山(한산)

寒山(한산, 생졸년 미상) – 貞觀 연간 또는 唐 玄宗에서 代宗 시대에 생존했다는 長安 출신의 저명한 詩僧(시승)이다.

寒山(한산)과 拾得(습득), 豐干(풍간) 3인은 浙江省(절강성) 天台山(천태산) 國清寺에 은거했는데, 이들을 '國清三隱(국청삼인)' 이라 불렀다. 특히 한산과 습득은 특별히 '和合二仙' 으로도 불린다.

杳杳寒山道(묘묘한산도)

杳杳寒山道，落落冷澗濱.
啾啾常有鳥，寂寂更無人.
淅淅風吹面，粉粉雪積身.
朝朝不見人，歲歲不知春.

아득한 한산사 가는 길

아득하고 머나먼 한산사 가는 길에,
소슬하고 차가운 시냇물 흘러간다.
새들은 쉬지 않고 지저귀지만,
오가는 사람 없는 적막한 길이다.
바람은 살랑대며 얼굴을 스치고,
눈발은 휘날리어 온몸에 쌓인다.
날마다 찾아오는 사람도 없으니,
해마다 이어지는 봄날도 모른다.

| 註釋 | 名句에 疊語(첩어)를 사용했다.

杳杳(묘묘, 아득할 묘)는 보이지 않아도 끝없이 이어진 그늘진 산길이다. 落落(낙락)은 물가의 적막함을 그려낸 말이고, 啾啾(추추)는 이어지는 새들의 지저귀는 소리이며, 寂寂(적적)은 적막한 고요함이요, 淅淅(석석, 쌀 일 석)은 얼굴에 스치는 바람소리이다.

이런 첩어의 연속 사용은 적당한 對偶(대우)의 사용과 같은 효과와 느낌을 전해주며 아름다운 음률을 형성하여 음악적 효과를 전해준다.

| 參考 | 한산은 國淸寺(국청사)에서 나무하고 불 때는 불목하니였다. 국청사 주방에서 일하는 拾得(습득)은 한산과 매우 가까웠다.

습득은 어려서부터 고아였으니 스님이 산길을 가다가 아이를 하나 주워서 국청사에서 키웠다고 한다. 습득이란 이름도 길에서 주웠다(拾得)는 뜻이다.

한산과 습득은 貧賤之交(빈천지교)를 계속하면서 두 사람은 늘 시를 주고받으며 읊곤 했었다. 후세 사람들이 한산자의 시 삼백여 수를 모아 『한산자 시집』을 편찬했다. 한산자의 시는 불가의 규율과 설교적 색채가 강하면서도 당시의 시폐와 세태의 급변을 날카롭게 지적하는 비판의식과 함께 그 시어가 비근하면서도 자연스러운 품격을 유지했다고 한다.

清代의 학자 紀昀(기윤, 1724 - 1805. 字 曉嵐)은 한산자의 시를 '교묘한 시어, 솔직한 표현, 씩씩한 어조에 유쾌한 언어가 있다.' 고 품평했다. 5.4운동 이후 한산자의 시는 白話詩(백화시)의 先驅(선구)라고 높이 평가받았다.

한산과 습득은 중국 민간 신앙에서 부부에게 사랑과 애정을 주는 和合二仙(화합이선, 또는 和合二聖) 곧 사랑의 신으로 알려졌다.

詩三百三首(시삼백삼수) (其三百三)

有人笑我詩, 我詩合典雅.
不煩鄭氏箋, 豈用毛公解.
不恨會人稀, 只爲知音寡.
若見趁宮商, 余病莫能罷.
忽遇明眼人, 卽自流天下.

시 303수 (303 / 303 마지막 시)

나의 詩를 비웃는 사람이 있지만,
나의 시는 법도에 맞으며 高雅하다.
鄭玄이 귀찮게 주석하지 않게 했으니,
어찌 毛公의 해석이 있어야 하겠는가?
나를 아는 사람이 적어도 원한이 없고,
다만 참된 벗이 많지 않다고 생각한다.
만약 음률에 능통한 자를 만나더라도,
나의 詩風을 누구도 말리지 못하리라.
문득 눈 밝은 사람을 만나게 된다면,
바로 내 시는 천하에 절로 퍼지리라.

| 註釋 | ○ 不煩鄭氏箋 – 鄭氏는 후한의 鄭玄(정현, 127 – 200년, 字 康成)이다. 정현은 北海郡 高密縣 사람이다. 정현은 젊어 鄕職인 嗇

夫(색부)로 근무했는데, 휴가일에는 늘 學官에 나갔고 색부의 일을 즐겨하지 않았기에 부친이 여러 번 화를 내었지만 금할 수 없었다. 결국 太學에 가서 受業을 받았는데 京兆人 第五元先(제오원선, 第五는 복성)을 사부로 모시고《京氏易》,《公羊春秋》,《三統曆》,《九章算術》 등에 능통하였다. 또 東郡의 張恭祖(장공조)로부터《周官》,《禮記》,《左氏春秋》,《韓詩》,《古文尚書》 등을 배웠다. 정현은 山東에서 더 배울 사람이 없다 하여 涿郡(탁군)의 盧植(노식)과 함께 서쪽 關中에 들어가서 右扶風의 馬融(마융)을 스승으로 섬겼다.

정현은 마융의 문하에서 유학한 지 10년만에 돌아와 직접 농사를 지으며 교육과 저술에 전념하다가 74세에 죽었는데, 郡守 이하 그간 수업을 받은 자로 상복을 입고 장례에 참여한 자가 1천여 명이었다.

정현은《周易》,《尚書》,《毛詩》,《儀禮》,《禮記》,《論語》,《孝經》,《尚書大傳》,《中候》,《乾象歷》에 주석을 달았고, 또《天文七政論》,《魯禮禘祫義》,《六藝論》,《毛詩譜》,《駁許慎五經異義》 등 총 백만여 자의 저술을 남겼다. 정현의 문인들은 정현이 제자들과 5經에 관하여 문답한 내용을《論語》처럼《鄭誌》 8편으로 편찬하였다.

毛公은 毛亨(모형, 생몰년 미상). 戰國末期 趙人 毛遂(모수)의 조카. 秦末漢初의 학자로《毛詩》의 開創者.

《毛詩》는 魯國 毛亨 學派의《詩經》. 前漢 시대의《詩》는《齊詩》,《魯詩》,《韓詩》,《毛詩》의 四家로 구분되었는데, 지금은《毛

詩》만 전해오고 있다. 곧 지금의《詩經》은《毛詩》이다.

| 詩意 | 이 시는 寒山의 연작시〈詩三百三首〉의 마지막 수로 303편 시의 결론이다. 한산은 303수의 연작시를 지으면서 제1편에서 '내 시를 읽는 모든 사람은(凡讀我詩者) 마음에 정결을 지켜야 한다(心中須攫淨).' 고 요구했다.

한산은 자신의 시는 當代에 성행하는 일반적 개념과 다를지라도 사회의 법도에 맞고 古雅하다고 언급하였다. 그리고 평범한 言辭의 진리이기에 毛公(모공)이나 鄭玄(정현)의 주석도 필요 없다고 하였다.

이 말은 동시에 모공이나 정현과 같은 사람이 자신의 시에 대해 평할 수 없다는 한산의 자존심으로 해석할 수도 있다.

실제로 당송시대에 한산의 시는 전 중국에 널리 알려졌고 문인의 추앙을 받았으며 새로운 시풍의 본보기가 되었다.

006

太宗 李世民(태종 이세민)

李世民(이세민, 당 태종. 598 – 649. 재위 627 – 649)은 재위 23년에 居安思危(거안사위)하고, 賢良人材를 발탁 등용하였으며, 虛心으로 간언을 받아들여 군주정치의 모범을 보였다.

賜房玄齡(사방현령)

太液仙舟迥，西園隱上才.
未曉征車度，雞鳴關早開.

방현령에게 주다

태액지를 지나 배가 멀어지니,
西園으로 上才가 숨으려 한다.
동트기 전에 원정 거마가 나가니,
닭이 울면서 관문이 일찍 열린다.

| 註釋 | 仙舟迥의 迥은 멀 형. 멀어지다.

| 詩意 | 《全唐詩》 1권은 太宗의 시를 수록했다. 태종은 萬機(만기)를 總攬(총람)하면서도 틈을 내어 藝文을 즐겼고 대신들과 시문을 唱和(창화)하였다.

이 一首는 房玄齡(방현령, 579 – 648, 名 喬, 字 玄齡, 字로 통용, 凌煙閣 24공신의 한 사람)을 떠나보내는 시로 지어졌는데 언제인지 알 수 없다.

於太原召侍臣賜宴守歲(어태원소시신사연수세)

四時運灰琯，一夕變冬春.
送寒餘雪盡，迎歲早梅新.

太原에서 侍臣을 불러 연회하며 守歲하다

사계절은 순서대로 운행하나니,
하룻밤에 겨울에서 봄철이 된다.
추위가 물러가며 잔설도 녹으니,
새해를 맞아 이른 매화가 새롭다.

| 詩意 | 太原(晋陽, 今 山西省 省會인 太原市)은 당 황실의 發祥地(발상지)로 晋王인 이세민의 세력 근거지였다. 太原은 唐代에 장안, 낙양과 함께 '三都'의 하나로 중요한 정치적 의미가 있었다. '四時運灰琯'의 灰琯(회관, 琯은 옥돌 관)은 절기 변화를 관측하는 기구인데, 보통 계절의 순서 또는 節氣의 뜻으로 사용한다.

帝京篇(제경편) 十首 (其七)

落日雙闕昏, 回輿九重暮.
長煙散初碧, 皎月澄輕素.
搴幌玩琴書, 開軒引雲霧.
斜漢耿層閣, 清風搖玉樹.

제경편 (7 / 10)

지는 해 雙闕(쌍궐)에 어둠이 내리고,
어둠 속 御駕(어가)는 겹문을 지났다.
얕게 깔린 연기가 어슴푸레 흩어지고,
밝은 달빛 가벼운 비단위에 내려앉다.
휘장을 걷고 彈琴에 독서를 즐기나니,
창문을 열어 雲霧의 기운을 느껴본다.
은하수는 층층 누각 위에 빛나고,
서늘한 바람은 큰 나무를 흔든다.

| 註釋 | 雙闕(쌍궐)은 궁궐 양쪽의 높은 누각이고, 九重은 겹겹의 궁궐 문을 말한다. 搴幌(건황)은 휘장(幌, 휘장 황)을 걷어 올리다(搴은 빼낼 건. 들어 올리다). 斜漢(사한)은 銀漢(은한, 은하수)이고, 耿(빛날 경)은 비춘다는 뜻으로 새길 수 있다.

| 詩意 | 태종의 〈제경편〉 10首는 治國平天下의 흉금과 기백을 읊었는데, 궁정 시풍의 폐단과 나약한 六朝 풍조에서 벗어나려는, 새로운 시풍의 단서를 열었다는 평을 받았다.

007

上官儀(상관의)

上官儀(상관의, 608 – 665, 字 游韶 유소) – 陝州 陝縣(今 河南省 三門峽市 陝州區)人. 前漢 武帝, 昭帝 때 유명한 上官桀(상관걸)의 후손. 貞觀 연간에 進士. 太宗 재위 중 入仕, 일찍이《晉書》의 편찬 작업에 참여, 문장으로 태종을 섬겼고 高宗과 武皇后의 인정을 받아 나중에 재상의 반열에 올랐다. 그러나 고종 麟德(인덕) 원년(664)에 태자 李忠(이충)의 모반으로 하옥, 옥사했다.

상관의의 詩는 應制詩가 많지만, 시가 부드럽고 婉媚(완미)하며, 修辭(수사)와 꾸밈에 치중하다 보니 시인의 감정 묘사나 생기가 부족한 병폐가 드러나는데, 이런 시풍을 특별히 상관체라 불렀다.《入朝洛堤步月》을 상관의의 대표작으로 꼽기도 한다.

상관의는 六朝 이래 詩歌의 對偶(대우, 對句)를 종합하여 '六對' 또는 '八對'를 언급하였는데 후세 율시의 형성과 발전에 기여하였다.

入朝洛堤步月(입조낙제보월)

脈脈廣川流, 驅馬歷長洲.
鵲飛山月曙, 蟬噪野風秋.

入朝하여 달빛 아래 洛河의 제방을 걷다

끝없이 큰 강물은 흐르고,
말타고 긴 제방을 달렸다.
까치가 날고, 새벽달 걸린 山에,
매미가 울고, 秋風이 부는 들판.

| 詩意 | 시에서 廣川(광천)은 洛水이고, 낙수의 긴 제방은 관리들의 통행이 잦은 입궁하는 길인데, 여기서는 長洲(장주)라 표현했다. 시에서 歷(거칠 역)은 자신의 오랜 관직생활과 재상의 반열에 오를 수 있었던 황제의 신임을 표출하였다.

3, 4구는 동트기 전 새벽, 하늘과 땅의 풍경을 그려 자신의 여유와 득의를 표현하였다.

| 參考 | 黃河에는 陝西省(섬서성)에서 발원하여 洛陽을 거쳐 黃河에 들어가는 洛水(洛河)가 있다. 그래서 洛水라면 으레 낙양의 낙수를 뜻한다. 그러나 황하의 가장 큰 지류인 渭河(위하, 渭水)의 지류인 洛水도 있다. 이는 長安城(今 陝西省 西安市)의 동북이기에 당의 도읍 장안성과는 거리가 있다. 이 詩의 낙수는 唐의 副都인 낙양의 낙수를 뜻한다. 隋唐代의 東都인 낙양성은 낙수의 남쪽에 자리했다.

관리들은 동트기 훨씬 전에 궁궐 문밖에서 기다리다가 궁궐 문이 열리면서 입궁하여 집무했다. 이 시는 상관의가 재상으로 한참 득의했던 高宗 龍朔(661 – 663) 연간에 지은 시로 알려졌다.

春日(춘일)

花輕蝶亂仙人杏，葉密鶯啼帝女桑.
飛雲閣上春應至，明月樓中夜未央.

봄날

꽃잎 떨어지며 나비가 날고 神仙의 살구나무,
잎새 무성한데 꾀꼬리 울고 帝女는 뽕을 딴다.
구름은 궁궐 위로 떠가고 봄은 맞춰 왔나니,
달빛이 누각 뜰에 내리며 밤이 한창 깊었다.

| 註釋 | 1, 2句와 3, 4句가 완전한 對偶(대우)로 짜여졌다. 花 – 葉(잎사귀 엽), 蝶(나비 접) – 鶯(꾀꼬리 앵)은 물론 仙人과 帝女(公主), 杏(살구나무 행)과 桑(뽕나무 상)도 짝을 맞춰 자리했다.

飛雲에는 明月이, 春에는 夜, 그리고 應至에는 未央(미앙)이 완벽한 對를 이루었다. 未央은 前漢의 正宮 명칭으로 새길 수도 있지만 그 뜻은 '끝이 없다' 는 의미이니, 여기서는 밤이 한창 깊었다는 뜻이다.

008
盧照隣(노조린)

盧照隣〔노조린, ?636 – ?695, 字 昇之, 號 幽憂子(유우자)〕은 幽州(유주) 范陽縣〔범양현, 今 河北省 직할 涿州市(탁주시)〕 출신.

王勃(왕발), 楊炯(양형), 駱賓王(낙빈왕)과 함께 '初唐 四傑(사걸)'의 한 사람. 오랜 질병으로(丹藥 중독, 일종의 水銀 중독에 따른 인한 사지마비) 고통 받았는데, 고종 咸亨(함형) 4년(673), 長安에서 養病할 때, 名醫인 孫思邈(손사막)이 성심으로 치료했으나 '울분과 분노가 쌓여 근본적 치유가 불가한 병'이라 말했다고 한다. 노조린은 〈五悲文〉과 〈釋疾文(석질문)〉을 지어 자신의 悲痛(비통)을 묘사한 뒤 강에 투신하였다.

노조린은 長詩와 駢麗文(변려문), 歌行體 시가에 뛰어났으며 그 意境이 淸麗(청려) 심원하다는 평을 들었다. 《盧昇之集》 7권과 《幽憂子集》 7권을 남겼고 《全唐詩》에는 그의 시가 2권으로 편집되었다.

曲池荷(곡지하)

浮香繞曲岸，圓影覆華池.
常恐秋風早，飄零君不知.

곡지의 연꽃

퍼진 향기가 굽은 둑에 가득하고
둥근 모양이 멋진 못을 덮었다.
언제나 걱정은 가을바람 일찍 불어
그대도 모르게 시드는 일이라오

| 註釋 | 繞는 두를 요. 얽어매다. 둘러매다. 覆은 덮을 복. 飄는 회오리 바람 표. 날리어 흔들리다. 零은 큰 비 끝에 오는 가랑비 영, 떨어질 영. 飄零(표령)은 나뭇잎이 바람에 펄럭이며 떨어지는 모양.

| 詩意 | 1, 2구는 장안 근처 曲池와 연꽃의 모습이고 3, 4구에 자신의 회포를 묘사하였으니 虞世南의 〈蟬〉과 같은 작법이라 할 수 있다. 고결하며 향기로운 연꽃과 같은 자신의 才學을 則天武后 治下에서 펴지도 못하고 질병에 시달리는 자신을 읊었다고 풀이할 수도 있다.

浴浪鳥(욕랑조)

獨舞依磐石，群飛動輕浪.
奮迅碧沙前，長懷白雲上.

물 적시는 새

넓은 바위서 홀로 춤추듯 놀다가,
함께 날아서 작은 물결에 적신다.
빨리 달려서 물가 모래까지 갔다가,
높이 흰 구름 위로 날아오른다.

| 詩意 | 물가의 새들이 물을 차고 적시며 가볍게 나는 모습을 묘사하였다. 물가에서, 그리고 하늘을 나는 자유자재의 즐거움을 부러워하고 있다.

春晚山莊率題(춘만산장솔제) 二首 (其二)

田家無四鄰, 獨坐一園春.
鶯啼非選樹, 魚戲不驚綸.
山水彈琴盡, 風花酌酒頻.
年華已可樂, 高興復留人.

늦은 봄날, 산장에서 갑자기 짓다 (2 / 2)

농가 사방에 이웃도 없지만,
홀로 지내는 뜰에는 봄이 가득하다.
꾀꼬리는 나무를 가려 지저귀지 않고,
물고기는 놀면서 남을 놀래키지 않는다.
산과 물가에서 실컷 금슬을 타고,
꽃과 바람속에 자주 술잔을 든다.
한창 나이라서 맘껏 즐길 수 있어,
즐겨 홍이나니 다시 손님을 붙잡는다.

| 詩意 | 농가의 전원 – 시인에게는 마음의 놀이터이다. 농장을 에워싸고 바뀌는 일기와 자연의 모습은 환희이다. 그 속에서 술잔을 들 수 있다면, 또 이웃과 같이 할 수 있다면 더 무엇을 바라겠는가? 《全唐詩》 042권에 수록.

지금 필자의 생각으로는 이 시의 표현이 실제 진심이었기를 바란다.

結客少年場行(결객소년장행)

長安重遊俠，洛陽富才雄.
玉劍浮雲騎，金鞭明月弓.
鬪雞過渭北，走馬向關東.
孫賓遙見待，郭解暗相通.
不受千金爵，誰論萬里功.
將軍下天上，虜騎入雲中.
烽火夜似月，兵氣曉成虹.
橫行徇知己，負羽遠從戎.
龍旌昏朔霧，鳥陣捲胡風.
追奔瀚海咽，戰罷陰山空.
歸來謝天子，何如馬上翁.

交友하는 젊은이의 노래

長安에는 遊俠(유협)의 풍조를 중시했고,
洛陽에도 富裕(부유)한 英才가 많았다.
寶玉이 박힌 명검, 구름무늬 장식 안장,
黃金의 채찍손잡이, 달 그린 활을 메었다.
渭水 북쪽 마을서 닭싸움을 하고,
關東까지 달리는 경마도 하였다.

孫臏(손빈) 같은 벗들이 멀리서 기다리고,
郭解(곽해) 같은 협객과 서로간 교제했다.
千金의 작위도 받으려 하지 않고,
萬里밖 전공을 세우려는 자 누구던가?
天上서 내려온 장군처럼 당당한데,
北虜의 기병이 雲中땅에 침입했다.
烽火는 한밤의 명월처럼 밝았으며,
將兵의 기개는 새벽하늘 무지개 같았다.
戰場(전장)의 응급에 知己와 뜻을 같이하여,
羽箭(우전)을 갖추고 변경에 종군 출정한다.
용을 그린 깃발은 북방 안갯속에 흐릿하고,
모여 흩어지는 새떼 진법으로 胡人을 꺾었다.
넓은 흉노땅 사막 끝까지 추격하였고,
싸움 마치자 陰山에 흉노가 사라졌다.
勝戰 귀국해 천자께 사은할 수 있다면
馬援에 비교하여 내 뜻이 어떻겠는가?

| 註釋 | 제목의 結客은 벗과 사귀다 곧 交友의 뜻이고, 少年場은 '젊은이들이 모여 노는 곳' 이란 뜻이다. 曹操(조조)의 아들 曹植(조식, 192 – 232, 字 子建)의 〈結客篇〉에 '結客少年場 報怨洛北芒' 에서 유래하였다. 본래 〈少年行〉은 樂府의 雜曲 歌辭인데 〈結客少年行〉의 축약이다.

고관과 부유 계층 젊은이들의 화려한 옷차림과 타는 말(馬) 치장은 기본이었고, 鬪雞(투계)는 귀족계층의 오래된 오락이었다. 장안을 벗어나 멀리 함곡관 동쪽까지 競馬(경마) 역시 소년들의 승부 경기였다.

孫臏(손빈, 前 382 – 316, 孫武의 후손)은 전국시대 兵家의 대표자. 孫臏의 원명은 孫伯靈(손백령). 형벌로 발뒤꿈치가 잘려(臏은 종지뼈 빈, 정강이 빈) 손빈이라 불렸다.

郭解(곽해, 생졸년 미상, 字 翁伯)는 전한 무제 때의 遊俠(유협)으로《史記 遊俠列傳》에 기록이 있다.

'追奔瀚海咽' 의 瀚海(한해)는 시베리아 남부의 貝加爾湖(바이칼 호)를 지칭한다. 또 사막을 沙海라고 표현한다. 옛날 대부분의 중국인은 실제 바다를 평생 동안 본 적이 없었다고 한다. 대신 내륙의 큰 호수나 사막 등을 '海' 라고 표현한다. 北京의 3개 호수를 什刹海(십찰해)라고 부르며, 중국의 清海省에는 바다가 없고 대신 짠물 호수인 青海湖가 있다.

맨 마지막 구절의 馬上翁(마상옹, 말에 오르는 노인)은 후한 光武帝 때의 장군 馬援(마원)이다. 馬援(마원)의 딸이 明帝의 明德馬皇后(30? – 79년)로 아주 모범적인 황후였다.

(광무제) 建武 24년, 마원은 武陵郡 五谿(오계)의 만이에 대한 원정을 자청하였다. 그때 나이 62세였는데 광무제는 늙은 나이를 생각하여 허락지 않았다. 마원은 자청하면서 "臣은 아직도 갑옷을 입고 말에 오를 수 있습니다."라고 말했다. 광무제가 해보라고 하자 마원은 안장을 잡고 눈으로 가름해 보고 말에 올라 자신이 쓸만하다는 사람임을 보여주었다. 광무제가 웃으면서 "이 노인

네는 늙었어도 짱짱하네!" 라고 말했다.

마원은 '畫虎不成反類狗' 의 명언을 남긴 사람인데, 三國 시대 馬騰(마등), 馬超(마초)는 馬援의 후손이다. 《後漢書 馬援列傳》에 立傳되었다.

| 詩意 | 이 시는 격앙 웅장한 시어에, 생동감 있는 敍事(서사)와 그림 같은 경관의 묘사 등으로 젊은 협객의 기질과 진충보국하겠다는 대의를 표출하였다. 이 작품은 웅장하고 강건한 기질의 묘사는 초당의 유약한 시풍을 전환시키는데 크게 일조했다는 평가를 받고 있다.

| 參考 | 옛 많은 문인들이 任俠(임협, 義俠, 의협심)을 숭상하는 기풍이 있었다. 이에 따라 젊은이의 의협심과 그에 따른 행동, 호사와 놀이를 칭송하는 시를 지었다. 남조 宋의 시인 鮑照(포조, 414 - 466, 字 明遠, 鮑參軍)가 그러했고, 李白도 젊어 경박한 기분의 협객 기질이 있었다.

虞世南(우세남)도 같은 제목의 詩를 지었는데, '漢魏多奇書, 倜儻遺聲利(척당유성리)' 로 시작한다. 李白의 〈少年行〉, 李賀(이하)의 〈少年樂〉, 李益의 〈漢宮少年行〉, 崔顥(최호)의 〈渭城少年行〉 등의 작품에서는 명문가 청년들의 豪奢(호사)와 遊樂(유락), 大義에 따른 報國이나 의리에 따른 氣概(기개) 등을 읊었다.

長安古意(장안고의)

長安大道連狹斜, 靑牛白馬七香車.
玉輦縱橫過主第, 金鞭絡繹向侯家.
龍銜寶蓋承朝日, 鳳吐流蘇帶晩霞.
百尺遊絲爭繞樹, 一羣嬌鳥共啼花.
啼花戲蝶千門側, 碧樹銀臺萬種色.

長安에서 옛 생각을 하다

長安의 큰 거리에 좁은 비탈길이 이어졌고,
검은 소와 흰 말, 치장한 七香車도 지나간다.
귀인 손수레도(輦) 이리저리 대저택에 들어가고,
금빛 채찍의 말을 타고 연이어 諸侯家를 찾아든다.
龍을 그린 고급 수레 덮개는 아침 햇살을 받고,
鳳을 꾸민 항아리는 노을 빛깔 술을 쏟아낸다.
百尺 비단 휘날리듯 정원수에 휘감겼으며,
무리 지은 예쁜 새들 꽃에서 함께 지저귄다.
꽃과 새와 나비가 나는 수많은 출입문 사이로,
푸른 나무 은빛 누각 온갖 만물로 장식했도다.

複道交窗作合歡, 雙闕連甍垂鳳翼.
梁家畫閣天中起, 漢帝金莖雲外直.

樓前相望不相知, 陌上相逢詎相識.
借問吹簫向紫煙, 曾經學舞度芳年.
得成比目何辭死, 願作鴛鴦不羨仙.
比目鴛鴦眞可羨, 雙去雙來君不見.
生憎帳額繡孤鸞, 好取門簾帖雙燕.

겹층 복도 이어진 창문이 서로 조화를 이루고,
쌍쌍 거궐의 맞닿은 용마루 날개 편 봉황과 같다.
명문 大家의 치장한 누각은 하늘 높이 솟았으며,
옛날 皇帝의 황금빛 기둥은 구름 밖에 곧추섰다.
누각 앞에서 서로 만나도 서로 누구인지 모르고,
거리 걷다가 서로 보아도 어찌 누군가를 알겠나?
묻노니, 퉁소 불며 자색 구름속에 떠난 이 누구였나?
일찍이 가무 배워 꽃다운 삶을 살았던 사람이라오!
比目魚처럼 살아 간다면 죽음을 어찌 마다하며,
원앙새같은 짝이 된다면 신선도 아니 부러우리.
비목어와 원앙이 참말로 부러웁나니,
짝지어 오가기를 당신은 못 보았는가?
휘장 머리에 수놓은 외로운 난새는 미웁고,
창문 주렴에 그려진 짝지은 제비가 보기 좋다.

雙燕雙飛繞畫梁，羅幃翠被鬱金香.
片片行雲著蟬鬢，纖纖初月上鴉黃.
鴉黃粉白車中出，含嬌含態情非一.
妖童寶馬鐵連錢，娼婦盤龍金屈膝.

한쌍 제비가 짝지어 채색된 기둥을 감싸 날고,
비단 휘장과 비취색 금침엔 鬱金香(울금향) 향기.
한가로운 조각구름 매미 날개처럼 가볍게 떴고,
가느다란 초승달 눈썹은 鴉黃(아황)으로 그렸다.
아황 눈썹에 얼굴이 하얀 미인이 수레서 내리니,
웃음 머금은 교태에 담긴 마음은 하나가 아니로다.
어린 童妓는 鐵連錢(철연전) 무늬의 명마를 탔으며,
노래 歌妓는 盤龍金(반룡금) 장식한 수레서 내린다.

御史府中烏夜啼，廷尉門前雀欲栖.
隱隱朱城臨玉道，遙遙翠幰沒金堤.
挾彈飛鷹杜陵北，探丸借客渭橋西.
俱邀俠客芙蓉劍，共宿娼家桃李蹊.
娼家日暮紫羅裙，清歌一囀口氛氳.
北堂夜夜人如月，南陌朝朝騎似雲.
南陌北堂連北里，五劇三條控三市.

弱柳青槐拂地垂, 佳氣紅塵暗天起.
漢代金吾千騎來, 翡翠屠蘇鸚鵡杯.
羅襦寶帶爲君解, 燕歌趙舞爲君開.

한밤 까마귀 御史府(어사부) 관부서 울어대고,
작은 참새는 廷尉府(정위부) 문간에 자려한다.
붉은 성벽은 보일 듯 말 듯 큰 길 따라 이었고,
푸른 덮개의 수레는 누런 둑길 따라 멀어졌다.
杜陵(두릉)의 북쪽서 彈弓(탄궁)으로 매를 쏘고,
渭橋(위교)의 서쪽서 刺客(자객)을 뽑기도 한다.
芙蓉(부용)을 꾸민 칼 찬 협객이 서로 맞아 반기고,
桃李(도리)가 줄선 길을 따라가 함께 투숙도 한다.
창기 집에 날 저물면 자색 비단 치마의 기녀의,
맑은 노래 한 곡조에 모두 기운이 들뜨게 된다.
북쪽 기녀 거리엔 밤마다 달덩이 같은 미녀들,
남쪽 마을 큰길엔 날마다 구름처럼 모이는 협객.
남녘 거리와 북쪽 환락가는 북쪽 마을로 이어져서,
오거리나 삼거리 길이 주변 세 곳 시장에 직통한다.
가는 버들과 푸른 홰나무 가지가 땅에 늘어졌고,
들뜬 분위기 누런 먼지는 하늘에 날아 해를 가린다.
漢나라 執金吾(집금오) 1천 기병이 모여들어,
비취색 名酒 屠蘇(도소)를 앵무잔에 따라 마셨다.

비단 속바지 보석 허리띠를 그대 위해 풀어버리고(解),
제비처럼 노래하고 趙飛燕의 춤을 당신께 보입니다(開).

別有豪華稱將相，轉日回天不相讓.
意氣由來排灌夫，專權判不容蕭相.
專權意氣本豪雄，青虯紫燕坐春風.
自言歌舞長千載，自謂驕奢凌五公.
節物風光不相待，桑田碧海須臾改.
昔時金階白玉堂，卽今唯見青松在.

호족 名門에 將相으로 출세한 부류가 있어,
날이 바뀌고 세월 흘러도 서로 양보도 없다.
그런 풍조는 옛날 灌夫를 죽이면서 시작되어,
잡은 권력에 재상 蕭望之도 포용하지 않았다.
본래 권력을 쥐면 힘을 크게 써보려 하나니,
봄날 명마 青虯(청규), 紫燕을 타고 유람한다.
가무의 유락을 천년 동안 즐길 듯이 말하고,
자신의 호사가 五侯를 능가한다고 큰소리친다.
계절 따라 풍광이 바뀌며 기다려주지 않나니,
뽕밭이 바다로 변하기가 한 순간의 일이로다.
옛날에 황금 디딤돌에 화려했던 저택이,
오늘은 다만 푸른 소나무만 보인다.

寂寂寥寥揚子居, 年年歲歲一牀書.
獨有南山桂花發, 飛來飛去襲人裾.

揚雄(양웅)은 적막하고 고요했던 집에서,
가는 해와 세월 따라 책장 가득 저술했다.
혼자 사는 종남산에 계수나무 꽃이 피었나니,
져서 나르는 꽃잎이 내 옷자락에 내려앉는다.

| 註釋 | ○ 靑牛(청우) – 검은 소. '푸른 소'로 번역하면 오역이니, 청색 깃털을 가진 소는 없다. 靑牛는 '老子가 탄 소'라는 사전적 설명이 있지만 청색 털의 소는 아니다. 靑衣는 회색이나 검은색 옷으로 賤者의 옷이고, 또 靑衣는 婢女(비녀)를 의미한다. 옛날에 가장 쉬운 염색은 회색 물들이기였고, 진한 회색은 흑색에 가깝다.

○ 比目(비목)은 比目魚. 널찍한 몸체에 눈 두 개가 한 쪽에만 있다는 물고기. 오른 쪽에만 있는 물고기(鰈, 가자미 접)와 왼쪽에만 있는 물고기(鮃, 넙치 평)와 짝을 이루어야만 헤엄쳐 다닌다는 사전적 설명이 있다. 이는 새의 比翼鳥(비익조)와 같은 의미일 것이다.

○ 執金(집금)은 秦의 황제 호위 담당관 中尉(중위)를 武帝 때 執金吾(집금오)로 개칭했다. 吾는 禦(막을 어)의 뜻. 兵器를 들고 非常에 대비한다는 뜻. 한에서의 질록은 中二千石이었다. 궁성 외곽 경계, 수재나 화재 등 돌발 사태 대비, 황제 행차 시 집금오 병력(緹騎 제기, 2백인)이 의장대 역할. 光武帝는 일찍이 집금

오 車騎兵의 멋진 모습을 보고서는 감탄하여 "벼슬을 한다면 執金吾(집금오)를, 아내를 맞이한다면 陰麗華(음려화)를 얻어야 한다.(仕宦當作執金吾, 娶妻當得陰麗華.)"라고 말했다.

○ 趙飛燕(조비연, 前45 – 前 1년)은 전한 成帝(재위, 前 32 – 前 7)의 2번째 황후. 哀帝 때 황태후. 能歌善舞(능가선무)하였으니, 소위 掌中舞(장중무, 남자의 손바닥 위에서 춤을 추다)했다는 설화가 있다. 자매가 모두 성제의 총애를 받았고, 성제는 밤낮으로 유락에 빠져 폭사했다. 哀帝가 즉위 후 皇太后가 되었으나, 平帝 즉위 뒤에 서인으로 강등되자 자살했다. 班固의 《漢書 外戚傳》(下)에 입전되었다.

○ 灌夫(관부, ? – 前 131)는 字 仲孺. 淮陽太守, 燕國 丞相 역임. 관부는 사람됨이 강직하여 아부하는 것을 좋아하지 않았다. 황족이나 권세가 자신보다 높은 사람을 곧잘 무시했지만, 자신보다 못한 빈천한 사람에게는 예를 다해 받들거나 대등한 대우를 해주었다. 많은 士人들이 이 때문에 관부를 많이 칭송하였다. 무제 때 武安侯 田蚡(전분)에게 득죄하여 처형되었다. 《漢書 竇田灌韓傳》에 立傳.

○ 蕭望之(소망지, ? – 前 46) – 元帝의 사부. 經學者로 五經과 《齊詩》, 《論語》에 박통. 宣帝를 옹립한 麒麟閣(기린각) 11공신의 한 사람. 《漢書 蕭望之傳》〉에 입전.

○ 揚雄(양웅, 楊雄, 前 53 – 서기 18) – 前漢 말기의 문인, 철학자. 양웅은 어려서부터 호학하였으니 읽지 않은 것이 없었다. 사람됨이 소략, 초탈하였고 말을 더듬어 언사가 유창하지 못했기에, 깊이 생각에 침잠하며, 淸靜無爲, 無慾에 부귀에 급급하지 않

았으며 빈천을 서글피 여기지 않았고, 당세에 이름을 얻으려 하지도 않았다. 양웅은 經으로는 《易經》보다 더 중요한 것이 없다 하여 《太玄》을 저술하였고, 성인의 말씀으로는 《論語》보다 더한 책이 없기에 《法言》을 저술하였으며, 字書로는 《倉頡(창힐)》보다 나은 것이 없다 하여 《訓纂(훈찬)》을 지었고, 잠언으로는 〈虞箴(우잠)〉보다 나은 것이 없다 하여 〈州箴〉을 지었으며, 賦는 〈離騷(이소)〉보다 나은 것이 없기에 그 反意로 뜻을 넓혔고, 문학으로는 司馬相如보다 더 좋은 것이 없다고 생각하여 4편의 賦(부)를 지었으니 모두가 그 근본을 짐작할 수 있다. 양웅은 내적세계에만 마음을 쓰고 외형을 추구하지 않았기에 그 당시 사람들이 경시하였지만 오직 劉歆(유흠)만은 양웅을 공경하였다. 반고의 《漢書 揚雄傳》 上, 下에 입전.

○ 終南山(종남산) – 長安의 南山, 太乙山이라고도 부르는데, 秦嶺山脈(진령산맥)에서 陜西省(섬서성) 부분을 지칭한다. 道教의 聖地인 樓觀台(누관대)가 있고, 金庸(김용)의 소설 《神雕俠侶(신조협려)》와 《射雕英雄傳(사조영웅전)》의 한 배경이다. 唐의 盧藏用(노장용)이란 사람은 진사과에 급제하였지만 발령을 받지 못하자 종남산에 들어가 은거하면서 소문을 내었다. 얼마 뒤 특별히 황제의 부름을 받아 좌습유에 임용되었다. 사마승정이란 사람이 은거하려 하자 노장용은 종남산을 가리키며 "저 산에 은거하기 좋은 곳이 있다."고 말했다. 그러자 사마승정은 "내가 보기에는 벼슬길로 들어서는 捷徑(첩경)이 있는 것 같습니다." 라고 말했다. 이에 노장용을 부끄러워했다. 말하자면 고상한 隱逸(은일)인척 종남산에서 황제의 부름을 기다리는 사람에게

종남산은 벼슬길로 가는 가장 빠른 길이었다. 이를 '終南捷徑(종남첩경)' 이라 한다.

| 詩意 | 노조린의 〈長安古意〉는 高宗 咸亨(함형) 4년(673) 가을에 지은 작품으로 알려졌다. 순차적으로 장안의 전체적 모습과 화려한 궁궐 묘사 중에는 '짝' 의 아름다움을 강조하였다. 이어 歌妓의 모습과 화려한 생활, 애정 갈구를 상세히 묘사하면서 자신의 외로운 처지를 드러내었다. 그 다음 단락에서도 그들 심지어 童妓와 歌妓의 화려한 호사를 통하여 그들을 부를 수 있는 권문세가를 끌어내었다.

다음 단에서는 御史府와 廷尉府를 찾아든 조류로 권력 기관을 언급하고 이어 그런 權貴(권귀) 자제들의 호사와 방탕의 모습, 그리고 번화한 장안 거리를 서술하였다.

이어 의협들이 진충보국하려는 뜻이 있으며, 그들은 작위의 세습보다는 전장에 나가 전공을 세우고 싶다는 뜻을 漢代 여러 인물의 고사를 인용하여 상상하였다.

이어 세월이 흐르면서 권력과 영화도 桑田碧海(상전벽해)처럼 순간에 바뀌며 인생무상을 언급하였다. 이어 마지막 단에서 전한 말 揚雄(양웅)의 일생을 인용하여 자신의 뜻을 결론지었다.

총체적으로 볼 때, 〈長安古意〉는 南朝 梁과 陳의 풍격에서 완전히 벗어나지는 못했지만 궁체시의 폐단에서 벗어나려는 진실한 감정을 웅혼한 기세로 표출하였다. 이는 초당사걸의 공통된 관념과 시풍을 볼 수 있는 작품으로 인정받고 있다.

이 시에서 「得成比目何辭死, 願作鴛鴦不羨仙.」 구절은 千古의

名句로 인정받고 있다. 노조린의 〈장안고의〉는 《新, 舊唐書》에 수록되었는데, 노조린의 열전은 너무 간략하게 수록되었다.

| 參考 | 長篇 歌行의 발전.

〈장안고의〉는 장편의 歌行으로 분류된다. 이는 漢代 樂府詩 중에서 '行'으로 제목을 삼은 詩體를 계승한 작품이다. 漢代의 樂府는 武帝 때 설치한 음악을 담당하는 관청이며 民歌를 수집 정리하였는데 여기에서 '樂府詩' 라는 문학 형식이 나온다. 악부는 音監을 두어 총 800여 명이나 되는 관원과 樂人을 감독했다. 漢 악부시에 〈長歌行〉, 〈短歌行〉, 〈輓歌行(만가행)〉 등의 제목이 있는데 후세에 가행이라 용어는 '某歌之行(○○歌의 行)' 의 뜻으로 걸어가면서 부르는 악곡이라 생각하면 된다. '行' 詩體는 '行' 악곡을 기초로 형성 발전되었기에 '行' 악곡의 語音의 중첩과 분명한 節奏(절주) 등 일반적 특징이 나타난다.

초당시기에 이러한 가행의 편폭이 크게 확대되고 내용면에서도 邊塞(변새)나 閨怨(규원) 등의 소재에서 벗어나 帝京의 번화함, 懷古(회고)의 묘사, 인생의 哲理 서술 등으로 확대되었다. 초당사걸의 가행 작품을 계기로 점차 발전하여 李白, 李頎(이기), 高適(고적), 岑參(잠삼) 등이 가행체의 명편 대작을 남겼다.

009
李義府(이의부)

李義府(이의부, 614 – 666)는 어려서부터 총명하여 여러 사람의 추천으로 唐 태종에게 불려갔고, '烏' 를 주제로 시를 지으라 하자 위 시를 읊었다. 태종은 시를 듣고서 "나는 너에게 상림원 나무 전부를 줄 수도 있는데 어찌 한 가지만 허락하겠느냐?" 라고 말했다. 이의부는 高宗(李治) 재위 중 2번이나 재상의 자리에 올랐다. 온화한 외모에 늘 웃음을 지었지만 그 웃음 속에 칼을 숨겼기에(笑裡藏刀) 사람들이 '李猫(이묘, 고양이 묘)' 라고 불렀다.

詠烏(영오)

日裏颺朝彩，琴中伴夜啼.
上林如許樹，不借一枝栖.

까마귀를 노래하다

해가 뜨자 아침노을이 빛나고,
琴으로는 夜啼曲를 연주하였다.
상림원의 나무에 깃들 수 있다면,
나뭇가지 하나에 깃들 지 않으리!

| 詩意 | 가슴에 큰 뜻을 품고 있으니, 까마귀가 상림원에 깃들 수 있다면, 곧 적재적소에 나를 등용한다면, 나뭇가지 하나에만 둥지를 짓지 않겠다. 곧 다방면에서 능력을 발휘할 수 있다는 자신감이 넘쳐나는 시이다.《全唐詩》035卷에 수록되었다.

題美人(제미인)

鏤月成歌扇，裁雲作舞衣.
自憐迴雪影，好取洛川歸.

미인

달을 그려넣은 부채를 들고 노래하며,
구름을 잘라내 춤추는 옷을 만들었다.
백설에 비춰진 그림자 홀로 어여쁘니,
그대로 가지고 洛川에 돌아가고 싶다.

| 詩意 | 《全唐詩》 35권에는 〈堂堂詞 二首〉 중 1首이고 《萬首絶句》에는 제목을 〈題美人〉으로 되었다. '鏤月裁雲(누월재운)'은 아름다운 예술의 경지를 뜻하는 成語가 되었다. 洛川은 洛水.

010

韋承慶(위승경)

韋承慶(위승경, 640 – 706)은 字 延休(연휴)이며, 太學 진사 출신자로 太子通事舍人으로 근무하다가 太子文學, 司議郎 등을 역임했다. 측천무후 재위 중 張易之(장이지) 형제와 친했기에 무후가 퇴위한 뒤에 위승경은 영남에, 그 동생은 지금의 江西省 지역에 유배되었다. 중국 본토의 남북을 가르는 오령산맥 남으로 내려가면서 역시 폄직된 아우와 이별하며 지은 시이다. 위승경은 형제간에 우애가 돈독하였고 계모에게도 효도를 다했던 인물로 알려졌다.

南行別弟(남행별제)

萬里人南去，三春雁北飛.

不知何歲月，得與爾同歸.

南行하는 아우와 헤어지다

만리 길 갈 사람 남으로 가는데,

봄 되니 기러기는 북으로 날아간다.

알 수도 없는 어느 세월에,

너와 함께 돌아갈 수 있을까?

| 註釋 | 제목을 〈南中詠雁(남중영안)〉으로 쓰기도 한다. 《全唐詩》 作者를 于季子(우계자), 80권에서는 作者를 一作 楊師道(양사도)의 詩라는 기록도 있다.

011

楊師道(양사도)

楊師道(양사도, 568? – 647. 字 景猷)는 隋의 황족으로 太宗 시기에 재상의 지위에 올랐다.

中書寓直詠雨(중서우직영우)

雲暗蒼龍闕，沈沈殊未開.
窗臨鳳凰沼，颯颯雨聲來.

中書省에서 숙직하며 비를 읊다

蒼龍 궁궐에 먹구름이 끼었고,
깊은 대궐은 아직 깨지 않았다.
鳳凰 연못을 향한 창문으로,
바람 불듯이 빗소리가 들린다.

| 詩意 | 《全唐詩》 034권에는 제목이 〈中書寓直詠雨簡褚起居上官學士〉로 되어있다. 洪邁(홍매)는 이 4구만을 떼어 絶句로 만들었다.

詠硯(영연)

圓池類璧水，輕翰染煙華.
將軍欲定遠，見棄不應賒.

벼루를 읊다

둥그런 硯池는 玉璧에 고인 물,
날렵한 붓끝은 향내에 물들었다.
장군은 먼곳에 보내고 싶었지만,
생각을 버리고 외상 하지 않았다.

| 詩意 | 硯은 벼루 연이다. 文房四友 중 가장 長壽하는 물건이다. 벼루에 작으나마 연못이 있다. 淵은 아니지만 연못이고 그 물에 먹의 향이 배어들고 종이 위에 꽃처럼 피어나 향을 풍긴다.

좋은 벼루를 탐하지 않는 文人이 어디 있겠나?

《全唐詩》 034권에 수록.

012
薛稷(설직)

薛稷〔설직, 649－713, 字 嗣通(사통)〕은 서예의 대가로 이름이 높은 '初唐四家'의 한 사람인데, 정치적으로 太平公主 편이었다가 李隆基(玄宗)에게 밀렸고, 先天之變(712)에 태평공주가 제거한 뒤에 설직은 賜死(사사)되었다.

秋朝覽鏡(추조남경)

客心驚落木，夜坐聽秋風.
朝日看容鬢，生涯在鏡中.

가을 아침 거울을 보다

떨어지는 낙엽에 나그네 마음 놀라니,
가을바람 소리를 한밤에 앉아 듣는다.
날 밝아 얼굴에 구레나룻 살펴보니,
한 생애 자취가 거울속에 들었구나.

| 詩意 | 당나라 시대의 거울은 청동거울이었고 유리 거울마냥 확실하게 보이지는 않았으리라. 그래도 살아온 자취는 얼굴의 주름살 속에 새겨졌을 것이다. 인생무상 아닌가?

夜宴安樂公主新宅(야연안악공주신댁)

秦樓宴喜月裴回，妓筵銀燭滿庭開.
坐中香氣排花出，扇後歌聲逐酒來.

安樂公主 새 집에서 밤에 잔치하다

함양의 누각 잔치에 달빛이 춤을 추는 듯,
기녀의 자리 은촛대 불빛이 뜨락을 채웠다.
좌중의 향기 꽃에서 발산되고,
부채춤 노랫소리는 술잔 뒤따라 나온다.

| 詩意 | 安樂公主 李裹兒(이과아, 685 – 710)는 唐 中宗과 韋皇后(위황후)의 작은 딸로 부모의 총애를 받았고 나중에 정치적으로 권세도 부렸으며 사치와 음란 등 문제가 많았지만 唐朝 第一美人이라는 칭송이 있었다.

013
駱賓王(낙빈왕)

駱賓王(낙빈왕, 640? – 684?, 駱 낙타 낙, 字 觀光)은 寒微(한미)한 출신이지만 7살에 거위를 보고 詩를 지을 정도의 신동이었다. 唐朝 初期의 初唐四杰(초당사걸)의 한 사람이다.

唐 高宗 儀鳳 3년(678)에, 낙빈왕은 侍御史가 되었지만 다른 사람의 무고에 의해 감옥에 갇혀 있다가 나중에 방면되어 地方官인 臨海縣丞이 되었기에 사람들은 낙빈왕을 '駱臨海' 라고도 부른다.

낙빈왕은 반항적인 천재 시인이었다. 684년 徐敬業(서경업, 唐 太宗을 도운 徐世績의 손자. 서세적은 李績으로 성과 이름이 바뀌었지만, 서경업이 본래 성명이다.)이 측천무후를 토벌하자고 거병하였는데 그때의 격문 〈爲徐敬業討武曌檄(위서경업토무조격)〉을 낙빈왕이 지었다. 격문을 읽어본 측천무후가 감탄하면서 '재상은 왜 이런 사람을 미리 등용하지 못하여 반역에 동조하게 했느냐?' 며 꾸짖었다는 이야기는 유명하다. 서경업의 반란이 실패로 끝난 뒤 낙빈왕은 어디로 숨었고 언제 죽었는지 알려지지 않았다.

낙빈왕의 시는 題材가 광범위하면서도 청신하며, 재주는 많고 지위는 낮은 데에 따른 격정과 불만을 느낄 수 있으며 필력은 웅건하다는 평을 받았다. 그의 〈帝京篇〉은 唐 초기에 보기 드문 장편시이다.

於易水送人(어역수송인)

此地別燕丹，壯士衛衝冠.
昔時人已沒，今日水猶寒.

역수에서 장사를 전송하다

여기서 燕旦(연단)과 작별하는데,
壯士의 두발은 冠을 치켜 올렸다.
옛날의 그 사람 이미 죽고 없지만,
오늘의 이 강물 더욱 차가웁구나!

| 註釋 | ○ 易水(역수)는 燕 태자 旦(단)이 入秦하는 荊軻(형가)를 전송한 강. 태자와 빈객이 모두 白衣를 입고 전송연에 참가했다. 高漸離(고점리)가 筑(축)을 타자 형가가 노래했다.

「바람은 소슬하고 역수는 차가운데 (風蕭蕭兮易水寒),
장사가 한번 가면 돌아오지 못하리(壯士一去兮不復還).」

○ 壯士는 荊軻(형가, ? – 前 227) – 戰國 말기 衛國(위국) 사람, 저명한 자객. 보통 荊卿(형경)으로 호칭. 燕의 태자 丹(단)의 부탁으로 秦王 政(정)을 척살하려 했으나 실패했다. 사마천의 《史記 刺客列傳》에 입전되었다. '圖窮匕見(도궁비견, 지도가 다 펼쳐지자 비수가 보였다.)' 의 유래.

| 詩意 | 시제는 〈送人〉이나 여기서 낙빈왕은 누구를 전송한다는 자

신의 心思를 한 글자로 쓰지 않았다. 그러나 옛 荊軻(형가)의 고사를 빌어, 자객의 의협심으로 자신의 감회와 의지를 서술하고 읊었다. '昔時人已沒'과 '今日水猶寒'은 완벽한 대구로 짜여졌다.

玩初月(완초월)

忌滿光先缺，乘昏影暫流.
旣能明似鏡，何用曲如鉤.

초승달을 보며

만월을 꺼려 달빛은 이미 흐릿하고,
초저녁 잠시 그림자 흔들린다.
밝은 거울처럼 밝힐 수 있으면서,
어디 쓰려고 갈고리가 되었는가?

| 詩意 | 초승달 – 반달 – 보름달의 순환을 겸양의 뜻으로 보았다. 가득 차면 덜어내야 한다(滿招損)는 뜻과 함께 갈고리처럼 굽은 초승달의 모양을 잘 서술하였다.

在獄詠蟬(재옥영선)

| 並序 |

此余禁所禁垣西, 是法廳事也. 有古槐數株焉, 雖生意可知, 同殷仲文之古樹, 而聽訟斯在, 卽周召伯之甘棠. 每至夕照低陰, 秋蟬疏引, 發聲幽息, 有切嘗聞, 豈人心異於曩時, 將蟲響悲於前聽? 嗟乎! 聲以動容, 德以象賢, 故潔其身也, 稟君子達人之高行. 蛻其皮也, 有仙都羽化之靈姿. 候時而來, 順陰陽之數, 應節爲變, 審藏用之機. 有目斯開, 不以道昏而昧其視. 有翼自薄, 不以俗厚而易其視. 吟喬樹之微風, 韻資天縱. 飮高秋之墜露, 清畏人知. 僕失路艱虞, 遭時徽纆, 不哀傷而自怨, 未搖落而先衰. 聞蟪蛄之流聲, 悟平反之已奏. 見螳螂之抱影, 怯危機之未安. 感而綴詩, 貽諸知己. 庶情沿物應, 哀弱羽之飄零, 道寄人知, 憫餘聲之寂寞. 非謂文墨, 取代幽憂雲爾.

| 國譯 | 내가 갇혀 있는 곳의 서쪽 담은 법을 집행하는 관청이다. 늙은 홰나무가 몇 그루 있는데 그 나뭇가지는 많지만 殷仲文(은중

문)이 본 홰나무(槐는 홰나무 괴. 三公을 상징)와 같았고, 억울한 사정을 말할 수 있으니 周나라 召公의 甘棠(감당, 팥배나무. 이 나무 아래에서 백성의 억울한 이야기를 듣고 판정을 했다.) 나무라 할 수 있다.

매번 석양에 그림자가 낮게 드리워지면 가을 매미가 울다 그쳤다 했는데, 그 소리가 가벼운 한숨소리마냥 또 애절하게 들리기도 하였다. 어찌 사람의 마음이 그 전과 다르고, 벌레소리가 전에 들었던 것보다 더 슬프겠는가?

아! (매미 울음) 소리는 감동을 주고, (매미의) 그 덕은 현인을 닮은 것 같으며 그 몸이 깨끗한 것은 君子와 達人(달인)의 고결한 덕행을 본받은 것이리라. 그 껍질을 벗기는(蛻는 허물 태, 세) 신선이 모이는 곳에서 羽化(우화)하는 신령스러운 모습이다. 때를 기다렸다가 찾아오는 것은 음양의 변화에(數) 따르는 것이며, 계절에 맞춰 변하는 것은 은거나 세상에 나올 기미를 살펴 잘 아는 것과 같다. 눈을 언제나 뜨고 있어 道가 행해지지 않는다고 관찰을 아니하지 않으며, 얇은 날개는 인심이 厚(후)하다 하여 그 본 모습을 바꾸지 않는다. 높은 나무에서 미풍에 우는 운치는 하늘에서 받은 자질이며, 높은 가을 하늘의 이슬을 먹으면서도 그 청렴을 다른 사람이 알까 걱정을 한다.

나는 길을 잃고 난관을 걱정하다 액운을 당해 묶여 있으면서, 슬프지만 나를 원망하지 않고, 흔들려 영락하더라도 스스로를 허물지 않았다. 매미의 울음소리를 들으며 내 억울함을 이미 아뢰었다고 깨달았지만, 사마귀가 매미를 잡으려는 모습을 보고서는 위기가 끝나지 않았다고 두려워했다.

매미 울음에 느낀 바 있어 시를 지었고 나의 知己에게 주었는데, 감정이 사물에 따라 일어나기를 바라며 연약한 날개가 회오리 바람에 꺾이는 것을 슬퍼하였다. 사람에게 이 시를 알리는 것은 매미 울음이 그치는 것을 연민하기 때문이었다. 글을 지었다고 할 수는 없지만 매미소리를 빌려 근심과 슬픔을 말했을 뿐이다.

| 註釋 | (並序)

- 殷仲文(은중문 ? – 407) – 東晉의 관리, 桓玄(환현)의 心腹으로 반역에 가담하여 나중에 처형되었다. 재주도 있고 용모도 준수하였지만 관직에 있으면서도 재물 욕심이 많았다고 한다. 殷仲文은 재주도 있고 名望도 있어 요직을 꿈꾸었지만 뜻을 펼 수가 없었다. 그가 어느 날 홰나무 고목을 보고 "이 나무는 잎은 무성하나 생기가 없도다!" 하면서 자신과 비슷한 처리라고 한탄했다는 이야기가 있다.《世說新語 黜免(출면)》.
- 聞蟪蛄之流聲, 悟平反之已奏. – 蛄는 쓰르라미 혜. 蛄는 땅강아지 고, 매미 고. 悟는 깨달을 오. 平反은 억울하다고 상소하다. 奏는 아뢸 주.
- 見螳螂之抱影 – 螳은 사마귀 당. 螂은 사마귀 낭(랑). 抱影(포영)은 잡아채려는 동작.
- 感而綴詩, 貽諸知己. – 綴은 꿰맬 철. 綴詩는 시를 짓다. 글을 짓는 것을 綴文이라고 한다. 貽는 끼칠 이. 주다. 諸 ~에게(之於의 略).
- 文墨(문묵) – 글을 짓는 일. 非謂文墨 – 글을 지었다고 말할 것은 아니지만.
- 取代幽憂云爾 – 幽憂(요우)는 근심하고 슬퍼하다. 云爾(운이)는

~할 뿐이다.

西陸蟬聲唱, 南冠客思侵.
那堪玄鬢影, 來對白頭吟.
露重飛難進, 風多響易沉.
無人信高潔, 誰爲表予心.

옥중에서 매미를 읊다

가을 매미가 큰소리로 우는데,
감옥 죄수의 마음만 서글프다.
어찌 견디리오? 검은 매미가 날아와,
허연 머리를 마주보고 우는 모양을.
이슬이 무거워 날아가기 어렵고,
바람이 세나니 소리가 쉬이 묻힌다.
진실로 고결한 마음 믿는 이 없으니,
그 누가 내 마음을 드러나게 해주랴?

| 註釋 | ○ 西陸(서륙) – 가을.

○ 南冠(남관) – 죄수. 《左傳》에 전고가 있는 말이다.

○ 那堪(나감) – 어찌 견디랴? 玄鬢影(현빈영)은 검은 머릿결(매미 날개)의 형상.

○ 白頭 – 낙빈왕 자신. 30대의 시인이지만 근심 속에서 노쇠했음

을 표현하였다.

○ 露重飛難進 – 露重(노중)은 이슬이 무겁다. 위 서문에서 이슬은 청렴을 상징하였다. 곧 시인이 너무 청렴하여 다른 사람처럼 승진하지도 못했음을 뜻한다.

| 詩意 | 이 詩는 詠物詩(영물시)이다. 영물시는 見物에 따른 감흥을 묘사하기에 자신에 대한 묘사와 寓意(우의)가 많아 제목과는 또 다른 느낌을 준다.

낙빈왕은 당 高宗 儀鳳 3년(678)에 侍御使(시어사)로 여러 번 상소를 올려 충간했지만 당시 실권을 쥐고 있던 武后에 의해 감옥에 갇히게 된다. 그 옥중에서 매미소리에 감응하여 서문을 쓰고 시를 지었다.

詩는 매미를 묘사했지만 실은 시인의 모습이라 할 수 있다. '露重하니 飛難進하고, 風多에 響易沈이라.' 는 이 구절은 차라리 침통하기만 하다.

1, 2句 首聯은 매미소리에 자신의 신세를 한탄하였다.

3, 4句는 처절한 매미소리에 어떤 불안감을 느끼는 시인의 심리를 '玄鬢(현빈)'과 '白頭'의 대비를 통해 표현하였다.

5, 6句는 가을이면 죽어야 할 매미 신세를 '重露'와 '風多'라 표현하면서 결국 매미를 제대로 변명도 못하고 사라질 자신으로 생각하였다. 곧 매미를 통해 자신의 뜻을 나타내는 借物寓意의 표현 기법이다.

7, 8句에서는 결백을 호소할 데도 없는 답답함으로 시를 마무리했다.

| 參考 | 낙빈왕이 7살에 지었다는 〈咏鵝(영아)〉(鵝, 거위 아)는 다음과 같다. 이 시는 중국의 할아버지들이 손자가 말을 배울 때부터 일러주는 詩라고 한다.

「鵝, 鵝, 鵝, 아! 아! 아! (거위의 울음소리)
曲項向天歌. 굽은 목으로 하늘 보고 노래한다.
白毛浮綠水, 하얀 깃털은 푸른 물에 떠있는데,
紅掌撥淸波. 붉은 발바닥 맑은 물결을 헤친다.」

014

王勃(왕발)

王勃(왕발, 650－676?, 字 子安)은 初唐의 詩人인 楊炯(양형), 盧照鄰(노조린), 駱賓王(낙빈왕)과 함께 '初唐四傑(초당사걸)' 로 불린다. 왕발의 생졸 연도에 대해서는 약간의 이설이 있지만 그는 아까운 나이 27세에 交趾(교지, 지금 월남 북부지역)에 근무하는 부친을 뵈러 바닷길을 여행하다가 익사하였다.

水神의 도움을 받아 〈滕王閣詩(등왕각시)〉를 지어 이름을 날렸고 수신이 일찍 거두었기에 어업종사자들은 왕발을 '水仙王' 이라며 神처럼 숭배하고 있다.

왕발의 할아버지 王通(왕통)은 隋나라 煬帝(양제) 때의 大儒이었다. 왕발은 어려서부터 매우 총명하여 6살에 글을 지은 신동이었고, 14살에 과거에 급제하여 朝散郎(조산랑)이라는 관직을 받았다. 그러나 高才博學한 젊은이로 그 재주를 믿고 오만한 데가 많아 관직 생활은 순탄치 못했다.

왕발은 뛰어난 천재였으니 먹물을 많이 갈아 놓고 누워 있다가 갑자기 일어나 시를 써 내려가면서 한자도 고쳐 쓰질 않았기에, 그를 '腹稿(복고)' 라 불렀다. 이는 '뱃속에 글이 들어 있다.' 는 뜻이다.

어떤 異人이 왕발의 관상을 보고 말했다.

"당신의 神明은 강하나 골격이 허약하고, 氣는 淸秀하나 신체는 파리하며, 腦骨(뇌골)이 함몰되었고, 눈의 정기가 온전치 못하며, 이삭은 패지만 結實하지 못하니, 끝내 大貴하지는 못할 것이요.(秀而不實, 終無大貴矣.)"

異人의 예언 그대로 왕발은 단명했다. 왕발의 詩에는 이별이나 고향을 그리는 정감을 표현한 시가 많으며 五言律詩이나 五言絶句에 우수한 작품이 많다.

別人(별인) 四首 (其二)

江上風煙積，山幽雲霧多.
送君南浦外，還望將如何.

이별 (2 / 4)

강에는 바람에 연기가 날리고,
산속은 구름에 안개가 짙도다.
그대를 남포서 떠나 보내는데,
돌아올 그날을 어찌 기다리겠나?

別人(별인) 四首 (其四)

霜華淨天末，霧色籠江際.
客子常畏人，何爲久留滯.

이별 (4 / 4)

서리는 온 하늘을 맑게 하고,
안개는 먼 강까지 깔려 있다.
객인은 늘 사람을 조심하나니,
어째서 더 오래 머무르겠는가?

| 詩意 | 唐代에 이별의 시를 짓지 않은 시인은 한 사람도 없을 것이다. 보내면서 짓고 또는 남아 있는 사람에게 시를 지어 주었다. 이별은 만남을 기약하는 의식이며 절차일 것이니 이별의 정이 진하면 재회의 기쁨도 클 것이다.

왕발의 이별하는 정은 순수하고도 단순하다. 누구나 느끼는 그 정서대로 다음 만날 때까지 어찌 기다리겠느냐고 읊었다.

두 번째 시에서는 타향에서 지내기가 어려운 것이고 조심해야 하니 타향에 오래 있을 필요가 있겠는가? 빨리 돌아오라고 당부를 하고 있다.

山中(산중)

長江悲已滯, 萬里念將歸.
況屬高風晩, 山山黃葉飛.

산속에서

長江서 슬픔 때문에 오래 머물렀기에,
일만리 먼길 돌아 가고픈 마음뿐이다.
더구나 지금 찬바람 부는 늦가을,
산마다 한창 단풍이 지는 때이니!

| 詩意 | 旅愁(여수)와 歸鄕(귀향)의 思念을 그린 抒情(서정)의 시이다. 아마 왕발이 廢黜(폐출)되어 蜀에서 지내던 시기의 작품일 것이라 알려졌다.

첫 구절은 장기간 長江에 체류했던 비탄을 서술했다. 次句는 돌아가고픈 염원의 직접적 서술이다. 시의 '將歸'는 首句의 '已滯'에 호응한다. 3, 4句는 눈앞의 실경을 묘사하여 돌아가야할 때가 지났는데도 돌아가지 못하는 情을 표출하였다.

이 시는 敍情(서정)과 寫景(사경)의 결합과 交織(교직)으로 景을 情으로, 또 情을 景으로 置換(치환)하는데 성공한 명작이라 할 수 있다.

臨江(임강) 二首 (其一)

泛泛東流水, 飛飛北上塵.
歸驂將別棹, 俱是倦遊人.

강가에서 (1 / 2)

넘실넘실 동으로 흐르는 강물,
이리저리 북으로 날리는 먼지.
말을 탈 사람 배와 이별하니,
모두 떠돌다 지친 사람이다.

| 詩意 | 고향을 그리는 마음은 시인의 단골 소재이다. 이 시도 가을 경치에 맞추어 고향을 그리는 情을 잘 표현하였다.

鳥飛反鄕(새도 날다가 둥지로 돌아오고), 狐死首丘(여우도 죽을 때는 태어난 쪽으로 머리를 둔다.)라 하였다. 月是故鄕明(달은 고향의 달이 더 밝고), 親不親 故鄕人(친하건 아니건 고향 사람)이며, 美不美 故鄕水(좋건 나쁘건 고향의 물)이고 味不味 故鄕酒(맛있건 없건 고향의 술)라고 하였다.

江亭夜月送別(강정야월송별) (其二)

亂煙籠碧砌, 飛月向南端.
寂寂離亭掩, 江山此夜寒.

강가 정자에서 달밤에 송별하다 (2 / 2)

피어오른 안개가 푸른 石階에 퍼졌고,
하늘높이 뜬달은 하늘 남쪽을 지난다.
이별한 정자는 적막에 덮였고,
오늘밤 강산은 추위에 눌렸다.

| 詩意 | 예상 詩題와 정감이 조금 다르다. 늦가을로 추정할 수 있다. 강가의 정자에서 친우를 위해 이별주를 나눴다. 친우는 떠났고, 왕발은 남았다.

시는 송별 이후의 정자의 적막을 그렸다. 강가에 피어나는 밤의 물안개가 이별했던 정자를 덮었다. 하늘에는 외로운 달이 남녘을 지나 서녘에 가깝다. 밤이 깊었다고 짐작할 수 있다. 그러면 강가는? 적막 그리고 차갑게 내리는 추위 – 벗이 떠난 이후 시인의 고독이 피부에 느껴진다.

蜀中九日(촉중구일)

九月九日望鄕臺，他席他鄕送客杯.
人情已厭南中苦，鴻雁那從北地來.

蜀에서 보내는 九月九日

구월 구일 중양절 망향대에서,
낯선 자리 타향서 송별의 술자리이다.
人情은 남쪽 더위를 아주 싫어하는데,
기러기는 어이해 북녘서 날아오는가?

| 詩意 | 이 시는 왕발이 蜀(촉) 땅을 유랑할 때 다른 詩友를 전송하며 지은 시이다. 이 시에서 南中은 蜀을 지칭하며 기러기가 날아오는데 대한 의문으로 자신의 귀향 의지를 표현하였다.

送杜少府之任蜀州(송두소부지임촉주)

城闕輔三秦, 風煙望五津.
與君離別意, 同是宦遊人.
海内存知己, 天涯若比隣.
無爲在岐路, 兒女共霑巾.

蜀州에 부임하는 두소부를 전송하며

關中땅은 城闕(성궐)을 에워쌌고,
風煙속에 五津(오진)을 그려본다.
그대와 헤어지는 아쉬운 마음,
우리는 벼슬따라 떠도는 사람.
이땅에 知己知友가 있다면,
하늘끝 어디든 이웃 같다오.
헤어질 갈림 길에서 아녀자처럼
눈물로 수건을 적시진 말아야지!

| 註釋 | ㅇ 三秦(삼진) - 關中(관중) 지역을 지칭. 關中은 今 西安市(漢 長安)를 중심으로 동쪽 函谷關(함곡관), 남 武關, 서 散關, 북 蕭關(소관)으로 둘러싸인 땅. 沃野千里, 天府之地로 통칭. 沛公(패공) 劉邦(유방)은 武關을 거처 함양에 진입하여 秦王의 투항을 받고 관중을 평정했다. 늦게 入關한 項羽(항우)는 패공을 漢王에 봉

하여 관중에서 배제시킨 다음 秦의 故地를 투항한 秦의 장수 3인에게, 곧 雍王(옹왕)인 章邯(장한), 塞王(새왕) 司馬欣(사마흔), 翟王(책왕) 董翳(동예)를 분봉했는데 이후 관중 땅을 三秦이라 통칭했다.

ㅇ 五津은 蜀地의 萬里津 등 5개 나루. 지금 四川省 成都市에는 '五津街道'가 있다.

| 詩意 | 海內에 存知己하다면, 天涯(천애)라도 若比隣(약비린, 이웃집과 같다). 장안과 蜀州에 수천리 떨어져 있지만 知己知友로 마음을 교류한다면 이웃에 사는 사람과(比隣) 같다는 뜻. 천하의 名句로 알려졌다.

別薛華(별설화)

送送多窮路, 遑遑獨問津.
悲涼千里道, 悽斷百年身.
心事同漂泊, 生涯共苦辛.
無論去與住, 俱是夢中人.

설화와 헤어지며

가고가도 끝없이 이어지는 낯선 길에,
걱정속에 혼자서 나루터길 묻고 묻는다.
서글프고 황당한 머나먼 천리 길에,
처량하고 외롭게 끊겨진 한평생이다.
마음은 정처 없이 떠도는 작은 배,
살면서 온갖 고통 걱정을 함께 했다.
어디 가서 어디 있든 따지지 않나니,
우리 함께 그리는 그런 사람이어라.

| 詩意 | 이별의 패턴은 거의 똑같지만 이별의 시는 얼마나 많고도 다른가? 낯선 길을 염려하고, 보내며 걱정한다. 그러다 보면 그저 평범한 표현이나 익숙한 상투어가 나올 수 있다.

왕발의 이 시는 含意(함의)가 뛰어나고, 그 品格이 남다르며, 意境(의경)이 아주 새롭다.

낯선 길을 혼자가면서 길을 계속 물어야 한다. 나루터는 얼마나 가야 하나? 해지기 전에 주막을 만날 수 있을는지? 여정을 물을 때마다 느끼는 불안감이 전해온다. 그러면서 자신의 신세를 되돌아본다. 그렇게 먼길을 가는 나그네이다.

시에 나오는 '窮路(궁로)' 와 '獨' 이 나그네의 외로움과 고달픔을 다 말하고 있다. 떠도는 '漂泊(표박)' 은 그대로 '苦辛(고신)' 이다. 그래도 벗이여! 나와 벗은, 어디에 있던, 꿈속에서 서로 그리는 '夢中人' 이다. 이 한 마디가 떠나는 벗에게 크나큰 위로이며 격려이다.

滕王閣詩(등왕각시)

滕王高閣臨江渚, 珮玉鳴鸞罷歌舞.
畫棟朝飛南浦雲, 珠簾暮捲西山雨.
閒雲潭影日悠悠, 物換星移幾度秋.
閣中帝子今何在, 檻外長江空自流.

등왕각의 詩

滕王(등왕)의 높은 누각은 강가에 자리했고,
佩玉(패옥)의 소리와 함께 가무도 끝이 났다.
아침엔 단청 기둥에 南浦의 구름이 머물며,
저녁에 붉은 발을 걷으니 西山에 비가 내린다.
떠가는 구름 못에 그림자 내리고 해는 긴데,
겨울도 바뀌고 세월 가기 그 몇몇 년이던가?
누각의 등왕 지금은 어디에 있는가?
난간의 아래 長江만 말없이 흐른다.

| 詩意 | 《明心寶鑑 順命》편에 '時來에 風送滕王閣(풍송등왕각)하고 運退에 雷轟賤福碑(뇌굉천복비)라.' 는 구절이 있어 왕발은 우리에게도 잘 알려진 사람이다. 왕발은 망당산 신령의 현몽을 얻어 순풍을 타고 하룻밤 사이에 등왕각에 도착했고, 잔치에 참여하여 '南昌은 故郡이요, 洪都는 新府라.' 로 시작되는 〈滕王閣序(등왕

각서)〉를 지어 자신의 천재성을 유감없이 발휘하였다.

왕발이 스물여섯이던 해 중양절, 강남의 3대 名樓의 하나인 南昌의 滕王閣(등왕각)에서는 洪州都督 閻伯嶼(염백서)가 주관하는 중건 기념 잔치가 열렸다. 今 江西省 南昌市 贛江(공강)의 東岸에 있는 이 누각은 唐 高宗 永徽(영휘) 4년(653)년에, 당시 洪州都督으로 있던 唐 高祖 李淵의 아들인 李元嬰(이원영)이 건축한 누각이었다.

이원영의 封號가 '滕王' 이기에 등왕각이라 불리었는데 20여 년 후 염백서가 이를 다시 지어 준공하면서 잔치를 열었다. 그런 건물의 잔치에는 건물의 유래나 내력을 명문으로 지어 내걸었는데, 당시 염백서는 사위의 문재를 자랑할 뜻을 속셈이 있었기에, 참석자 누구도 서문을 짓겠다고 나서는 이가 없었다.

젊은 왕발은 종이와 붓을 받고 옆방에서 글을 짓기 시작했다. 왕발이 '豫章은 故郡이요, 洪都는 新府라.' 고 서문을 짓기 시작하였는데, 그 말을 전해들은 염백서는 '老生常談' 이라며 불쾌한 표정을 지었다. 그러나 거침없이 써내려 가는 글이 '落霞與孤鶩齊飛(낙하여고목제비, 지는 노을과 한 마리 물새는 같이 날고), 秋水共長天一色(가을 물과 하늘은 한가지로 푸르다.)이라는 글을 전해 듣고는 무릎을 치며 '斯不朽矣(사불후의, 이는 불후의 명구이다.)' 라고 말했다. 서문을 다 지은 다음 왕발은 本詩를 단숨에 완성했다.

| 參考 | 왕발은 시뿐 만 아니라 曆學(역학)에도 밝아 《大唐千歲曆》을 저술했었다. 그러나 이 조숙한 천재는 무엇이든지 자기중심으로만 생각하고 행동했다. 도망 나온 宮奴를 숨겨 주었다가 발각될 위기에 물증을 없앤

다 하여 궁노를 죽여 버렸다. 결국 모든 것이 밝혀지고 투옥되었다가 겨우 사면을 받았다. 그러나 그 결과로 왕발의 아버지 왕복은 남만의 땅 교지령으로 좌천되었고, 그 부친을 뵈려고 바닷길을 가다가 배가 전복되어 왕발은 익사하였다.

015
楊炯(양형)

楊炯(양형, 650－692. 炯은 빛날 형)은, 今 陝西省 동남 華陰市(화음시) 출신으로, 唐 高宗 顯慶 6년(661)에 겨우 11살에 과거에 급제하여 神童으로 소문이 났었다. 여러 하급 직책을 역임하였는데 武后 때, 그의 숙부가 徐敬業(서경업)의 반란에 관여하였기에, 양형은 梓州 司法參軍(재주, 今 四川省 동북부 綿陽市 관할의 三台縣)으로 좌천되었다. 나중에 盈川(영천) 현령을 끝으로 죽었기에 양형을 楊盈川(양영천)이라 부르고 그의 시집 《영천집》이 전해온다.

양형은 자신이 '초당사걸'로 일컬어진다는 말을 듣고서 "나는 노조린 앞에 있는 것이 부끄럽고, 왕발의 뒤에 불리는 것은 치욕이다.(吾愧在盧, 前恥居王後.)"라고 말했다.

양형은 변새시를 통해 격앙 강개한 감정을 잘 표현하였다.

夜送趙縱(야송조종)

趙氏連城璧，由來天下傳.
送君還舊府，明月滿前川.

밤에 趙縱(조종)을 보내다

성읍과 바꿀 趙의 和氏璧은,
그 유래가 세상에 알려졌다.
고향에 가는 그대를 보내니,
밝은 달빛 앞 강물에 가득하다.

| 詩意 | 楚의 和氏가 찾아낸 大璧玉(대벽옥, 벽옥은 둥근 모양의 玉)을 趙에서 갖고 있었다. 秦에서는 15개 성과 그 화씨벽을 바꾸자는 제안을 했다. 그래서 詩에서 連城璧이라고 했다. 趙나라에서는 응하지 않을 수 없었다. 이에 藺相如(인상여)는 벽옥을 갖고 가서 秦王을 만났다. 인상여는 秦의 협박에 굴하지 않고 화씨벽을 完全하게 趙로 보내왔다. 이를 完璧歸趙(완벽귀조)라고 한다.

본 시에서는 시인의 친우 趙縱(조종)을 趙나라의 인상여와 같은 능력자에 비유하면서, 고향에 가는 친우를 전송하고 있다.《全唐詩》050권에 수록.

從軍行(종군행)

烽火照西京, 心中自不平.
牙璋辭鳳闕, 鐵騎繞龍城.
雪暗凋旗畫, 風多雜鼓聲.
寧爲百夫長, 勝作一書生.

從軍하는 노래

봉화가 西京(長安)에 전해지니,
마음은 저절로 불안해진다.
관리는 명을 받아 궁궐을 나섰고,
무장 기병은 龍城을 포위하였다.
대설이 내리며 깃발도 희미한데,
폭풍이 치면서 북소리가 뒤섞인다.
차라리 百夫長이 되었으니,
글읽는 書生보다 나으리라.

| 註釋 | ○ 牙璋辭鳳闕 – 牙璋은 상아로 만든 兵符. 출정 명령은 받은 관리.

○ 鐵騎繞龍城 – 繞는 두를 요. 에워싸다, 포위하다. 龍城은 전방 요새지.

| 詩意 | 눈보라가 몰아치는 사막, 들려오는 북소리 – 사나이는 여기

서 죽어도 좋다는 각오를 다진다. 사나이의 한평생에 이런 기백도 없다면? 글 읽는 書生이라 하지만 모두가 雄志를 펴는 것도 아니다. 그렇다면 차라리 百夫長이 나으리라.

送劉校書從軍(송류교서종군)

天將下三宮，星門召五戎.
坐謀資廟略，飛檄佇文雄.
赤土流星劍，烏號明月弓.
秋陰生蜀道，殺氣繞湟中.
風雨何年別，琴尊此日同.
離亭不可望，溝水自西東.

종군하는 劉校書를 보내다

하늘서 내려 보낸 대장군을,
군문에 불러 5종 병기를 주었다.
참모를 모아 조정 방략을 협의하고,
날아온 격문 文臣 英勇을 기다린다.
붉은 바탕의 流星劍과
검은 글씨의 明月弓을 하사했다.
가을의 추위가 蜀땅에 내리면서,
우리의 살기는 湟中을 에워쌌다.
전쟁의 풍운은 언젠가 그치리니,
탄금과 술잔은 오늘과 같으리라.
정자를 떠나서 보이지 않아도,
강물은 서쪽서 동으로 흐르다.

| 註釋 | ○ 天將 – 大將의 미칭.

○ 三宮 – 하늘, 곧 紫微星(지미성), 太微星(태미성), 文昌星(문창성).

○ 星門 – 軍門. 五戎(오융)은 5종류의 병기. 곧 弓矢(궁시), 刀劍(도검), 矛(창 모), 戈(창 과), 戟(창 극, 갈라진 날이 있는 창).

○ 廟略(묘략) – 조정의 방략. 전쟁의 방책.

○ 飛檄佇文雄 – 佇는 우두커니 저. 기다리다. 文雄은 文臣의 뛰어난 활약.

○ 湟中(황중) – 지명. 황하의 지류 유역. 今 青海省 西寧市를 경유하여 황하에 합쳐진다.

| 詩意 | 이 시는 전후반으로 나눌 수 있다. 전반은 종군하러 떠나가는 劉校書를 위하여 軍功을 축원하는 뜻을 거창하게 표현하였다. 그리고 후반 4句로 종군이 끝나고 돌아오면 오늘처럼 彈琴(탄금)하고 술을 마시며 우정이 지속되기를 희망하며 보이지 않을 때까지 전송하는 모습을 그렸다.

| 參考 | **初唐四傑의 영향**

초당사걸은 盧照鄰(노조린, 637 – 680?), 駱賓王(낙빈왕, 생졸년 미상), 王勃(왕발, 648 – 675), 楊炯(양형, 650 – 692)을 지칭한다. 이들은 조숙한 천재였으나, 양형이 관직에 좀 있었고 나머지는 모두 불우한 가운데 익사, 자살, 반란가담과 도피 등 비참한 종말을 보았다.

노조린과 낙빈왕의 장편시는 뒷날 李白의 七言樂府나 두보의 사회비판 七言 排律의 서사시와 白居易의 〈長恨歌〉, 〈琵琶行(비파행)〉 등 명작 탄생의 준비단계라는 의의를 갖고 있다. 결론적으로 초당 四傑(사걸)의 작품은 南朝 시풍을 완전히 벗어나지는 못했지만 남조시풍의 유행을 막고 새로운 시풍으로 발전하는 계기를 마련했다는 평가를 받고 있다.

016

郭震(곽진)

郭震(곽진, 656 – 713, 字 元振)으로, 魏州 貴鄕(今 河北省 邯鄲市 관할 大名縣) 사람이다. 唐 高宗 때 進士에 급제하고 通泉縣尉를 시작으로 여러 관직을 거쳤고 武則天 때에 吐蕃(토번)에 사신으로 나가기도 하였으며 병부상서와 재상을 역임하였다. 좌천을 당해 지방으로 부임 중 병사했다.

子夜四時歌(자야사시가) 春歌 (其一)

陌頭楊柳枝，已被春風吹.
妾心正斷絶，君懷那得知.

자야사시가 봄노래 (1)

길가의 버드나무 가지는,
벌써 봄바람에 흔들리네.
나의 마음 정녕 애가 끊어질 듯,
그대 속을 어찌 알 수 있을까요?

子夜四時歌(자야사시가) 春歌 (其二)

青樓含日光，綠池起風色.
贈子同心花，殷勤此何極.

자야사시가 봄노래 (2)

푸른 누각에 햇빛이 비치니
녹색 연못에 바람이 스친다.
당신께 同心花를 보내옵니다만,
은근한 내마음 어찌 끝이리오?

| 詩意 | 東晉시대, 즉 4세기경에 吳의 子夜라는 여자가 즐겨 부른 노래라 하여 〈子夜歌〉 또는 〈子夜吳歌〉라고 한다. 이는 또 樂府詩의 題目이다. 악부시의 제목에 나오는 歌, 行, 引, 詞, 怨(원)은 모두 '노래' 라는 뜻이다.

여인의 애달픈 심정을 읊은 노래로 후세에도 많은 사람들이 애창했던 5言4句의 노래인데, 이를 四時에 맞춰 지었기에 〈子夜四時歌〉라 한다. 이백의 〈子夜四時歌〉는 6구로 짜여졌다.

蛩(공)

愁殺離家未達人, 一聲聲到枕前聞.
苦吟莫向朱門裏, 滿耳笙歌不聽君.

귀뚜라미

집떠나 돌아 가지 못해 시름에 잠긴 사람,
귀뚜리 우는 소리 잠자리서 듣고 있다.
애 쓰며 울더라도 부잣집엔 가지 말라,
귀 가득 풍악소리 네 소리를 못 듣는다.

| 詩意 | 蛩은 귀뚜라미 공. 메뚜기. 풍자의 뜻이 확실한 시이다. 이 시에서 귀뚜라미는 열심히 일하는 빈민을 의미한다. 그 울음은 빈민의 하소연이지만, 귀인은 절대로 들으려 하지도 또 듣지도 못할 것이니 헛수고라는 뜻이다.

古劍篇(고검편)

君不見昆吾鐵冶飛炎煙，紅光紫氣俱赫然.
良工鍛鍊凡幾年，鑄得寶劒名龍泉.
龍泉顏色如霜雪，良工咨嗟歎奇絶.
琉璃玉匣吐蓮花，錯鏤金環映明月.

正逢天下無風塵，幸得周防君子身.
精光黯黯靑蛇色，文章片片綠龜鱗.
非直結交遊俠子，亦曾親近英雄人.
何言中路遭棄捐，零落漂淪古獄邊.
雖復塵埋無所用，猶能夜夜氣衝天.

옛 보검의 노래

그대는 보지 못했나?
昆吾山에서 제련할 때 나오는 불꽃과 연기를,
붉은 불꽃에 보랏빛 연기가 함께 빛을 낸다.
최고 匠人이 몇 년을 계속 鍛鍊(단련)해서는,
보검 龍泉劍(용천검)을 주조하였다.
용천검의 색깔은 마치 서리나 눈처럼 흰데,
良工 자신도 뛰어난 모습에 크게 탄식했다.
琉璃(유리) 玉匣(옥갑)에서 명검을 뽑아들면,

새겨진 銘文과 金環이 明月처럼 빛을 냈다.

지금 천하에 전쟁이 없는 시대를 만났기에,
그저 명검이 군자의 호신용으로 쓰여진다.
빛나던 광채는 검은 뱀 색으로 점점 변했고,
명문의 글씨도 푸른 거북 등판 녹이 슬었다.
명검은 대의를 지킨 의협 장부를 만나거나
아니면 영웅을 따라 모실 기회조차 없었다.
결국은 어쩌다 도중에 버려진 처지가 되어,
그옛날 감옥의 주변에 묻혀져 잊혀버렸다.
비록 땅에 묻혀 아무 쓸모가 없었지만,
그래도 밤마다 그 劍氣는 충천했었다.

| 註釋 | ㅇ 昆吾鐵冶飛炎煙 – 昆吾(곤오)는 전설 속의 산 이름. 또는 광석이라는 주석도 있다. 곤오산의 광석을 가져다 冶鐵(야철, 제련)하면 쇠를 얻을 수 있는데 그 쇠는 단단한 玉石도 진흙처럼 자를 수 있다는 주석이 있다.

ㅇ 良工鍛鍊凡幾年 – 良工은 冶鐵(야철) 匠人(장인), 기술자. 鍛鍊(단련)은 쇠를 달구고 제련하다. 凡幾年은 몇 년간.

ㅇ 鑄得寶劍名龍泉 – 전설에 의하면, 楚王이 吳國의 干將(간장)과 趙國의 劍匠 歐冶子(구야자)를 초빙하여 보검 '龍淵(용연, 당 고조를 피휘하여 龍泉으로 표기)' 과 '太阿(태아)' 2자루를 제조케 했다.

○ 琉璃玉匣吐蓮花 - 琉璃(유리), 지금 같은 판 유리는 없었지만 보석처럼 유리로 만든 장식 구슬이 사용되었다. 玉匣(옥갑)은 칼 집. 蓮花(연화)는 명검, 명검을 물에서 깨끗한 자태로 피어나는 연꽃에 비유하였다.

○ 正逢天下無風塵 - 風塵(풍진)은 전쟁. 戰役.

| 詩意 | 이 시는 詠物(영물)하여 자신의 소회를 서술한 시이다.

詩 전반에서는 명검의 유래와 뛰어난 자태를 서술했다. 이는 시인 자신이 그만한 능력을 가졌다는 自述(자술)이다. 보검은 태평세월에, 또 의협의 사나이도 만나지 못해 결국은 감옥 주변에 버려 묻혀졌다. 결국 곽진 자신도 明主를 만나지 못해 능력을 발휘할 수 없다는 좌절의 표출이다.

그러나 지금도 그 보검의 검기가 충천하듯이 자신은 여전히 크게 등용될 큰 능력의 소유자임을 결론으로 언급하였다.

017

鄭愔(정음)

鄭愔(정음, ? - 710, 字 文靖, 愔은 화평할 음)은 17세에 급제한 뒤 당과 측천무후 武周의 관원이었고, 中宗 연간에 한때 재상의 반열에 올랐다. 나중에 中宗 복위를 꾀하다가 賜死되었다.

詠黃鶯兒(영황앵아)

欲轉聲猶澀，將飛羽未調.
高風不借便，何處得遷喬.

꾀꼬리 새끼를 읊다

울려해도 소리가 제대로 나지 않고,
날려해도 날개짓 아직은 서투르다.
빠른 바람 여태껏 익숙치 않으니,
어디에서 높은 데로 옮길 수 있나?

| 詩意 | 澀은 떫을 삽. 喬는 높을 교. 喬木. 과거 급제는 곧 등용문의 통과와 같다. 더군다나 17세 소년급제라면!

꾀꼬리 새끼는 관직에 처음 들어선 자와 같다. 높은 자리에 오르길 간절히 염원한다. 꾀꼬리 새끼와 똑같다. 《全唐詩》 106권 수록.

百舌(백설)

百舌鳴高樹，弄音無常則.
借問聲何煩，末俗不尙默.

때까치

때까치가 높은 나무에서 우는데,
지저귀는 소리 한결같지 않도다.
묻나니 지저귀며 무엇을 걱정하랴?
속되지 않아 아직은 침묵을 모른다오.

| 詩意 | 百舌(백설, 혀 설)은 때까치라 번역했다.

울음소리가 제멋대로인 것은 별로 걱정하지 않아서 그렇다 – 곧 아직은 하고 싶은 말 다 하고 있다는 뜻이다. 이것저것 눈치보아 입을 다물 줄 아직은 모르겠다는 뜻이다.

018
李嶠(이교)

李嶠(이교, 645? – 714?, 字 巨山)는 趙州(조주, 今 河北省 남부 邢台市 관할 柏鄉縣) 출신, 20세에 진사 급제한 뒤 감찰어사 등 요직 역임. 武后 時 재상의 반열에 올랐다. 현종으로부터 '眞才子!' 라는 칭찬을 들을 정도로 상상이 풍부하였다.

이교는 왕발, 楊炯(양형)과 교제했고, 이어 杜審言(두심언), 崔融(최융), 蘇味道(소미도)와 함께 '文章四友' 로 호칭되었으며, 노년에 원로 문인으로(文章宿老) 대우를 받았다. 그의 문집《李嶠集》이 있고, 〈單題詩〉 120수가 전해온다.

風(풍)

解落三秋葉, 能開二月花.
過江千尺浪, 入竹萬竿斜.

바람

三秋에 낙엽을 지게 하고,
二月에 꽃들을 피게 한다.
강물에 높은 파도를 치고,
대밭에 들어 나무를 기울인다.

| 詩意 | 어린아이한테 수수께끼로 낼만한 詠物詩(영물시)이다. 삼추의 가을바람과 이월 봄바람으로 계절을 그렸고 강과 대나무 밭에 부는 바람으로 그 힘을 피부로 느끼도록 표현하였다.

中秋月(중추월) 二首 (其一)

盈缺青冥外，東風萬古吹.
何人種丹桂，不長出輪枝.

추석 달 (1 / 2)

차고 기울면서 하늘 멀리 떳는데,
동풍은 먼 옛날부터 불어왔다.
누군가 붉은 계수를 달에 심었는데,
가지가 달 밖으로는 자라지 않는다.

中秋月(중추월) 二首 (其二)

圓魄上寒空，皆言四海同.
安知千里外，不有雨兼風.

추석 달 (2 / 2)

둥그런 혼백이 차가운 하늘에 떠올라,
모두가 온세상 다같은 달이라 말한다.
그러나 어찌 알리오? 천 리 밖에서는,
비와 바람이 함께 불어오지 않는다고.

| 詩意 | 계수나무 가지가 달 밖으로는 가지를 뻗지 않는다고 친근한 감정으로 말했다. 그리고 달은 온 세상 모두에게 똑같이 빛을 비추니 공평하다고 보았다. 그러나 같은 달빛이 비춘다지만 곳에 따라 날씨가 다르다고 말했다. 시인의 상상은 언제나 새롭다.

《全唐詩》 061권에 수록.

雪(설)

瑞雪驚千里，同雲暗九霄.
地疑明月夜，山似白雲朝.
逐舞花光動，臨歌扇影飄.
大周天闕路，今日海神朝.

눈

瑞雪이 놀랍게 온 땅을 뒤덮었고,
같은색 구름이 큰 하늘에 깔렸다.
땅은 보름달 밤과 비슷하게 밝고,
산은 흰구름 덮힌 아침처럼 희다.
춤추는 눈발에 불꽃이 움직이고,
가무의 부채에 눈꽃이 휘몰린다.
大周 황궐의 눈덮힌 큰 길은,
오늘 천명을 받은 조정이로다.

| 註釋 | ○ 瑞雪驚千里 – 瑞雪로, 시인은 降雪을 기다린 마음을 표현했다. 驚은 놀랍게도. 예상 밖의 대설이었을 것이다.

○ 同雲暗九霄 – 同雲은 같은 색의 구름. 暗은 가득 끼다. 九霄(구소, 霄는 하늘 소)는 온 하늘. 하늘 끝.

○ 逐舞花光動 – 내리는 눈발에 대한 묘사이다. 逐舞(축무)는 춤

추듯 따라하다.

○ 大周天闕路 – 大周는 측천무후가 정식 즉위 후의 국호. 천궐은 천자의 궁궐, 황궁.

○ 今日海神朝 – 海神朝는 천자 앞에 집합된 신령이 천자의 명을 받는 조정이라는 뜻. 눈 덮인 궁궐은 신령의 축복을 받은 것과 같다는 뜻.

| 詩意 | 이교는 120수의 詠物詩(영물시)를 남겼는데, 사람들은 이를 〈李嶠百詠(이교백영)〉이라 불렀다. 〈이교백영〉은 해, 달, 별, 바람, 구름, 안개, 이슬, 비, 눈 등 자연 기상을 읊은 시가 많은데 위 〈雪〉 역시 그중의 한 수이다.

首聯에서는 깜짝 놀랄 대설에 기뻐하며 눈 그친 하늘의 장관을 묘사하였다. 頷聯(함련, 다음 련)에서는 눈 내린 大地의 밤낮으로 달라진 모습을, 頸聯(경련, 3聯)에서는 눈이 쏟아지는 모습을 그리고, 尾聯(미련)에서는 황궁을 덮은 瑞雪(서설)로 측천무후 大周가 천명을 받은 징험이라고 칭송하였다.

汾陰行(분음행)

君不見昔日西京全盛時, 汾陰后土親祭祠.
齋宮宿寢設儲供, 撞鐘鳴鼓樹羽旂.
漢家五葉才且雄, 賓延萬靈朝九戎.
栢梁賦詩高宴罷, 詔書法駕幸河東.
河東太守親掃除, 奉迎至尊導鑾輿.
五營夾道列容衛, 三河縱觀空里閭.

분음의 노래

그대는 보지 못했나? 옛날 西京(前漢) 전성시대를!
汾陰(분음)에서 后土에 몸소 제사를 받들었다.
齋宮(재궁)에 宿寢하며 여러 祭物을 준비케 하고,
鐘鼓(종고)를 연주하고 모든 儀仗을 갖추었다.
漢朝(한조)의 五代가 英才에 雄傑이었고,
山川의 신령을 받들었고, 모든 蠻夷가 입조하였다.
栢梁臺에서 시를 짓고 큰 잔치를 마친 뒤에,
詔書를 내리고, 어가는 河東郡을 순행하였다.
河東 태수가 몸소 주변을 청소하였고,
至尊을 받들어 영접하며 鑾輿(난여)를 영접했다.
五營의 군사가 길을 경호하고 위엄을 갖추었다.
三河의 백성이 구경하느라 마을이 텅비었다.

| 註釋 | ○ 西京全盛時 – 西京은 前漢(前 206 – 서기 8년). 全盛時 – 여기서는 武帝 재위 시(前 141 – 87).

○ 汾陰后土親祭祠 – 汾陰(분음)은 현명, 今 山西省 남부 運城市 북쪽 萬榮縣에 해당. 后土는 토지신이며, 女神에 속한다. 무제가 세운 사당을 나중에 成帝가 장안으로 옮겼다. 무제는 元鼎(원정) 4년(前 113) 겨울 10월, 雍縣(옹현)에 행차하여 五畤(오치)에서 제사했다. 백성에게 작위 1급을 하사했고, 작위를 받은 자의 처에게는 1百戶에 소 1마리와 술을 하사했다. 夏陽縣을 거쳐 동쪽으로 汾陰(분음) 현으로 행차하였고, 11월 甲子日, 이곳 황토 대지 위에 제단을 마련하고 后土祠(후토사)를 세워 직접 제사를 받들었다.

○ 撞鐘鳴鼓樹羽旂 – 撞鐘鳴鼓(당종명고)는 鐘鼓는 종과 북, 악기의 총칭. 禮樂. 樹(심을 수)는 세우다. 羽旂(우기)는 깃털 장식을 한 깃발(旂는 기 기).

○ 漢家五葉才且雄 – 漢家는 漢室. 五葉은 五代 帝王(高祖, 惠帝, 文帝, 景帝, 武帝). 呂后 치하의 惠帝 다음 두 少帝는 제외.

○ 栢梁賦詩高宴罷 – 栢梁臺(백량대)에서 문신들을 모아 잔치하며 시를 짓게 하다. 武帝 元封 3년(前 108)의 일이니, 무제의 이번 행차와는 관계없는 행사였다.

○ 河東太守親掃除 – 河東郡 治所는 安邑縣(今, 山西省 서남부 運城市 夏縣). 郡 太守는 秩祿(질록)이 2千石이었다. 二千石은 이후 지방관의 별칭으로 통용된다. 掃除(소제)는 청소.

○ 五營夾道列容衛 – 본래 전한의 중앙군은 中壘校尉(중루교위), 屯騎校尉, 步兵校尉 등등 8衛이고, 후한에서는 이를 줄여 五衛

로 운영하였다. 여기 五營은 황궁을 호위하는 衛尉(위위) 소속의 군사. 夾道(협도)는 길을 양쪽 가에서 호위하다.

○ 三河縱觀空里閭 – 三河는 전한 장안성 외곽의 3개 군, 河內郡, 河東郡, 河南郡을 三河라 통칭. 縱觀(종관)은 밖에 나와 구경하다. 里閭(이려)는 마을.

回旌駐蹕降靈場, 焚香奠醑邀百祥.
金鼎發色正焜煌, 靈祇煒燁攄景光.
埋玉陳牲禮神畢, 擧麾上馬乘輿出.
彼汾之曲嘉可遊, 木蘭爲楫桂爲舟.
櫂歌微吟綵鷁浮, 簫鼓哀鳴白雲秋.
歡娛宴洽賜羣后, 家家復除户牛酒.
聲明動天樂無有, 千秋萬歲南山壽.
自從天子向秦關, 玉輦金車不復還.
珠簾羽扇長寂寞, 鼎湖龍髯安可攀.

旌旗(정기)가 들어와 자리하고 신령이 강림하자,
분향하고 祭酒를 헌상하고 여러 복을 빌었다.
金鼎(금정)의 제수를 올리니 모두가 완전하였고,
신령도 강림하셨는지 신비한 현상도 일어났다.
玉石을 묻고 희생을 바쳐 제사를 마치었으며,
큰 깃발을 세우고 말에 올라 황제는 출발하였다.

汾水의 물굽이는 遊樂하기 좋은 경치라서,

木蘭으로 돛을 만들고 계수나무로 배를 만들었다.

작은 소리로 뱃노래를 부르고 비단장식 배를 띄워,

퉁소와 북소리 애절하고 秋天에는 흰구름만 떠있다.

잔치를 크게 마치고 여러 제후에게 하사하였으며,

백성들 가가호호에 소고기와 술을 내려주었다.

백성의 황제칭송이 하늘에 닿았고 신령도 즐거웠으니,

千秋에 萬歲토록 南山처럼 壽福을 누리시리라.

천자가 秦關(진관)으로 출발하였고,

황제의 玉輦(옥련)과 金車는 다시 돌아오지 않았다.

珠簾(주렴), 일산 등 치장물은 다시 쓰지 못했고,

鼎湖(정호)에서 龍髯(용염)을 언제 다시 잡을 수 있겠나?

| 註釋 | ○ 回旃駐蹕降靈場 - 旃은 깃발 전. 駐蹕(주필)은 제자리에 세우다. 靈場은 후토사의 제단.

○ 焚香奠醑邀百祥 - 奠은 제사 지낼 전. 醑는 美酒 서. 거른 술. 邀는 맞이할 요. 빌다. 百祥은 온갖 복.

○ 金鼎發色正焜煌 - 金鼎(금정)은 쇠솥, 祭器. 發色은 여러 가지 제물. 焜煌(혼황)은 빛나다. 祭需(제수)가 법도에 맞게 잘 준비되었다는 뜻.

○ 靈祇煒爗攄景光 - 靈祇(영기)는 신령한 토지신. 祇는 토지신 기, 마침 지. 煒爗(위엽)은 빛나다. 攄는 펼 터. 늘어놓다, 퍼트리다.

○ 埋玉陳牲禮神畢 – 埋玉(매옥)은 토지신에게 헌상하는 옥석을 땅에 묻다. 陳牲은 희생물(살아있는 제물)을 죽여 제물로 바치다. 畢은 마칠 필.

○ 彼汾之曲嘉可遊 – 汾水(분수, 汾河)는 黃河의 제2지류, 山西省 북에서 남으로 흐르는 전장 700여 km의 큰 강. 山西省 省都인 太原市를 비롯하여 臨汾市, 서남부의 運成市 등을 지나 황하에 합류한다.

○ 櫂歌微吟綵鷁浮 – 櫂歌(도가)는 뱃노래. 櫂는 노 도, 綵는 비단 채. 鷁은 새 익. 배, 선박.

○ 聲明動天樂無有 – 聲明은 황제에 대한 백성의 칭송. 樂은 즐겁게 하다. 無有는 神靈.

○ 秦關 – 秦嶺關, 今 陝西省 북부 延安市 洛川縣 관할의 관문 이름.

○ 鼎湖龍髯安可攀 – 옛날 三皇의 黃帝는 鼎湖(정호)에서 용의 수염을 잡고 승천하였다는 故事. 여기서는 武帝의 시중을 들던 사람들이 언제 다시 부름을 받겠느냐는 뜻으로 쓰였다.

千齡人事一朝空, 四海爲家此路窮.
豪雄意氣今何在, 壇場宮館盡蒿篷.
路逢故老長歎息, 世事回環不可測.
昔時青樓對歌舞, 今日黃埃聚荊棘.
山川滿目淚沾衣, 富貴榮華能幾時.
不見只今汾水上, 唯有年年秋雁飛.

천년을 들인 공덕이 일조에 모두 허사였고,
천하를 지배 권력도 이제는 전부 끝이났다.
영웅 호걸의 의기는 지금은 어디 있으리오,
제단 궁궐의 영화도 사라져 쑥대밭 되었다.
길에 만났던 늙은이 옛일을 회상 탄식하면서,
세상 만사는 순환은 예측도 할수 없다고한다.
옛날 청루서 가무를 즐기던 그런 사람이,
오늘은 흙먼지 쓰며 거친 일을 하고 있다.
산천을 보면서 온통 눈물로 옷깃을 적시며,
富貴와 영화를 누린 옛날이 그 언제였던가?
지금은 사라진 영화 汾水에 볼 수 없나니,
오로지 해마다 가을 기러기만 여길 찾아온다.

| 詩意 | 漢 武帝의 영광과 번영, 태산의 봉선과 장생불로의 추구, 대규모 원정과 영역의 확장 등의 치적의 그 바탕은 할아버지 文帝와 부친 景帝의 근검절약으로 쌓아올린 國富(文景之治) 때문이었다. 그런 국부를 武帝가 모두 소진하고 나중에는 백성에게 부담을 지우는 각종 부세를 징수하였다.

한 무제의 영광과 번영이 모두 꿈이라는 詩의 주제는 安史의 난을 당한 현종에게 눈물을 짓게 했다.

현종은 安史의 亂(安祿山과 史思明의 난, 755 – 763)을 당해 蜀으로 피난하며 마외파에서 양귀비의 죽음을 보았다.

山川滿目淚沾衣, 富貴榮華能幾時.

不見只今汾水上, 唯有年年秋雁飛.

제일 마지막의 이 구절은 인생무상을 가장 잘 표현하였다. 현종이 蜀에 머물 때, 악공이 이 시를 노래하자 누가 지었느냐고 물었고, 악공이 "측천무후 때 재상이던 李嶠가 지었다."고 하자, 현종은 눈물을 흘리며 "이교는 정말 뛰어난 才子로다(嶠眞才子也).' 라고 칭찬하였다고 한다.

한 武帝의 영화와 소멸이 玄宗 자신의 영화와 적막과 겹쳤으리라.

019

盧僎(노선)

盧僎(노선, ? – 708. 僎은 갖출 선)의 시를 모은《國秀集》이 있었다.

南望樓(남망루)

去國三巴遠，登樓萬里春.
傷心江上客，不是故鄉人.

남쪽으로 누각을 바라보다

고향을 떠나 三巴(蜀)까지 멀리 왔는데,
누각에 오르니 온 세상이 봄이로다.
마음 아파하는 뱃길 나그네는,
고향 사람이 아니로다.

| 詩意 | 三巴는 巴郡과 巴東, 巴西郡을 말하는데, 곧 지금의 重慶市 일원을 지칭한다.

고향을 떠난 나그네가 고향 그리는 심경을 노래했다. 《全唐詩》 099권에 수록.

途中口號(도중구호)

抱玉三朝楚, 懷書十上秦.
年年洛陽陌, 花鳥弄歸人.

길에서 짓다

옥석을 안고 楚에 세 번 입조했고,
상소를 지어 秦에 열 번 상주했다.
해마다 낙양 거리에는,
꽃과 새들이 귀향인을 희롱한다.

| 詩意 | 제목의 口號는 '입에서 나오는 대로 읊다.' 의 뜻이다.

玉石(璞玉, 박옥, 다듬지 않은 옥석)을 안고 전국시대 楚王 3代를 만나 無價之寶라고 하소연했던 사람은 卞和(변화)였다. 나중에 박옥을 다듬어 和氏璧을 얻었고 秦 李斯(이사)가 이를 傳國의 玉璽(옥새)로 만들었다.

秦에 열 번이나 상주했던 사람은 蘇秦(소진)이었다. 이 두 사람은 바른 말, 바른 건의를 했지만 채택되지 않고 형을 받거나 떠나가야만 했다. 이런 실의에 빠진 패배자를 꽃과 새도 희롱한다고 하였다.

020

杜審言(두심언) - 杜甫의 祖父

杜審言(두심언, 645?-708, 字 必簡, 祖籍 襄陽)은 才華가 뛰어난 사람이었으나 재주를 믿고 오만한 데가 있었다고 한다. 젊은 날 李嶠(이교), 崔融(최융), 蘇味道(소미도)와 함께 '文章四友'라고 불렸다. 두심언은 高宗 때(670) 진사에 급제한 뒤 隰城 縣尉(습성 현위)를 지냈다. 나중에 洛陽丞(낙양승)이 되었다가, 武后 때는 吉州 司戶參軍으로 貶職(폄직)되기도 하였다.

이 무렵 吉州의 하급관리인 郭若訥(곽약눌)과 長官 周季重(주계중)이 杜審言을 모함하여 死罪에 빠트리자 杜審言의 13살 아들 杜幷(두병)이 아버지를 위한 복수로 잠입해서 주계중을 찔렀지만, 두병은 현장에서 호위무사에게 잡혀죽었다. 그런데 부상을 당한 주계중이 죽기 바로 직전에 "杜審言에게 그런 孝子가 있는 줄은 나는 모르고 있었으며, 곽약눌이 나에게 거짓말을 했다."고 말했다.

이는 당시에 큰 사건으로, 이 소식을 전해들은 측천무후가 두심언을 불러 만났고, 두심언의 시를 높이 평가해 주었다.

杜審言의 詩는 寫景과 唱和 및 應制한(天子의 조서나 명령에 따라 글을 지어 올림, 王公의 명에 의한 글은 應教라 한다.) 작품들이 많은데, 특히 오언율시에 뛰어났었다.

두심언의 차남이 杜閑(두한)인데, 두한은 바로 杜甫(712-770)의 부친이다. 두보는 두심언의 장손이었으니, 杜甫도 "내 할아버지의 詩는 예부터 제일이었다(吾祖詩冠古)."고 말했다. 두심언은 近體詩의 형성과 발전에 크게 기여하여 '五言律詩의 기초를 놓은 시인'으로 평가받고 있다. 두보는 이러한 조부의 유전자를 물려받았을 것이다.

贈蘇綰書記(증소관서기)

知君書記本翩翩, 爲許從戎赴朔邊.
紅粉樓中應計日, 燕支山下莫經年.

書記인 소관에게 주다

내가 아는 그대는 본디 문장이 출중하거늘,
무슨 일로 武職에 북쪽 변방을 가시려는가?
아내는 집에서 손꼽아 기다릴 것이니,
연지산 아래서 한해를 넘기지 마시오.

| 註釋 | 翩翩(편편)은 문장이 아름답다는 뜻이고, 爲許는 爲何(왜?)와 같은 뜻이며, 紅粉은 아내를 말하고, 燕支山은 胭脂山(연지산)이라고도 쓰는데, 甘肅省(감숙성)에 있는 요새지로 변새를 지칭하는 대명사처럼 쓰였다.

| 詩意 | 변방으로 가는 이유를 몰라서가 아니라 아쉬운 이별이기에 묻는 형식으로 이별의 정을 드러내었다. 紅粉과 胭脂(연지)가 호응하는 뜻이 있어 장안과 변방을 대비시켜 주고 있다.

渡湘江(도상강)

遲日園林悲昔遊, 今春花鳥作邊愁.
獨憐京國人南竄, 不似湘江水北流.

상강을 건너며

봄날 뜰에서 전에 놀던 때를 회상하나니,
올봄 꽃과 새들은 객지의 수심만 돋운다.
홀로 남으로 가는 長安 사람은 슬픔뿐인데,
이와 다르게 湘江 물은 북으로 흘러간다.

| 詩意 | 두심언은 두 번이나 유배를 당했었다. 承句의 '今春花鳥作邊愁' 는 뒷날 손자인 杜甫의

'感時花濺淚(시절을 느껴 꽃에도 눈물을 뿌리고),
恨別鳥驚心(이별의 恨은 새소리에 가슴이 뛴다.)' 는
절창으로 이어진다. 〈春望〉.

湘江(상강)은 湖南省 최대의 강으로 남쪽에서 발원하여 북으로 흘러 長沙를 거쳐 장강에 합류한다. 시에 나오는 遲日(지일)은 '해가 천천히 간다' 는 의미이니, 겨울에 비해 해가 긴 봄날을 뜻한다.

이 시 작품은 서로 對比되는 對偶(대우)를 잘 구사하였다. 哀와 樂, 昔日과 今春, 園遊와 邊愁, 두 구절의 인물과 남북의 대비 등은 칠언절구의 定型이며, 初唐 시기에 성숙한 율시의 가작이라는 높은 평가를 받고 있다.

和晋陵陸丞早春遊望(화진릉육승조춘유망)

獨有宦遊人, 偏驚物候新.
雲霞出海曙, 梅柳渡江春.
淑氣催黃鳥, 晴光轉綠蘋.
忽聞歌古調, 歸思欲霑巾.

진릉 육승의 '早春遊望'에 화답하다

오로지 벼슬길 따라서 떠도는 사람은,
철따라 새롭게 바뀌면 깜짝 놀란다네.
구름과 안개는 아침 바다서 나오고,
매화와 버들은 강을 건너온 봄이네.
따스한 봄이면 꾀꼬리 울라고 재촉하며,
해밝은 빛따라 푸르른 부평초 떠다니네.
갑자기 그대의 고아한 가락을 들으니,
가고픈 마음은 수건을 적시려 한다네.

| 註釋 | ○〈和晉陵陸丞早春遊望〉-〈진릉 육승의 '早春遊望'에 화답하다.〉和는 和答하다. 晉陵은 地名. 본래 延陵이었으나 東晋 元帝를 피휘하여 이름을 고쳤다. 지금의 江蘇省 長江 남쪽의 常州市 武進區에 해당한다. 陸丞(육승)의 陸은 姓이고, 丞(승)은 관직인데 縣丞(현승)이면 從 8品의 하위직이다.

○ 獨有宦遊人 – 獨은 다만, 오로지, 유독. 부사로 쓰였다. 宦은 벼슬 환.

○ 偏驚物候新 – 偏은 치우칠 편. 뜻밖에. 돌연. 驚은 놀라다. 物候新은 만물이 기후(계절)에 따라 변하다.

○ 雲霞出海曙 – 霞는 노을 하. 曙는 새벽 서.

○ 淑氣催黃鳥 – 淑氣(숙기)는 온화한 날씨. 催는 재촉할 최.

○ 晴光轉綠蘋 – 蘋은 부평초 빈. 개구리 밥.

○ 忽聞歌古調 – 古調는 옛 가락. 陸丞의 詩가 古雅하다는 칭찬.

○ 歸思欲霑巾 – 歸思는 고향으로 돌아가고픈 마음. 霑은 적실 점.

| 詩意 | 이 시의 주제는 '偏驚物候新' 이다. 경치나 사물은 기후나 철에 따라 새롭게 변하는데 그런 것을 느낄 때 깜짝 놀라게(偏驚) 된다. 아침에 찬바람이 부는데 창문을 열고 산수유의 노란 꽃을 볼 때, 그리고 들에 나가 종달새 우는 소리를 들을 때, 우리는 놀라게 된다. 그러한 변화를 표현한 말이 바로 아지랑이가 피고(出), 매화가 강을 건너오고(渡), 꾀꼬리를 재촉하고(催), 부평초를 흘러가게(轉) 한다. 陸丞이 보내온 시는 봄소식을 담아왔으리라 짐작할 수 있다.

그에 따라 시인 두심언도 歸鄕을 생각한다. 이는 제일 첫 구의 '遊' 와 연결된다. 객지를 떠도는 벼슬살이 – 결국 객지에서의 새봄은 고향의 봄을 그리게 만들어준다. 이 또한 '物候新' 이 아니겠는가?

021
蘇味道(소미도)

蘇味道(소미도, 648 – 705)는 趙州 欒城〔今 河北省 서남부, 省會인 石家莊市 欒城區(난성구)〕 사람이다. 高宗 乾封 연간에 進士가 되었고 武則天 재위 중 여러 해 동안 재상으로 재직했는데, 아부와 奉迎(봉영, 맞장구치기)를 잘하였으며 매사에 양단을 절충하며 모서리만을 조물락거리며 결단을 내리지 않아 「處事에 決斷明白하지 않으면서 만약 잘못되면 견책을 당하니 양단을 만지작거리기만 했다.(處事不欲, 決斷明白, 若有錯誤, 必貽咎譴, 常模稜以持兩端可矣.)」는 기록이 있다고 했다. 그래서 당시 사람들이 '蘇模稜(서모릉)' 이라고 불렀다. 中宗 연간에 張易之(장이지, ? – 705) 형제에 아부하다가 폄직된 뒤에 죽었다. 젊었을 적에 文章으로 이름을 날려 李嶠(이교)와 함께 '蘇李' 로 병칭되었다. 또 李嶠, 崔融, 杜審言과 함께 '文章四友' 로 알려졌다.

正月十五夜(정월십오야)

火樹銀花合, 星橋鐵鎖開.
暗塵隨馬去, 明月逐人來.
遊伎皆穠李, 行歌盡落梅.
金吾不禁夜, 玉漏莫相催.

정월 십오일 밤

등불 밝힌 나무에 은색 꽃이 피었고,
별빛 내린 교량에 쇠사슬도 풀어놨다.
진한 먼지는 말발굽 좇아 일어나며,
밝은 달빛은 사람들 뒤를 따라온다.
놀러나온 기녀는 모두 한창핀 복숭아꽃,
노래하는 가객은 전부 떨어진 매화로다.
執金吾도 오늘 밤은 단속을 하지 않고,
물시계도 집에 가라 재촉을 아니 한다.

| 註釋 | ○ 遊伎皆穠李 – 한창 물 올라 피어난 복숭화 꽂 – 桃는 우리가 생각하는 복숭아 꽃으로, 봄꽃 중에서 가장 요염하다. 李는 사실 복숭아와는 조금 다른 자두나무이다. 복숭아 꽃과 비슷하게 피어난다.

○ 行歌盡落梅 – 매화가 사랑을 받는 것은 추위를 이겨내고 가장 빨리 수줍은 듯 점잖게 피어나기 때문이다. 매화가 진 다음에

도리가 핀다. 꽃잎이 지는 매화와 한창인 桃李의 비교가 여자의 일생과 비슷하다. 시인의 예리한 관찰이 돋보인다.

○ 金吾不禁夜 – 金吾(금오)는 執金吾(집금오). 漢代 황제의 儀仗隊(의장대)이며 長安의 치안 유지도 담당하였다. 金吾는 兵器로 막는다는(防禦) 뜻. 순라꾼.

○ 玉漏(옥루)는 물시계. 물시계의 시각에 따라 통행금지 위반을 단속했다. 催는 재촉할 최.

| 詩意 | 정월 대보름날은 原宵節(원소절)이라 하여 큰 명절의 하나이다. 원소절에 장안의 번화한 모습을 뛰어나게 묘사하였다. 白居易(백거이)의 시에도 〈正月十五日夜〉가 있다.

022

劉希夷(유희이)

劉希夷〔유희이, ?651－679, 字 延芝(연지)〕는 汝州(今 河南省 중서부 平頂山市관할 汝州市) 출신으로, 젊어 문재로 이름을 날렸고 음주와 음악을 즐겼다. 《唐才子傳》에 의하면, 유희이는 高宗 上元 2년(675) 진사가 되었고 宋之問(송지문)의 생질로 두 사람이 나이 차이가 별로 없었다고 한다. 유희이는 관직을 즐기지 않고, 혼자 巴蜀 땅에 들어가 三峽(삼협)에 노닐거나 揚州(양주)까지 놀러 다녔다고 한다.

歸山(귀산)

歸去嵩山道, 煙花覆靑草.
草綠山無塵, 山靑楊柳春.
日暮松聲合, 空歌思殺人.

산으로 돌아오다

숭산으로 돌아 가는 길에,
푸른 풀은 꽃 향기에 덮였다.
풀처럼 푸른 산에는 먼지도 없고,
산은 푸르고 버들은 봄을 맞았다.
날이 저물며 솔바람 소리 들리고,
슬픈 노래에 객인은 마음 괴롭다.

| 詩意 | 먼 곳에 갔다가 은거지 嵩山(숭산)으로 돌아오며 봄날 풍경을 묘사했다. 《全唐詩》 82권 수록.

代悲白頭翁(대비백두옹)

洛陽城東桃李花，飛來飛去落誰家?
洛陽女兒好顔色，坐見落花長嘆息.
今年花落顔色改，明年花開復誰在?
已見松柏摧爲薪，更聞桑田變成海.
古人無復洛城東，今人還對落花風.
年年歲歲花相似，歲歲年年人不同.
寄言全盛紅顔子，應憐半死白頭翁.
此翁白頭眞可憐，伊昔紅顔美少年.
公子王孫芳樹下，淸歌妙舞落花前.
光祿池台開錦繡，將軍樓閣畫神仙.
一朝臥病無相識，三春行樂在誰邊.
宛轉蛾眉能幾時，須臾鶴髮亂如絲.
但看古來歌舞地，惟有黃昏鳥雀悲.

슬픈 백두옹을 본떠 짓다

낙양성 동쪽에 핀 복숭아 꽃잎은,
멋대로 날아가 누구 집에 지는가?
낙양의 여인 한창 고운 얼굴이라,
앉아서 낙화 보며 크게 탄식하네.

올해 꽃이 지면 내 젊음도 가나니,
내년 꽃이 피면 또 누가 있으리오.
이미 소나무 베어져 장작이 되었고,
다시 상전도 벽해로 되었다 들었네.
고인은 낙양성 동쪽 다시는 못오고,
우리는 바람에 지는 꽃보고 있구나.
해마다 또 해마다 똑같이 꽃 피지만,
해마다 또 해마다 사람은 같지 않네.
부탁하니 지금 한창 때인 젊은이여,
절반 쯤 죽은 머리 센 노인을 살펴주오.
이 늙은이 白頭는 정말 불쌍하다지만,
저 옛날엔 紅顔의 젊은 꽃미남이었오.
公子와 王孫과 어울려 꽃나무 아래에서,
해맑고 신나는 가무를 낙화속에 즐겼오.
권세가 정원은 비단으로 치장했고,
장군의 누각엔 신선들을 그렸구나.
갑자기 병들면 아는 체 하는 사람 없나니,
봄날의 행락을 어느 누가 함께 즐기리오.
또렷한 누에 눈썹 그 얼마나 지속될까?
한순간 백발 흐트러진 실타래 같으리라.
보나니 예부터 노래하고 춤추던 그곳에,
오로지 황혼녘 새들만이 슬피 지저귀누나.

| 詩意 | 한창 젊은 유희이는 이런 시를 쓰면서 순간 不吉하거나 재수가 없을 것 같다는 생각을 할 수 있다. 그러나 詩韻(시운)이 그렇다고 時運(시운)도 그럴 수는 없을 것이라 생각했다. 부귀와 壽命長壽를 시로 쓴다고 부귀를 누리는 것도 아니리니!

유희이의 시를 읽어본 송지문은 '年年歲歲花相似 歲歲年年人不同' 이 아주 좋다면서 그 구절을 자기에게 달라고 하였다. 유희이는 건성으로 대답을 했지만 시구를 외숙에게 주지 않았다. 이에 앙심을 품은 송지문은 비밀리에 사람을 시켜 土袋(토대, 흙 자루)로 유희이를 압사시켰다고 한다.

물론 이런 이야기를 100% 신뢰할 수는 없지만 송지문의 인품이 지저분하다 보니 이런 이야기가 전해지는 것이다.

| 參考 | 이 시를 宋之問(송지문)의 詩 〈有所思〉로 수록된 책도 있다.

023

宋之問(송지문)

宋之問(송지문, 656? – 712)은 그의 생질 劉希夷(유희이)와 함께 高宗 上元 2년(675)에 진사과에 급제하였다. 송지문은 洛州參軍, 尙方監丞 등 여러 관직을 전전했는데 측천무후의 총애를 받던 張易之(장이지)의 便器(변기)를 받들며 시중들었다 하여 '天下醜其行(天下가 그의 행동을 추하게 생각하다)' 하다고 알려진 사람이다. 705년 측천무후가 퇴위하자 장이지, 장창종 형제도 피살당했고 장이지에 아부했던 송지문도 폄직된다.

中宗 2차 재위 중에는(705 – 710) 다시 太平公主에 아부하면서 知貢擧(지공거)에 올랐으나 뇌물을 받아먹은 것이 탄로되어 越州長史(今 廣東省 지역)로 폄직되었다. 睿宗(예종)이 再 卽位하면서(710) 欽州(흠주, 今 廣東省 欽縣)로 유배되었다가 현종이 즉위하는 先天 元年(712)에 사약을 받고 죽었다.

五言律詩에 능했다고 하지만 하여튼 좀 지저분한 인격의 소유자로 알려졌다.

途中寒食(도중한식)

馬上逢寒食, 途中屬暮春.
可憐江浦望, 不見洛陽人.

길에서 보내는 한식

말 타고 다니다 한식을 만나니,
길에서 삼월을 보내는 셈이다.
쓸쓸히 강가 포구를 바라보나니,
낙양 가는 사람은 뵈지 않는다.

| 詩意 | 이 시는《五言唐音》이란 책의 첫 수로 실려 있어 옛날 서당에서 글을 배웠던 사람은 누구나 기억하는 시이다. 暮春은 삼월이니 늦봄이다.《全唐詩》에는〈途中寒食題黃梅臨江驛寄崔融〉으로 되어 있다. 그렇다면 '屬暮春'을 '暮春으로 글을 짓다'라고 해석할 수도 있다. 그럴 경우 屬을 '촉'으로 읽어야 한다.

渡漢江(도한강)

嶺外音書絶, 經洞復立春.
近鄕情更怯, 不敢問來人.

한강을 건너며

남쪽에 있으며 소식 못 듣고,
겨울 나고 다시 봄이 되었다.
고향 가까우니 마음은 더 두려워,
감히 오는 이에게 묻질 못하네.

| 詩意 | 중국의 漢江(漢水)은 陝西省에서 발원하여 湖北省의 漢口에서 長江에 합류하는 長江의 가장 큰 지류이다.

타향에서는 고향이 그립고 고향으로 돌아갈 적에는 빨리 가고 싶다. 그런데 혹시 고향에 또는 家內에 불길한 일이 있었을까 두려워 고향 소식을 묻지 못하는 人之常情이 있을 것이다. 앞의 두 구절은 타향에서 그리는 정이고, 뒤의 두 구절은 고향 가까이 오면서 고향을 걱정하는 마음을 간결하게 표현하였다.

이 시는 中宗 神龍 원년(705)에 廣東 지역으로 유배되었던 송지문이 706년에 낙양으로 돌아오게 되는데, 한강을 지나면서 지은 시로 알려졌으나, 이 시의 저자를 李頻(이빈, 字 德新. 宣宗 大中 8년(854) 進士科에 급제)이라 한 책도 있다.

送杜審言(송두심언)

臥病人事絶, 嗟君萬里行.
河橋不相送, 江樹遠合情.

두심언을 보내며

병으로 누워 작별 인사도 못하는데,
아! 당신은 만 리 길을 가는구려.
河水 다리서 전송은 못한다지만,
강가 나무가 멀리 마음을 전하리.

| 詩意 | 698년에 두심언이 洛陽丞에서 吉州 司戶參軍으로 폄직될 때, 송지문이 전송하지 못하는 마음을 표현하였다. 《全唐詩》에는 위 시에 4구가 더 있는 五言律詩로 되어 있다.

시인의 생각은 깊고도 간절하다. 병석에 누워 있기에 직접 송별인사는 못하지만 나 대신 강가의 나무들이 뜻을 전해줄 것이라고 표현하였다. 이 시를 받은 나그네는 여행하면서 마주하는 나무들과 대화를 할 것이라는 생각이 든다.

早發韶州(조발소주)

綠樹秦京道，青雲洛水橋.
故園長在目，魂去不須招.

일찍 소주를 떠나며

함양 가는 길의 푸른 나무,
낙수 다리에는 青天의 白雲.
고향 모습에 눈에 어른거리고,
정신 없으니 부를 魂도 없도다.

| 詩意 | 이 시는 본래 20句의 五言排律(오언배율)로 지어진 시이다. 위는 맨 마지막 4구를 떼어내어 절구로 읽고 감상했다.

제목의 韶州는 지금 廣東省의 지명이다. 秦京은 글자 그대로 秦의 京이니 咸陽이다. 青雲을 어떻게 번역해야 하나? 이 시에서는 綠樹의 對로 青雲이니 파란 구름이다. 그러나 실제 초록색이나 파란색의 구름은 본 적이 없다. 여기서는 푸른 하늘에 높이 뜬 구름, 곧 青天의 白雲이다.

題大庾嶺北驛(제대유령북역)

陽月南飛雁, 傳聞至此回.
我行殊未已, 何日復歸來?
江靜潮初落, 林昏瘴不開.
明朝望鄉處, 應見隴頭梅.

대유령 북역에서 짓다

시월에 남으로 날아오는 기러기도,
듣기론 여기서 돌아간다고 말한다.
내가 갈 길은 아예 끝이 없나니,
어느 날 다시 돌아갈 수 있으리?
강물은 조용하고 수위도 낮아졌지만,
수풀은 어둑하고 장기는 걷히지 않네.
내일 아침 고향 쪽을 바라볼 곳에서,
아마 고갯 마루에 핀 매화를 보리라.

| 註釋 | ○ 〈題大庾嶺北驛〉 - 〈대유령 북 역에서 짓다〉.

五嶺(또는 南嶺) 山脈은 廣東, 廣西, 湖南, 江西의 4개 省의 경계를 이루는 중국 최대의 東西 주행 산맥이다. 이 산맥은 양자강 水系와 남쪽의 珠江(주강) 水系의 분수령이다. 이 산맥 남쪽을 嶺南지방이라 하는데 아열대성 기후로 산맥 이북과 판연히 다르다.

여기에는 越城嶺(월성령), 都龐嶺(도방령), 萌渚嶺(맹저령), 騎田嶺(기전령), 大庾嶺(대유령)이 있는데, 이중 대유령은 江西省에서 廣東省으로 들어가는 교통요지이다.

唐에서는 張九齡(장구령)의 건의로 이 교통로를 크게 확장하면서 주변에 매화나무를 많이 심었기에 梅嶺(매령)이라고도 부른다.

○ 陽月南飛雁 – 陽月은 음력 10월. 雁은 기러기 안.

○ 我行殊未已 – 殊는 죽일 수. 특히, 심하게, 다르다. 未已(미이)는 그만둘 수 없다. 계속 남으로 가야만 한다는 뜻.

○ 林昏瘴不開 – 林昏은 숲이 컴컴하다. 瘴은 장기(瘴氣) 장. 덥고 습기 많은 지역의 毒氣, 풍토병.

○ 應見隴頭梅 – 隴은 고개이름 농. 본래 長安 서북의 天水郡에 있는 고개이나 변방 지역이란 의미로 사용. 嶺의 誤字라는 설도 있다. 隴頭梅는 고갯마루(대유령)의 매화.

| 詩意 | 전반 4구는 기러기도 더 이상 남쪽으로 날지 않는데 자신은 더 가야만 한다는 여정을 묘사하였고 후반 4구는 대유령의 상황과 함께 고향 그리는 마음을 피력하였다.

首聯에서 기러기로 시작하여 頷聯(함련)에서는 자신의 운명을 그리고 頸聯(경련)에서는 '潮初落' '瘴不開' 한 현지 모습을 서술하며 분위를 바꾸고 쉬었다가, 尾聯(미련)에서 '隴頭梅'로 고향 그리는 마음을 묘사하면서 紀行詩의 끝을 맺었다. 이 시는 起承轉結의 章法이 확실하여 마치 律詩의 典範처럼 알려진 시이다.

靈隱寺(영은사)

鷲嶺鬱岧嶢, 龍宮鎖寂寥.
樓觀滄海日, 門對浙江潮.
桂子月中落, 天香雲外飄.
捫蘿登塔遠, 刳木取泉遙.
霜薄花更發, 冰輕葉未凋.
夙齡尚遐異, 搜對滌煩囂.
待入天台路, 看余度石橋.

영은사

영취산은 울창하고 드높으며,
영은사는 적막 속에 잠겼구나.
누각에서 창해에 뜨는 해를 보고,
寺門에서 절강에 드는 물을 본다.
계수 열매는 달에 떨어지고,
天界 향기는 구름 너머 퍼진다.
덩굴을 잡고 높다란 탑에 오르고,
나무를 파내 샘물을 멀리 보낸다.
서리가 적어 꽃들이 다시 피어 나며,
얼음이 엷아 잎들은 아직 붙어 있다.
젊어선 멀고 낯선 곳을 좋아했으나,

늙으니 속세 번잡한 것을 피하도다.
나중에 天台山에 신선 찾아 가리니,
돌다리 건너가는 나를 보게 되리라.

| 註釋 | ㅇ 鷲嶺鬱岧嶢, 龍宮鎖寂寥. – 鷲嶺(취령)은 영취산. 鬱은 울창할 울. 岧嶢(초요)는 산 높을 초, 산 높을 요. 鎖는 쇠사슬 쇄. 갇히다, 묶이다. 寂寥(적료)는 고요함. 쓸쓸하다.

ㅇ 門對浙江潮 – 浙江(절강)은 강 이름. 錢塘江의 옛 이름. 今 長江 하류의 省 이름. 潮는 潮水(조수).

ㅇ 夙齡尙遐異 – 夙齡(숙령)은 젊었던 나이. 夙은 일찍 숙. 어린 나이. 尙은 오히려 상. 遐異(하이)는 멀리 떨어진 異邦.

ㅇ 捜對滌煩囂 – 滌은 씻을 척. 煩囂(번효)는 번잡하고 시끄러운 것.

| 詩意 | 마지막 聯의 天台山과 石橋는 劉晨(유신)과 阮肇(완조)라는 사람이 천태산에 약초를 캐러 갔다가 석교를 지나 선녀들을 만났고 그들과 즐겁게 반년을 지내고 왔더니, 지상에서 7代가 지나갔다는 신선 이야기 속의 주인공이다. 이를 시에 인용한 것은 송지문의 求仙 의지를 나타낸 것이다.

이 시는 意境이 開豁(개활, 탁트임)하고, 묘사가 탁월하여 唐代 산수시의 새로운 지평을 열었다는 평가를 받고 있다.

| 參考 | 《全唐詩》 053권 〈紀事〉에 의하면, 中宗 景龍 4년(710), 송지문은 越州(월주)長史로 폄직되어 임지로 가는 길에 杭州(항주) 靈隱寺(一名 雲

林禪寺)에 들렀다. 영은사는 東晋 시절에 天竺國(천축국, 인도)의 승려가 내도하여 이룩한 절로 영은사에서 바라보이는 산이 인도의 靈鷲山(영취산)과 같아 '언제 여기로 날아왔는가?' 라고 물었기에, 산 이름이 飛來峰이라고 한다. 전당강이 내려다보이는 항주 서호의 서북쪽 절경에 자리하고 있으며 중국 십대 고찰의 하나이다.

송지문은 달이 하도 밝아 달빛에 취했고 눈앞의 절경에 시가 절로 읊어졌다.

'鷲嶺鬱岧嶢, 龍宮鎖寂寥.'

그러나 송지문은 그 다음 구절을 읊지 못했다. 아무리 이리저리 생각해도 다음 구절을 이을 수 없었다. 밤이 깊도록 전당강을 내다보며 고민을 하는데, 한 스님이 사연을 물었다. 송지문의 대답을 들은 스님이 말했다.

"아주 멋진 起句입니다. 그렇다면 '樓觀滄海日 門對浙江潮' 는 어떻겠습니까?"

송지문은 할 말을 잃었다. 정말 기막힌 구절이었다. 연이어 찬탄하며 송지문은 그 다음을 단숨에 읊었다.

송지문은 역시 文才가 있는 사람이었고 이 순간만은 착한 시인이었다.

다음 날 송지문이 스님을 찾았으나 만날 수 없었다. 송지문이 그 스님이 駱賓王(낙빈왕)이라는 것을 알았지만 낙빈왕은 이미 자취를 감추었고 낙빈왕이 깨우친 한 구절 때문에 '唐代 山水詩의 秀作' 으로 평가 받는 〈靈隱寺〉는 그의 이름으로 남았다.

早發始興江口至虛氏村作(조발시흥강구지허씨촌작)

候曉踰閩嶠, 乘春望越臺.
宿雲鵬際落, 殘月蚌中開.
薜荔搖青氣, 桄榔翳碧苔.
桂香多露裛, 石響細泉回.
抱葉玄猿嘯, 銜花翡翠來.
南中雖可悅, 北思日悠哉.
鬒髮俄成素, 丹心已作灰.
何當首歸路, 行剪故園萊.

일찍 시흥강을 떠나 허씨촌에 이르러 짓다

날 밝기를 기다려 閩(민)의 큰 산을 넘는데,
봄 기운을 느끼며 越臺(월대)를 바라본다.
피어난 구름은 광활한 남해로 사라지고,
희미한 그믐달은 조개만큼 남았다.
香草인 薜荔(벽려)에 봄기운이 어른거리고,
喬木인 桄榔(광랑)은 푸른 이끼를 가렸다.
桂樹의 향기는 흠뻑내린 이슬에 배었고,
자갈밭 물소리는 샘물처럼 가늘게 울려온다.
나뭇잎 사이에서 검은 원숭이가 울고,
꽃잎을 입에 물은 물총새가 날아온다.

남방의 경치 비록 즐길만 하다지만,
북쪽을 그리는 마음은 날마다 이어진다.
숱많고 검던 머리는 벌써 희어졌고,
충성의 단심은 이미 회색으로 변했다.
언제쯤 고개들고 고향에 돌아가서,
뜨락의 묵은 초목을 손질하겠는가?

| 註釋 | ○ 〈早發始興江口至虛氏村作〉 – 虛氏村의 위치 미상. 靈長村으로 된 판본도 있다. 始興江은 今 廣東省 서북쪽의 강이라는 주석이 있지만 거기와 閩(민) 지역은 지도로 볼 때 이해가 되지 않는다.

○ 候曉踰閩嶠 – 踰는 넘을 유. 閩(민)은, 今 福建省 일대와 그 남쪽의 원주민, 또 그들의 거주 지역을 지칭. 嶠는 뾰족하게 높을 교.

○ 乘春望越臺 – 越臺(월대)는 전한 건국 무렵(기원 전 2세기 초) 남월왕 尉佗(위타)가 廣州 월수산에 세웠다는 누각. 그러나 8, 9백년 전의 누각이 남았다고 보기도 어렵다. 또 시흥강에서 廣州는 그냥 상상 속의 남쪽이지 절대로 보일 리가 없다. 시인의 박식을 자랑하기 위한 유희일 뿐, 詩句 그대로 생각할 수 없다.

○ 宿雲鵬際落 – 宿雲을 '묵은 구름' 이라 번역하면 웃을 일이다. 구름이 며칠 묵는 거 누가 보았는가? 鵬際(붕제)는 붕새(鵬)가 날아간 곳. 곧 南海.

○ 殘月蚌中開 – 殘月(잔월)은 새벽까지 희미하게 떠있는 달. 蚌

은 조개 방. 조개 속에 달이 남아 있는 것이 아니고 벌린 조개와 모양이 비슷하다는 뜻일 것이다.

○ 薜荔搖青氣 – 薜荔(벽려)는 향초의 이름. 青氣는 봄기운.

○ 桄榔翳碧苔 – 桄榔(광랑)은 야자과의 상록교목. 翳는 가릴 예. 碧苔(벽태)는 푸른 이끼.

○ 桂香多露裛 – 裛은 향 내밸을 읍.

○ 鬒髮俄成素 – 鬒髮(진발)은 숱이 많은 검은 머리. 鬒은 숱이 많을 진. 俄는 갑자기 아. 어느 새. 成素는 흰머리가 되다.

| 詩意 | 유배 당해 각지를 떠도는 시인의 심사를 묘사하였다. 유배 중 고초가 많고 그럴수록 다시 돌아가기만을 고대하지만, 충성심도 흐려진다는 구절은 솔직한 감정일 것이다.

중국 남방의 풍물이나 초목의 이름 등은 벽자가 많고 우리가 보고 들은 적도 없기에 번역이 정말 힘들다. 글자 그대로 번역해야지 설명식으로 서술하면 시의 맛이 떨어진다.

024

沈佺期(심전기)

沈佺期(심전기, 650? – 714?)는 高宗 上元 2년(675)에 進士가 되어 則天武后 때 考功員外郞으로 근무하면서 뇌물을 받아 옥에 들어갔다가 나와 복직하여 給事中에 올랐다가 中宗時에 지금은 월남 땅이 된 곳에 유배되기도 했었다.

沈佺期는 五言律詩에 능했고 宋之問과 함께 이름을 날린 宮廷詩人으로 文學史에서는 '沈宋'으로 불린다. 그의 시는 南朝 梁과 陳의 화려하고 艷麗(염려)한 기풍이 있어 宮體 詩風을 벗어나지는 못했지만, 新體詩의 발전에 공헌했고 五言律詩의 기초 확립에 기여한 인물로 평가되고 있다.

北邙山(북망산)

北邙山上列墳塋, 萬古千秋對洛城.
城中日夕歌鐘起, 山上唯聞松栢聲.

북망산

북망산에 줄을 지은 무덤들은,
만고천추 낙양성과 마주한다.
성안에서 아침 저녁 노랫소리가 높을 때,
산위에선 오직 솔밭 바람소리만 들린다.

| 參考 | 北邙山은, 今 河南省 洛陽市 북쪽에 해발 300m 정도의 황토 구릉지로 무덤 쓰기에 알맞은 산이라고 한다. 東周 이래로 後漢 光武帝 외 여러 황제, 魏, 西晉의 여러 제왕들의 무덤이 즐비하고, 呂不韋(여불위), 안진경, 杜甫의 묘도 이곳에 있으며, 현재 洛陽古墓博物館이 여기에 있다. 당대에는 유람지로서의 명성도 있었다. 詩人 張籍(장적)은 '人居朝市하며 未解愁하면 請君하나니 暫向北邙游하라.' 는 명구를 남겼다.

雜詩(잡시)

聞道黃龍戍, 頻年不解兵.
可憐閨裏月, 長在漢家營.
少婦今春意, 良人昨夜情.
誰能將旗鼓, 一爲取龍城.

잡시

듣기론 흉노의 본거지 龍城에선,
여전히 군사를 해산치 않고 있다.
가련히 명월을 보는 규수 마음은,
언제나 漢나라 군영에 머물고 있다.
젊은 여인은 낭군이 한창 그리워,
어제 꿈속서 낭군과 정을 나눴다.
누가 깃발에 북을 치며 공격하여,
변방 용성땅 점령할 수 있으리오?

| 註釋 | ㅇ 聞道黃龍戍 – 龍戍(용수)는 龍城, 유목국가인 흉노에게는 도읍지가 없었다. 漢代에 흉노 최고 통치자 單于(선우)의 직할지를 單于庭(선우정)이라 하였다. 선우정의 龍城에서는 정월과 5월, 8월에 정기 제천행사를 개최했다. 이 시의 용성은 변방의 싸움터를 의미한다.

○ 長在漢家營 – 唐詩에 나오는 漢은, 곧 唐이다(以漢代唐). 漢營은 唐의 軍營이고, 漢家는 唐 황실이며, 〈長恨歌〉의 漢皇은 唐玄宗이다.

| 詩意 | 변방에 나간 남편을 그리는 여인의 한을 묘사했다.

獨不見(독불견)

盧家少婦鬱金堂，海燕雙棲玳瑁梁.
九月寒砧催木葉，十年征戍憶遼陽.
白狼河北音書斷，丹鳳城南秋夜長.
誰爲含愁獨不見，更敎明月照流黃.

보이지 않는 한 사람

盧家 젊은 며느리 처소인 鬱金堂(울금당)에
한쌍 바다 제비가 玳瑁의 기둥에 깃들었다.
九月 찬바람은 다듬이질 낙엽을 재촉하는데,
十年 요양땅의 수자리에 나간 낭군이 그립다.
白狼河(백랑하) 북쪽서 오는 소식은 없고,
丹鳳城(단봉성) 남쪽의 가을밤은 길기만하다.
그리워 마음 졸이나 보이지 않는 한 사람,
그래도 명월은 휘장을 환히 비추고 있다.

| 註釋 | ○ 一作 〈古意呈補闕喬知之〉. 樂府詩 같으나 七言古詩로 분류된다. 〈獨不見〉은 '哀傷而不得見' 의 뜻이다.

○ 鬱金堂(울금당)이나 玳瑁(대모) 기둥의 가문이라면 장부가 변방에 차출되지도 않고 10년 씩이나 돌아오지 않을 수가 없다. 그냥 보통 백성 아낙의 그리움보다 고귀 부유한 젊은 여인의 한이 더 절실할 것 같기에 이렇게 묘사했을 것이다.

| 詩意 | 가을들어 겨울 옷을 준비하기 위한 다듬이질 소리는(寒砧의 砧은 다듬이 돌 침) 밤에 더욱 낭랑하게 들린다. 말없이 모녀가 또는 자매가 마주 앉아 다듬이질을 하는 그 속마음은 전부 제각각일 것이다. 지금이야 거의 들어볼 수 없는 리듬이다.

獨宿七盤嶺(독숙칠반령)

獨遊千里外, 高臥七盤西.
曉月臨窗近, 天河入戶低.
芳春平仲綠, 清夜子規啼.
浮客空留聽, 褒城聞曙雞.

홀로 칠반령에서 자다

홀로 천리 밖을 떠도는 몸,
칠반령 서쪽에 몸을 눕혔다.
새벽달이 창문에 가깝게 보이고,
은하수는 처마보다 낮게 보인다.
芳春이라 銀杏은 푸르게 커가고,
온 밤이 조용한데 두견새가 운다.
나그네 실없이 홀로 듣는데,
褒城(포성)의 새벽 닭이 운다.

| 詩意 | 七盤嶺(칠반령)은, 今 四川省 동북부 廣元市 영역에 있는 산이다. 이미 長安을 멀리 떠나 蜀地 깊이 들어왔다. 천리 밖을 떠도는 나그네의 외로움 - 잠 못 드는 그리움을 묘사하였다. 이는 수련의 '獨遊' 속에 다 내포되어 있다.

次聯의 山月과 天河는 객인의 잠자리에서 바라본 모습인데 묘사가 아주 핍진하다. 이는 수련의 '高臥' 의 보충 설명이다.

三聯은 숙소 밖의 풍경이다. '平仲(평중)' 은 은행나무 열매이다.

末聯의 褒城(포성)은 칠반령보다 더 남쪽의 지명이다. 포성의 새벽 닭 울음을 들을 수 있는 거리이고, 그때까지도 '浮客(부객, 遊子)' 은 잠을 못 이뤘다.

이 시는 格率(격률)이 잘 갖춰진 五律의 명편으로 알려졌다.

遙同杜員外審言過嶺(요동두원외심언과령)

天長地闊嶺頭分, 去國離家見白雲.
洛浦風光何所似, 崇山瘴癘不堪聞.
南浮漲海人何處, 北望衡陽雁幾羣.
兩地江山萬餘里, 何時重謁聖明君.

멀리 員外인 두심언과 고개를 넘으며

長大, 광활한 하늘과 땅은 고갯마루서 갈라지고,
고향과 집을 떠난 나그네는 구름을 바라본다.
낙양 포구의 풍광과 같은 곳이 어디 있는가?
崇山의 극심한 瘴氣(장기)는 견디기 어렵단다.
남해 넓은 바다로 떠나간 사람은 어디 있나?
북으로 衡山 남쪽에 기러기 떼 몇 마리가 나른다.
두곳의 강산이 1만여 리 떨어졌으니,
다시 聖君을 배알할 때 언제이겠나?

| 註釋 | ○ 〈遙同杜員外審言過嶺〉 - 員外는 관직명. 員外郞. 杜審言(두심언, 645? - 708, 字 必簡)은 杜甫의 祖父. 過嶺의 嶺은 오령산맥의 大庾嶺, 당의 張九齡(장구령)이 새로 길을 내고 매화를 많이 심어 梅嶺이라고도 부른다. 두심언과 동행하여 대유령을 넘어간 것이 아니고 먼저 지나간 두심언을 행로를 따라 갔다는 뜻이다.

○ 崇山瘴癘不堪聞 - 崇山(숭산)은 지금 월남의 북부지역. 瘴癘(장

려)는 덥고 습한 지역의 풍토병. 堪은 견딜 감.

| 詩意 | 심전기는 송지문과 함께 唐代 律詩의 기초를 확실하게 닦았고, 그래서 그들의 율시를 특별히 沈宋體(심송체)라 부른다. 이 7언율시는 귀양가면서도 戀君의 뜻을 표현했다.

025

陳子昂(진자앙)

陳子昂(진자앙, 661 – 702, 字 伯玉) – 唐詩의 새 기풍을 열은 詩人이다. 지방 호족 출신으로 부유했고 호협의 기질이 있었다. 거란 토벌에 참가하기도 했었는데, 38세 때 관직을 버리고 귀향했다. 나중에 진자앙의 재산을 탐낸 현령이 그를 모함하여 결국 43세에 옥사하였다.

登幽州臺歌(등유주대가)

前不見古人，後不見來者.
念天地之悠悠，獨愴然而涕下.

유주대에 올라 부르는 노래

지난 옛 사람들 볼 수 없고,
뒷날 올 사람들 볼 길 없다.
하늘 땅 끝없다 생각하면서,
홀로 슬퍼하며 눈물 흘린다.

| 註釋 | ○ 〈登幽州臺歌〉 – 幽州臺는 北京 德勝門 서북쪽에 있다. 薊丘(계구, 삽주 계)라고도 한다. 幽州는 지금의 河北省 북반부와 베이징 일대, 遼寧省(요령성) 서남부에 해당한다.

○ 念天地之悠悠 – 悠悠(유유)는 무궁무진한 모양. 天地의 공간적 개념.

| 詩意 | '5言과 6언' 으로 된 雜言體古詩로 歌行體의 樂府詩이다. 이 시는 진자앙이 37세 때 지은 것으로, 당시 그는 契丹(글단, 거란)족을 정벌하는 武攸宜(무유의) 대장군의 참모로 있으면서 여러 번 올린 건의가 모두 배척되자, 幽州臺(유주대)에 올라 옛날 燕(연)나라의 昭王(소왕)과 대장군 樂毅(악의)를 회상하면서 자신을 알아주지 않는 현실을 비분강개하며 읊은 것이다.

시에서 말하는 古人은 막연한 옛사람의 뜻이 아니라 德治를 폈던 堯(요), 舜(순), 禹(우), 湯王(탕왕), 周의 文王, 武王, 周公 같은 聖君이나 孔子 같은 聖賢으로 보아야 한다. 그러면 시인의 역사의식과 삶에 대한 가치관을 깊이 이해할 수 있다.

| 參考 | 중국 문학사에서 시문의 경향이 한쪽으로 흐를 때 복고적인 주장이 나오곤 했었다. 이는 문학의 正道를 회복하려는 自淨(자정) 노력이라 생각할 수 있다. 진자앙은 六朝시대의 경박하고 화려한 시풍을 일소하고 새로운 내용과 현실을 반영하는 시문학을 강조하였는데 실제로 그의 시풍은 질박하고 기골이 강하게 드러난다.

진자앙의 〈感遇(감우)〉 詩 38편은 매우 유명한 작품이다. 初唐四傑의 작품은 南朝의 시풍을 완전히 벗어나지는 못했지만 이들과 진자앙의 시는 唐詩에 새 생명력을 불어넣어 唐詩 발전의 토대를 구축했다는 평가를 받고 있다.

韓愈(한유)는 '진자앙부터 나라의 문장이 흥성하고 높아졌다.(國朝盛文章, 子昂始高踏.)' 고 말했다. 이 시에서도 그의 웅대한 기개를 엿볼 수 있다.

贈喬侍御(증교시어)

漢庭榮巧宦, 雲閣薄邊功.
可憐驄馬使, 白首爲誰雄.

喬 시어사에게 주다

漢에선 영악한 관리가 득세하였고,
공신각에선 변방 무공을 홀대했다.
가련한 저 총마사는,
白首가 되도록 누굴 위해 싸웠나?

| 詩意 | 雲閣은 雲臺(운대)와 麒麟閣(기린각)으로 후한 明帝와 전한 宣帝 때 공신의 초상화를 그려 보관한 건물이다. 驄馬使(총마사)는 侍御使의 별칭이다.

晩次樂鄕縣(만차락향현)

故鄕杳無際，日暮次孤征.
川原迷舊國，道路入邊城.
野戍荒烟斷，深山古木平.
如何此時恨，噭噭野猿鳴.

밤에 樂鄕縣에 머물다

아득히 멀어진 고향은 보이지 않고,
저물은 날이라 혼자 가는 길 멈췄다.
객지의 산천은 고향과 다르니,
변방의 요새로 통하는 길이 나있다.
들판의 보루엔 밥짓는 연기도 없고,
큰산의 고목도 모두 베어 없어졌다.
지금의 서러움을 어이 하여야 하는가?
산속의 원숭이 울음 소리만 들려온다.

| 註釋 | ㅇ 기록에 의하면, 高宗 調露(조로) 원년(679), 19세의 진자앙은 고향인 蜀땅의 梓州(재주) 射洪縣(사홍현)을 떠나 뜻을 이루고자 낙양을 찾아간다. 진자앙이 가는 도중에 樂鄕縣이란 곳에 유숙하며 지은 시이다.

ㅇ 川原迷舊國 – 川原은 산천. 舊國은 고향.

ㅇ 噭噭野猿鳴 –噭噭(교교)는 원숭이 울음소리. 부르짖을 교.

| 參考 | 진자앙의 豪氣(호기)

진자앙이 장안에 처음 왔을 때, 진자앙의 文才를 알아주는 사람이 없었다. 진자앙이 사람들이 모여 있어, 가보니 마침 胡琴(호금)을 파는데 그 값이 천금이라고 하였다. 진자앙 가격을 흥정하지도 않고 즉석에서 그 호금을 샀다. 사람들이 웅성거리자 진자앙이 말했다. "내일 천 냥짜리 명금을 연주할 것이니 와서 구경해 주십시오."

진자앙은 숙소를 설명해 주고 자리를 떴다. 다음 날, 사람들이 많이 모이자 진자앙은 호금을 들고 말했다.

"나는 호금을 탈 줄도 모릅니다."

진장은 즉석에서 거금의 호금을 부수어 버렸다. 사람들이 웅성대자 진자앙이 말했다.

"여러분들이 정말로 보아야 할 것은 이 시입니다."

그리고서는 자신의 시를 쓴 종이를 여러 사람들에게 모두 나누어 주었다. 진자앙의 이름은 그날로 장안에 널리 퍼졌다. 진자앙은 문재와 함께 세속적 客氣(객기)로 사람들을 휘어잡을 수 있는 능력이 있었다. 진자앙은 변방에서도 근무했는데, 지금의 북경 지역에 근무하면서 자신의 큰 뜻을 시로 표현하였다.

感遇(감우) 三十八首 (其二)

蘭若生春夏, 芊蔚何青青.
幽獨空林色, 朱蕤冒紫莖.
遲遲白日晩, 嫋嫋秋風生.
歲華盡搖落, 芳意竟何成.

우연한 생각 (2 / 38)

蘭若과 杜若이 봄 여름에 자랄 때,
그 얼마나 무성하고 푸르던가?
곱고 빼어난 자태 숲에서 으뜸이고,
자주 줄기에 붉게 늘어진 꽃잎이다.
길고 긴 날 천천히 지는 해에,
서늘한 기운 가을 바람이 인다.
해마다 피는 꽃들이 모두다 지면,
빼어난 향기 어디서 무엇이 되랴?

| 註釋 | ○ 蘭杜 – 蘭若(난약)과 杜若(두약)은 香草의 이름.

○ 芊蔚何青青 – 芊蔚(천울)은 풀이 무성한 모양.

○ 朱蕤冒紫莖 – 朱蕤(주유)는 붉은 줄기가 늘어지다. 蕤는 드리워질 유. 자줏빛 줄기〔紫莖(자경)〕에 얹혀진(冒는 무릅 쓸 모) 난초의 꽃대와 꽃을 설명했다.

○ 遲遲白日晩 – 遲遲(지지)는 더딜 지. 여름 날의 길고 긴 해.

○ 嫋嫋秋風生 – 嫋嫋(뇨뇨)는 연약하고 예쁜 모양. 嫋는 예쁠 뇨.

○ 歲華盡搖落 – 歲華(세화)는 일생 생애의 꽃.

| 詩意 | 난초가 비록 향기가 좋고 고운 자태를 뽐내지만 결국 일 년생 화초이다. 짧은 생이니 옳고 바르게 난초와 같은 삶을 살아야 한다. 그렇더라도 죽고 나면 아무것도 아니라는 감회를 서술했다.

感遇(감우) 三十八首 (其三)

蒼蒼丁零塞，今古緬荒途.
亭堠何摧兀，白日隱西隅.
漢甲三十萬，曾以事匈奴.
但見沙場死，誰憐塞上孤.

우연한 생각 (3 / 38)

낡고 무너진 정령의 요새는,
예전 그대로 거친 땅에 있네.
보루 돈대는 어찌 그리 높은가?
마른 뼈들은 그냥 흩어져 뒹구네.
누런 砂風이 남쪽에서 불어오면,
하얀 白日도 서편으로 넘어간다.
漢나라 군사 삼십만 대군이,
그전에 여기 흉노와 싸웠다.
모래밭 뒹구는 유골이 남겨둔
변방의 고아는 누구가 돌보는가?

| 註釋 | ㅇ 蒼蒼丁零塞 – 蒼蒼(창창)은 오래되어 낡고 색이 바래다. 고색창연하다. 丁零(정령)은 서역의 나라 이름. 塞(변방 새)는 변방의 요새.

○ 今古緬荒途 – 緬은 가느다란 실 면. 아득히 먼 곳. 荒途(황도)는 거친 땅.

○ 亭堠何摧兀 – 亭堠(정후)는 보루(초소)와 봉수대. 堠는 봉화대 후. 摧兀(최올)은 우뚝하다. 높다.

感遇(감우) 三十八首 (其四)

樂羊爲魏將, 食子殉軍功.
骨肉且相薄, 他人安得忠.
吾聞中山相, 乃屬放麑翁.
孤獸猶不忍, 況以奉君終.

우연한 생각 (4 / 38)

樂羊(낙양)은 魏國 장수로,
자식을 먹고서 軍功을 세웠다.
골육의 정이 어찌 없다하리오,
他人이 어찌 그리 충성하겠나?
듣기로 中山 國相인 秦西巴는,
사냥한 사슴 새끼를 풀어주었다.
가여운 짐승 차마 어쩔 수 없었으니,
그러니 主君께 끝까지 충성했으리라.

| 註釋 | ○ 樂羊爲魏將 - 樂羊(낙양)은 전국시대 魏國의 장군이었다. 그가 명을 받아 中山國을 원정할 때, 중산국에서는 낙양의 아들을 잡아 죽여 그 국물을 보내왔다. 낙양은 그 국물을 들이마시고 중산국을 멸망시켰다. 魏 文侯는 낙양의 공훈을 칭송했지만 잔인한 사람이라 여겨 높이 등용하지 않았다.

○ 吾聞中山相 - 秦西巴(진서파)란 사람은 소국 中山國君의 侍衛

(시위)였다. 國君 孟孫(맹손)이 사냥을 나가 어린 사슴을 생포하여 진서파에게 끌고가게 했다. 그런데 그 사슴어미가 새끼를 계속 따라오며 슬피울자, 진서파는 새끼 사슴을 풀어주었다. 주군은 진서파가 忠厚하고 착한 사람이라 생각하여 太傅(태부, 相)로 삼아 王子를 교육케 했다. 이 두 가지 이야기는 《韓非子 說林 上》에 실려있다.

| 詩意 | 측천무후는 두 아들(中宗과 예종)을 폐위하면서 권력을 휘둘렀다. 또 아들 몇을 처형했다. 이를 '大義滅親(대의멸친)이라 할 수 있겠는가?' 여자이며 어미이지만 아들의 통제를 받을 수 없을 만큼 권력의지가 강했다는 반증이다.

진자앙의 '우연한 생각' 이 아니고 이는 깊이 깊이 생각한 詩句가 아니겠는가? 이는 諷諭(풍유)의 뜻이 깊은 시이다.

感遇(감우) 三十八首 (其十一)

吾愛鬼谷子，青谿無垢氛.
囊括經世道，遺身在白雲.
七雄方龍鬪，天下久無君.
浮榮不足貴，遵養晦時文.
舒可彌宇宙，卷之不盈分.
豈徒山木壽，空與麋鹿麋.

우연한 생각 (11 / 38)

나는 鬼谷子를 존숭하였나니,
그의 青谿에는 속세의 때가 없었다.
천하 경륜의 大道를 가슴에 품고서도,
白雲 사이에 一身을 숨겨 맡기었다.
戰國 七雄이 한창 세력을 다툴 때,
중국 천하에 오랜 기간 主君도 없었다.
부귀 영화란 고귀하다 생각할 수 없어,
숨어 능력을 키우면서 때를 기다렸었다.
뜻을 펴면 온 우주를 채울 수 있지만,
말아 쥐면 한 주먹에도 차지 않았다.
어찌 산속의 고목인냥 수를 누리어야지,
그냥 사슴떼 한가지로 살아가야 하겠나?

|註釋| ○ 吾愛鬼谷子 – 鬼谷子(귀곡자)는 戰國 시대 중기의 저명한 '諸子百家의 한 사람. 縱橫家(종횡가)의 鼻祖(비조)로 추앙되는 인물이다. 蘇秦(소진)과 張儀(장의)는《史記 蘇秦列傳》과《史記 張儀列傳》에 기록이 있다. 그 외 孫臏(손빈), 龐涓(방연), 李斯(이사)의 스승으로 유명했다.

○ 靑谿無垢氛 – 垢氛(구분)은 더러운 때. 속세의 혼탁한 속물이나 가치관, 분위기. 垢는 때 구. 氛은 기운 분.

○ 囊括經世道 – 囊括(낭괄)은 주머니에 싸다. 보관하다.

○ 七雄方龍鬪 – 七雄은 전국시대 七國. 韓, 魏, 趙, 齊, 燕, 秦, 楚.

○ 遵養晦時文 – 잠시 숨어지내거나 은폐하며 자신의 역량을 길러가며 때를 기다리다.

○ 舒可彌宇宙 – 우주에 자신의 원대한 꿈을 실현하다.

○ 卷之不盈分 – 자신을 축약하여 말없이 은거하다.

○ 豈徒山木壽 – 은거하여 산의 나무만큼 오래 살다.

|詩意| 〈感遇(감우)〉는 글자 그대로 한 인생 살면서 우연히 마주했고 그래서 떠오른 생각을 표현했다. 옛 책에서 본 일을 현실에서, 옛사람한테 들은 말을 지금의 현실과 비교하면 정말 많은 생각이 떠오를 것이다. 이는 시인의 자기 모습이며 자아탐구의 과정일 것이다.

感遇(감우) 三十八首 (其十九)

聖人不利己, 憂濟在元元.
黃屋非堯意, 瑤臺安可論.
吾聞西方化, 清淨道彌敦.
奈何窮金玉, 雕刻以爲尊.
雲構山林盡, 瑤圖珠翠煩.
鬼工尙未可, 人力安能存.
夸愚適增累, 矜智道逾昏.

우연한 생각 (19 / 38)

성인은 자신을 이롭게 하지 않나니,
백성을 구제하는 일만 걱정하였다.
황금의 좋은 집은 堯帝의 뜻이 아니었으니,
瑤臺(요대)의 즐거움을 어찌 논하겠는가?
내가 아는 서방에서 들어온 敎化는,
清淨을 더욱 도탑게 지킨다고 하였다.
그런데 어찌 하여 金玉의 사치를 다하고,
꾸미고 새겨 넣어 귀하다 여기는가?
숲을 베어 구름에 닿을 누각을 짓고,
아름다운 비취 구슬로 머리를 장식한다.
귀신같은 工人도 할 수 없는 재주를,

사람의 힘으로 어찌 할 수 있으리오?
뽐내는 어리석음은 민폐만 키울 뿐이고,
교만한 지혜는 정도를 더욱 미혹케 한다오.

| 註釋 | ○ 憂濟在元元 – 憂는 근심할 우. 濟는 구제하다. 濟衆. 元元은 백성.

○ 瑤臺安可論 – 瑤臺(요대)는 신선의 거소. 瑤는 아름다운 옥 요.

○ 吾聞西方化, 淸淨道彌敦 – 西方化는 서방〔天竺(천축)〕의 敎化. 곧 불교. 淸淨道彌敦는 청정의 도를 더욱(彌, 두루 미) 돈독하게 지키다.

○ 夸愚適增累 – 夸는 자랑할 과. 愚는 어리석을 우.

| 詩意 | 則天武后(측천무후)는 자신의 神聖을 강조하기 위한 수단으로 佛事를 크게 일으켰다. 그러나 그 자체가 국력의 소모였고 민폐였다. 이는 육조 불교의 폐습이 이어진 것이기에 진자앙이 이를 비판하지 않을 수 없었다.

感遇(감우) 三十八首 (其二十三)

翡翠巢南海, 雄雌珠樹林.
何知美人意, 驕愛比黃金.
殺身炎州裏, 委羽玉堂陰.
旖旎光首飾, 葳蕤爛錦衾.
豈不在遐遠, 虞羅忽見尋.
多材信爲累, 歎息此珍禽.

우연한 생각 (23 / 38)

翡翠(비취)새는 南海에 둥지를 틀고,
雄雌(자웅)이 함께 깊은 숲에 산다.
그러나 미인의 뜻을 어찌 알리오?
비취 깃털은 황금보다도 더 귀하다.
더운 남방서 잡혀 죽은 뒤,
깃은 后妃의 거처를 꾸민다.
머리 장식으로 꾸며 산들거리고,
비단 이불을 아름답게 장식한다.
어찌 먼곳에 그 뜻이 있었겠는가?
사냥꾼에게 갑자기 잡혔을 뿐이었다.
많은 재주가 정말 몸에 손해가 되니,
진기한 이 새를 두고 탄식하노라.

| 註釋 | ○ 翡翠巢南海 – 翡翠(비취)는 물총새. 翡는 물총새 비. 翠는 비취색. 巢는 둥지 틀 소.

○ 殺身炎州裏 – 炎州(염주)는 남방.

○ 委羽玉堂陰 – 玉堂은 后妃의 거처.

○ 旖旎光首飾 – 椬旎(의니)는 펄럭이는 모양. 旖는 깃발 펄럭이는 모양 의. 旎는 깃발 펄럭이는 모양 니.

○ 葳蕤爛錦衾 – 葳蕤(위유)는 초목이 무성한 모양. 葳는 묘목이 무성할 위. 蕤는 드리울 유. 爛은 문들어질 난. 錦衾(금금)은 비단 이불.

○ 虞羅忽見尋 – 虞羅(우라)는 사냥꾼〔虞人(우인)〕의 그물(羅). 忽見尋은 갑자기 붙잡히다. 피동.

○ 多材信爲累 – 재능이 많은 것이 오히려 누가 된다는 뜻.

| 詩意 | 진자앙의 感遇는 '多材信爲累(재주 많은 것이 오히려 누가 되다)' 이다. '열 가지 재주 많은 사람이 빌어 먹는다' 는 속담과 일맥 상통한다. '온갖 재주를 다 가졌어도 궁상을 면치 못하다(百會百窮)', '한 가지 재주는 부자이고, 백 가지 재주는 가난하다.(一藝富, 百藝窮.)' 는 의미도 있을 것이다.

이 시는 寓言詩(우언시)이다. 비취새는 그 아름다운 깃털 때문에 잡혀죽는다.《莊子 山木》에서 말한 '直木은 先伐(선벌)되고, 甘井은 先竭(선갈)' 되는 이치와 같다.

하기야 '사람이 재주가 없는 것도 슬픈일이지만(人之無才 哀之), 재주가 있더라도 도리어 그 재주 때문에 잘못될 수도 있다.(人之有才, 反易被才智誤.)' 진자앙의 탄식은 '비취새가 가진 재능 때문' 이 아니겠는가!

感遇(감우) 三十八首 (其三十七)

朝入雲中郡，北望單于臺.
胡秦何密邇，沙朔氣雄哉.
藉藉天驕子，猖狂已復來.
塞垣無名將，亭堠空崔嵬.
咄嗟吾何歎，邊人塗草萊.

우연한 생각 (37 / 38)

아침에 雲中郡에 진군하여,
북쪽의 單于臺를 바라본다.
적과 우리는 얼마나 가까운가?
북방 사막의 기세가 웅장하다.
방자한 하늘의 교만한 아들은(單于),
미친듯 날뛰며 또다시 쳐들어온다.
우리편 요새에 名將이 없다보니,
보루와 봉수대만 실없이 높다랗다.
기막힌 한숨에 나는 왜 탄식하는가?
사졸이 흘린 피, 길가 풀을 적신다.

| 註釋 | ㅇ 朝入雲中郡 – 雲中郡은 漢代의 郡名, 치소는 雲中縣, 今 山西省 大同市 서쪽의 內蒙古 托克托市 동북. 班固의《漢書 武帝

紀》에 의하면, 「元封 원년 겨울 10월, 무제는 雲陽縣에서 출발하여 북으로 上郡, 西河郡, 五原郡을 거쳐 長城을 넘었고 북으로 單于臺(선우대)에 올랐다가 朔方郡에 가서 北河까지 나아갔다. 군사 18만 기병을 거느렸고 旌旗가 1천여 리에 걸쳐 그 위세가 흉노를 떨게 하였다.」고 하였다. 선우대의 위치는 미상.

○ 胡秦何密邇 – 여기서 秦은 우리의 진영, 唐을 의미.

○ 藉藉天驕子 – 藉藉(자자)는 핑계대며 구실 삼다. 天驕子는 흉노의 선우. 單于(선우)는 흉노족의 왕을 부르는 칭호. 선우의 성은 攣鞮氏(연제씨)인데, 그 나라에서는 선우를 "撐犁孤塗單于(탱리고도선우)"라 한다. 흉노는 하늘을 '撐犁(탱리)', 아들을 '孤塗(고도)' 라고 하였는데, 單于(선우)란 '광대한 모양' 으로 하늘과 같이 광대하다는 뜻.

○ 猖狂已復來 – 猖狂(창광)은 미치다. 미친 듯 날뛰다.

○ 亭堠空崔嵬 – 亭堠(정후)는 보루와 봉수대, 崔嵬(최외)는 높은 모양.

○ 咄嗟吾何歎 – 咄嗟(돌차)는 크게 탄식하다. 크게 나무라다.

○ 邊人塗草萊 – 장졸이 죽어 흘린 피로 길가의 풀이 무성하다는 뜻. 塗는 길 도. 진흙. 바르다. 萊는 풀이 우거지다.

| 詩意 | 당은 서역 지역으로 크게 영토를 넓혔고 국제적인 대 제국을 이룩했지만, 이는 원정에 동원되어 죽어간 장졸의 죽음이었다. 전장의 현실을 目睹(목도)한 시인의 감상이 얼마나 절실했겠는가!

春夜別友人(춘야별우인) (其一)

銀燭吐青煙, 金樽對綺筵.
離堂思琴瑟, 別路遶山川.
明月隱高樹, 長河沒曉天.
悠悠洛陽道, 此會在何年.

봄밤에 벗을 보내다 (1 / 2)

하얀 촛대에 푸른 연기가 피어나고,
좋은 술통은 비단 방석옆 놓여있다.
금슬의 슬픈 가락에 헤어져야 하나니,
떠나갈 길은 산천에 구불구불 이어졌다.
밝은 달은 높은 가지에 걸쳤지만,
긴긴 은하는 새벽 빛에 사라졌다.
낙양 가는 길 아득하기만 한데,
다음 만날 일 그 언제이겠나?

| 註釋 | ○ 金樽對綺筵 – 金樽은 황금 술통. 좋은 술. 對는 마주하다. 綺筵(기연)은 비단을 깔아 놓은 연석. 잘 차린 술자리.

| 詩意 | 꽃이 피니 비바람이 많듯(花發多風雨), 인생에는 쓰디쓴 이별이 있다(人生苦別離). 늘 변하는 인간사에 슬픔과 기쁨, 이별과 재회(悲歡離合)는 덧없는 일이 아닌가? 대장부가 눈물이 없는 것

은 아니지만(丈夫非無淚), 헤어질 때도 눈물을 뿌리지 않는다(不灑別離間). 바다가 깊다고 생각하지 말라(海水不爲深), 우정이 가장 깊다(友情第一深).

送魏大從軍(송위대종군)

匈奴猶未滅，魏絳復從戎.
悵別三河道，言追六郡雄.
雁山橫代北，狐塞接雲中.
勿使燕然上，惟留漢將功.

魏氏 맏이의 종군을 전송하다

흉노를 아직 내쫓지 못했기에,
魏絳(위강)은 다시 종군해야 한다.
三河로 가는 길에 슬피 이별하나니,
漢代의 趙充國처럼 대공을 세우리라.
雁山은 代郡 북쪽을 가로 질렀고,
雲中郡엔 외로운 성채가 이어졌다.
그러나 燕然山(연연산)까지 진격하여,
후한의 장군같은 공을 세우려 마오.

| 註釋 | ○ 〈送魏大從軍〉 – 魏大는 魏氏 형제 항렬 중 맏이. 唐代에는 突闕族(돌궐족)의 침입이 많았다. 그런데 이민족이라 하면 보통 흉노족을 상기한다.

○ 悵別三河道 – 三河는 장안 주변의 河西, 河東 河南郡을 지칭하는데, 어느 쪽이든 변방으로 가는 길목인 셈이다.

○ 言追六郡雄 – 六郡은 河西지역의 金城郡, 隴西郡 등 6군인데,

後漢 趙充國(조충국)은 둔전병을 운영하여 변방을 크게 안정시켰다.

○ 勿使燕然上 – 燕然(연연)은 산이름, 지금의 외몽고 杭愛山脈(항애산맥)의 옛 이름. 《後漢書 竇憲傳》에 의하면, 燕然山은 변경에서 3천 리 떨어진 곳인데, 후한 車騎將軍 竇憲(두헌)은 이곳에서 北匈奴를 크게 격파하였고, 班固(반고)를 시켜 刻石하여 頌功(송공)케 하였다.

| 詩意 | 종군하는 관원에게 옛 사적을 인용하며 큰 공을 세우기를 당부하지만 빨리 돌아오기를 기대하는 정을 읊었다. 아는 지식을 다 동원하여 단숨에 막힘없이 지었으면서도 비장감이 전편에 가득하다. 그만큼 당대 변방의 업무는 진자앙의 관심사였을 것이다.

026

沈如筠(심여균)

沈如筠(심여균, 생졸년 미상) – 句容縣(今 江蘇省 鎭江市 관할 句容市, 南京의 동남 문) 출신. 지방관 역임.
《全唐詩》 114권에 4首 수록.

閨怨(규원)

雁盡書難寄, 愁多夢不成.
願隨孤月影, 流照伏波營.

규수의 슬픔

기러기 끊겨 소식을 전할 수 없고,
근심이 많아 꿈조차 꾸지 못한다.
외로운 명월 그림자 따라 날아가,
머얼리 남녁 伏波營을 비추리라.

| 註釋 | ○ 流照伏波營 – 伏波營(복파영)은 伏波將軍 馬援(마원)의 군영이다. 마원은 후한의 장군으로, 후한 광무제 재위 중에 交趾(교지, 지금의 북부 월남)의 반란을 진압하고 개선했었다.

현종 천보 연간에 교지 원정이 있었다. 여인의 남편은 남녁에 출정했다. 唐詩에서는 '以漢代唐' 의 관례에 따라 서술하였다. 이 시에서는 북쪽에서 남방으로 출정한 장부를 기다리고 있다. 남으로 가는 기러기가 끊겼다니, 계절은 봄일 것이다.

| 詩意 | 이 시는 점차로 감정의 깊이를 더해 가면서 묘사하였다. 서신을 보낼 수 없다는 상황에서 한밤에 잠을 못이뤄 장부를 꿈에서도 만나지 못할 것 같이 근심이 깊어졌다. 그래서 그 근심을 풀어버리는 방법을 모색한다.

'달 그림자를 따라가기' – 현실적으로 전혀 불가능한 일이다. 그래도 그런 상상을 해본다. 그래서 낭군을 만나지 못하더라도 軍營을 비춰보고 싶다는 염원을 품어본다.

寄天台司馬道士(기천태사마도사)

河洲花豔爚，庭樹光彩蒨.
白雲天台山，可思不可見.

天台山 司馬 도사에게 보내다

강물 가에 핀 꽃 불타듯 곱고,
뜨락 나무 그 광채가 선명하다.
흰구름 낀 천태산에,
생각은 있지만 만나볼 수 없다네.

| 詩意 | 여기 天台山은, 今 浙江省 중동부 바닷가 台州市 관할 天台縣에 있는데 주봉인 華頂山은 해발 1,138m로 알려졌다. 중국의 國家 5A級 경관지구로 지정된 명산이며, 불교 天台宗의 본산이면서 道教에서도 중시하는 명산이다.

027

張若虛(장약허)

張若虛(장약허, 660? – 720?) – 揚州(양주) 출신, 賀知章(하지장), 張旭(장욱), 包融(포융)과 함께 '吳中四士' 로 알려졌다.

春江花月夜(춘강화월야)

春江潮水連海平，海上明月共潮生.
灩灩隨波千萬里，何處春江無月明?
江流宛轉遶芳甸，月照花林皆似霰.
空裏流霜不覺飛，汀上白沙看不見.
江天一色無纖塵，皎皎空中孤月輪.
江畔何人初見月，江月何年初照人?
人生代代無窮已，江月年年祇相似.
不知江月待何人? 但見長江送流水.
白雲一片去悠悠，青楓浦上不勝愁.
誰家今夜扁舟子，何處相思明月樓?
可憐樓上月徘徊，應照離人妝鏡臺.
玉户簾中卷不去，擣衣砧上拂還來.
此時相望不相聞，願逐月華流照君.
鴻雁長飛光不度，魚龍潛躍水成文.
昨夜閑潭夢落花，可憐春半不還家.
江水流春去欲盡，江潭落月復西斜.
斜月沉沉藏海霧，碣石瀟湘無限路.
不知乘月幾人歸，落月搖情滿江樹.

강가에 꽃이 핀 봄날 밤

봄날 강에 조수가 들어 바다처럼 평평해지자,
바다 위로 明月이 뜨며 조수와 함께 움직인다.
출렁 출렁 파도가 일천 만리에 걸쳐 일어나니,
봄날 강물 어딘들 밝은 달빛이 아니 비치는가?
강물은 굽이쳐 흘러 꽃핀 대지를 에워싸고,
달빛은 꽃핀 숲에 그 빛을 흩어 뿌려준다.
허공의 서리 기운은 저절로 날아 흩어지고,
물가의 허연 모래밭 달빛 아래 희미해졌다.
강가와 하늘 하나 되어 티끌조차 사라졌고,
밝고 훤한 허공에 둥근 달만 크게 떠올랐다.
강가서 달을 처음 본 사람은 누구였을까?
강에 뜬 달은 언제 처음 사람을 비추었을까?
人生은 대를 이어 끊이지 않고 이어지나,
江에 뜬 달은 해마다 그냥 똑같을 뿐이다.
강에 뜬 달은, 모르지만, 누구를 기다리는가?
그냥 長江이 흘러 보내는 물을 바라볼 뿐이다.
조각 구름이 하나 유유히 떠가는 하늘이나,
青楓浦(청풍포) 포구에 근심을 이길 수 없다.
오늘 밤 일엽편주를 띄우는 이 누구인가?
누굴 그려 명월이 비친 누각을 찾으려는가?
외로운 누각 위로 밝은 달빛이 머물며,

달빛은 님이 떠나간 화장대도 비춰준다.
玉戶에 걸친 주렴은 걷어 올리지 않았고,
다듬이 돌에 손질한 옷을 아직 그대로이다.
이 시간 서로 기다리며 소식 기다리니,
바라나니 밝은 달빛이여 님을 비춰주소.
기러기 오래 날아도 달빛을 벗어나지 못하고,
魚龍은 물에 잠기며 수면에 파문을 그린다.
어제 고요한 연못가 꿈속에 꽃이 지더니,
가련한 청춘 절반은 집에 돌아오지 못했네.
봄날도 강물처럼 흘러 사라지려 하는데,
강변으로 지는 달이 다시 서쪽 하늘 걸렸다.
지는 달은 침침하게 바다 연무 속에 잠기고,
碣石(갈석), 瀟湘(소상)으로 끝없이 이어진다.
누군가가 달을 타고 다시 돌아올 수 있겠나?
지는 달에 온갖 상념, 강가 나무에 가득하다.

| 註釋 | ○ 灩灩隨波千萬里 – 灩灩(염염)은 물결 출렁거릴 염. 隨波(수파)는 파도치다.

○ 青楓浦上不勝愁 – 青楓浦(청풍포)는 가상의 지명. 님 그리는 장부가 사는 마을.

○ 碣石瀟湘無限路 – 碣石(갈석), 瀟湘(소상)은 지명.

| 詩意 | 장약허의 작품으로, 남아 있는 시는 《全唐詩》 117권에 〈春

江花月夜〉와 〈代答閨夢還(대답규몽환)〉 두 수 뿐인데, 〈춘강화월야〉는 唐詩의 대표적 작품의 하나로 인정받고 있다.

이 시에 대하여 '詩 중의 詩이고 頂上 위의 頂上' 이라고 극찬하는 사람도 있다. 이 시는 春, 江, 花, 月, 夜의 다섯가지로 인생의 가장 실상을 묘사하고 있다.

이 5가지 사물의 중심은 역시 月이다. 달을 떠올라(升起) – 높이 걸렸다가(高懸) – 서쪽으로 기울었다가(西斜) – 사라진다(落下). 그러는 동안에 빛을 발하고, 강물의 흐름, 모래사장, 하늘, 들판, 나무와 꽃, 일엽편주와 높은 누각, 날아가는 새와 물에 잠긴 물고기, 잠 못 이루며 여인을 그리는 장부의 모습을 다 지켜본다. 하룻밤의 달은 우리 인생의 전부이며 모든 경험이 아닌가?

詩中에 그 묘사가 상세하고, 음절의 조화가 뛰어나 六朝 詩風의 영향을 많이 받았지만, 인생의 무상을 잘 그려내었다. 후세에 예술의 여러 방면에 끼친 영향이 많다고 평가된다.

028

賀知章(하지장)

賀知章(하지장, 659 – 744, 字 季眞, 晩年號 四明狂客) – 越州 永興(今 浙江省 杭州市 蕭山區) 출신. 하지장은 어려서부터 文名이 있었고, 측천무후 때(695) 진사가 되어 國子監 司文博士를 거쳐 太常博士를 역임했다. 현종 開元 13년(710) 禮部侍郎 겸 集賢院學士가 되었다가 太子賓客, 檢校工部侍郎, 秘書監 등의 관직을 차례로 역임하였다.

전해오는 시는 많지 않으니 《全唐詩》에 20수가 전한다. 〈詠柳〉, 〈回鄕偶書〉가 대표작이다.

題袁氏別業(제원씨별업)

主人不相識, 偶坐爲林泉.
莫謾愁沽酒, 囊中自有錢.

원씨의 별장에서 짓다

주인과 서로 알지 못하지만,
우연히 마주하니 한가로워라.
공연한 술값 걱정하지 마시오,
나그네 주머니에 돈이 있다오.

| 註釋 | ㅇ 偶坐爲林泉 – 林泉은 한가히 쉴 수 있는 별장이다.
ㅇ 莫謾愁沽酒 – 莫謾은 ~체 하지 말라. 謾은 속일 만. 沽酒(고주)는 술을 사다. 沽는 팔 고. 사오다.

| 詩意 | 술을 즐기는 소탈한 시인의 모습이 그려진다. 모르던 사람하고도 친해질 수 있는 술이 있어 얼마나 좋은가? 손님인 내가 먼저 술을 살 수 있으니, 기분이 좋지 않은가?

曉發(효발)

故鄕杳無際, 江皐聞曙鐘.
始見沙上鳥, 猶埋雲外峰.

새벽에 떠나다

고향은 저 멀리 아득한 곳,
강변서 새벽 종소리를 들었다.
모래 밭에 물새가 겨우 보이고,
먼산 봉우리는 구름속에 묻혔다.

| 詩意 | 첫 구에서 시의 대의를 읊은 뒤에, 次句에서는 새벽에 길을 떠난 정경을 말했다. 3, 4구에서는 首句의 '杳無際'의 뜻을 확실히 언급하여 가까운 물새와 구름에 싸인, 먼 산봉우리를 언급하여 아득한 고향길을 그렸다. 하지장의 시는 《全唐詩》 112권에 수록되었다.

回鄕偶書(회향우서) 二首 (其一)

少小離家老大回，鄕音難改鬢毛衰.
兒童相見不相識，笑問客從何處來.

회향하여 우연히 짓다 (1 / 2)

어려서 집을 떠나 늙어 돌아왔더니,
고향의 말씨 그대로나 머리만 희어졌다.
아이는 마주 보아도 서로 아지 못하니,
웃으며 손님 어디서 왔느냐고 묻는다.

回鄕偶書(회향우서) 二首 (其二)

離別家鄕歲月多，近來人事半銷磨.
唯有門前鏡湖水，春風不改舊時波.

회향하여 우연히 짓다 (2 / 2)

고향 떠난 세월이 너무 오래라서
근래 아는 사람 절반이 죽고 없네.
오직 대문 앞에 鏡湖의 물만이
春風에 변함없이 옛처럼 물결치네.

| 詩意 | 하지장은 天寶 3年(744)에 사직하고 귀향했다고 하였으니 늙어도 너무 늙었을 때였다. 고향에 돌아와서 바뀌지 않은 것과 바뀐 것, 그리고 어린아이의 입을 통해 자신의 온 감회를 풀었다. 어린애가 자신을 몰라주어서가 아니라 흘러 버린 세월의 무상과 늙은 자신에 대한 비애가 가득하다.

첫 수의 1, 2구는 평범한 서술이다. 3, 4구는 산모퉁이를 돌아 급한 낭떠러지를 만난 듯 격한 감정이 소용돌이친다. 고향은 그대로지만 사람은 바뀌었다는 실제를 체험하는 순간이었다.

이 시는 그야말로 우연히 지을 수밖에 없었고 아름답게 彫琢(조탁)할 틈이 없었을 것이라는 느낌이 확실하다.

鏡湖는 하지장의 고향인, 今 浙江省(절강성)에 있는 호수이다. 하지장이 辭職할 때, 玄宗이 '鏡湖'라 특별히 賜名해 주었다.

| 參考 | 하지장은 성격이 강직하면서도 활달하고 같이 어울려 담소하며 음주를 좋아하였다. 杜甫는 〈飮中八僊歌〉에서 술에 취한 하지장의 모습을 제일 먼저 읊었다.

知章騎馬似乘船, 眼花落井水底眠
하지장은 말을 타고도 배에 탄 듯
눈이 감기면 샘에 빠져도 물에서 잔다네.

옛날 竹林七賢의 한 사람인 阮咸(완함)은 술에 취하면 배를 탄 듯 몸을 흔들거렸다고 한다. 두보는 완함의 고사를 빌어 하지장의 狂飮(광음)과 자유분방함을 표현하였다.

하지장은 李白(701－762)의 詩才(시재)를 제일 먼저 알아주었고 연령을 초월하여 깊은 교류를 했던 사람이었다. 李白이 고향 四川을 떠나와 각지를 유랑하다가 長安에 처음 도착한 뒤, 하지장을 만나 자신의 〈蜀道難〉을 보여주었다.

하지장은 李白의 시를 읽고 바로 '그대는 이 세상 사람이 아니네.(公非人世之人也.) 태백성의 정령이 아닌가?(可不是太白星精耶?)' 라고 감탄했다. 이어 '그대는 인간 세계에 유배된 신선이요(子謫仙人也).' 라고 말했다. 이런 사실은 李白의 시에 사실대로 묘사되었다. 이후 李白은 '李謫仙(이적선)' 이며 '詩仙' 이라 불리게 된다.

賀知章은 書法에도 매우 뛰어나 草書와 隷書에 능했고 '縱筆如飛(종필여비), 奔而不竭(분이불갈)' 이라는 평을 들었으며, 또 다른 명필인 張旭(장욱)과 사돈관계였기에 당시 사람들이 '賀張' 이라 불렀다.

詠柳(영류)

碧玉妝成一樹高，萬條垂下綠絲絛.
不知細葉誰裁出，二月春風似剪刀.

버들을 읊다

푸른 옥으로 치장한 키 큰 버드나무,
늘어진 온 가지가 실타래처럼 파랗네.
조그만 잎 누가 오렸는지 모르지만,
이월의 춘풍은 가위와 같다네.

| 詩意 | '二月春風似剪刀' 는 봄날의 기운을 눈에 보이고 느낄 수 있도록 표현하였기에 많은 사람들이 즐겨 쓰는 말이 되었다. 剪은 가위 전, 싹 벨 전. 翦의 俗字.

采蓮曲(채련곡)

稽山罷霧鬱嵯峨, 鏡水無風也自波.
莫言春度芳菲盡, 別有中流采芰荷.

채련곡

稽山에 안개 걷히자 울창히 드높게 솟았고,
鏡湖는 바람 없어도 저절로 파도가 친다.
봄날은 지났고 꽃들도 졌다고 말하지 마오,
中流를 떠가며 마름에 연을 따는 재미가 있다오.

| 詩意 | 모두가 봄을 맞이하고, 즐기고 보내지만, 그 취미가 다 같지는 않다. 꽃이 다 졌다지만 나만의 다른 흥취가 있다고 시인은 말한다. 高士의 취향이라면 凡人과 분명 다른 일면이 있다는 뜻이다.

029
東方虯(동방규)

東方虯(동방규, 생졸년 미상, 東方은 복성, 虯는 뿔 없는 용 규). 측천무후 때, 左史 역임.

王昭君(왕소군) 五首 (其一)

漢道方全盛, 朝廷足武臣.
何須薄命妾, 辛苦事和親.

왕소군 (1 / 5)

漢運이 지금은 한창 성하고,
조정엔 武臣이 가득 줄섰다.
어이해 박명한 여인을 보내서,
화친을 위하여 고생케 하는가?

| 參考 | 王昭君〔왕소군, 前 51 – 前 15. 名 嬙(장), 字 昭君〕은 漢 元帝 때의 宮女, 중국 고대 四大美人 중 落雁(낙안, 沉魚落雁)에 해당하는 미인, '畫工棄市(화공기시) 고사의 주인공. 왕소군은 흉노와의 화친책으로 흉노 선우에게 和親婚을 약속하였었다.

원제는 평소 후궁들의 그림을 보고 은총을 주었는데, 미모에 자신 있던 왕소군은 화공 毛延壽(모연수)에게 뇌물을 주지 않았다. 모연수는 왕소군의 모습을 실제보다 덜 예쁘게 그려 바쳤기에 왕소군은 원제를 모실 수가 없었다.

흉노 왕이 왕소군을 데리고 가는 날 인사를 올리는 그 얼굴을 원제가 보고서는 아름다움에 크게 놀랐다. 흉노 선우에게 실언을 할 수 없어 그냥 보내긴 했지만 元帝는 화가 나서 모연수를 처형했다고 한다.(前 33년)

왕소군은 흉노의 선우인 呼韓邪(호한야)의 아내가 되었다가, 호한야가 죽은 뒤에는 그들의 풍습대로 다시 그 아들의 아내가 되어야만 했었고, 죽은 뒤에는 靑塚(청총)으로 남았다.

王昭君(왕소군) 五首 (其五)

胡地無花草, 春來不似春.
自然衣帶緩, 非是爲腰身.

왕소군 (5 / 5)

흉노 땅에 화초가 없으니,
봄이 와도 봄같지 않다오.
절로 의대가 헐렁한 까닭은,
가는 허리를 만들지 않았오.

| 詩意 | '春來不似春' 은 흔히 쓰는 말이다. 이 말에는 漢代에 흉노에게 보내졌던 여인의 슬픔이 들어있다. 왕소군은 흉노 선우에게서 두 아들을 출산했고, 선우가 죽자 귀국을 청원했으나 漢室에서는 그들 풍습에 따르라며 귀국을 허용치 않았다. 흉노 습속에 아버지의 첩실은 사후에 그 아들의 몫이었다.

| 參考 | 王昭君을 읊은 유명한 絕句,
「昭君拂玉鞍, 上馬啼紅顔. 今日漢宮人, 明朝胡地妾.」은 《全唐詩》 163권에 李白의 詩로 수록되었다.

제2부

盛唐(성당)의 詩

2부

盛唐의 詩風

盛唐은 현종의 치세 기간인 開元, 天寶 연간(713 – 756)과 安祿山 – 史思明의 난(755 – 763)을 포함한 50여 년간을 지칭한다. 이 시기는 당의 역사에서 태평성세와 내부 전란, 곧 번영과 쇠퇴를 겪은 시기였다.

이 시기에 開元之治의 안정과 번영, 그리고 천보 연간의 정치적 쇠퇴와 타락, 사회기강의 문란 등을 경험했고 安史의 난(755 – 763)을 겪으면서 당 제국은 번영에서 쇠퇴로 확실하게 전환했다.

따라서 이 시기에는 진취적이고 낭만적이면서도 활기찬 문학 풍조와 함께 시대의 타락을 걱정하는 우울한 시풍이 형성되었다.

이 시기의 시인들은 보통의 士族 출신으로 그 성분을 바탕으로 자신의 언어로 자신의 사상과 감정을 거침없이 표현하였다. 이 시기의 시인들은 과거시험을 통해 立身揚名(입신양명)을 추구하였지만 경제적 번영에 힘입어 각지를 자유롭게 여행하며 방랑자의 심경을 노래하였다. 또 고관의 막료가 되어 각지를 돌면서 그 풍경과 서민 생활을 자유로운 소재로 표현 서술하여 시의 사상과 내용이 중국 역사의 그 어느 시기보다도 다채롭고 풍부하였다. 이 과정에서 서민의 어려운 생활과 관리들의 횡포에 대한 염려와 분노를 직설적으로 표현하는 社會詩의 출현과 발전이 있었다.

이런 성당의 시는 시인들이 태평과 혼란, 번영과 암흑의 시대 전환에 따라 感慨(감개)와 哀傷(애상)을 체험하였기에 시의 主題가 한층 확대되고 悲壯(비장)해졌다. 그러면서 형식과 내용이 함께 발전 충실해져서 성당시의 전성시대를 맞이하며 발전케 하였다.

성당을 대표하는 시인은 이백과 두보와 왕유를 우선 꼽아야 한다. 이들에 대해 詩仙, 詩聖, 詩佛이라는 칭송도 그렇지만 이들이 동시대에 존재했다는 자체가 하나의 驚異(경이)라고 말해야 한다.

그리고 岑參(잠삼), 高適(고적), 王昌齡(왕창령) 등의 변새시, 孟浩然, 儲光羲(저광희), 綦毋潛(기무잠) 등의 산수자연시를 盛唐 시절 唐詩의 큰 줄거리로 파악할 수 있다.

당의 영토 확장과 주변 이민족과의 관계에서 국경지역에서의 충돌과 전쟁은 唐詩에서 邊塞詩(변새시)라는 특별한 主題와 내용이 형성되어 발전하였다.

변새 지방의 풍경과 생활, 병영 생활과 병졸의 애환은《詩經》에서부터 漢, 魏, 南北朝의 악부시에 이르기까지 끊임없이 창작되었으며, 초당 시기에도 읊어졌지만 특히 성당 시기에 극성하였다.

일반 시인들은 과거급제 후, 자신의 출로를 찾기 위하여 변경의 절도사나 장군의 막료로 근무하는 경우가 많았다. 그러다 보니 시인들은 자신의 체험을 시로 창작했으며, 그런 시가 여러 사람에게 알려지며 공감하게 되었기에 더 많은 가작이 계속 뒤를 이었다.

변새시의 일반적 특징은 주로 5言이나 7言의 歌行體로 창작되었다. 성당시절에 律詩의 완성과 발전이 이루어졌지만, 율시는 그 창작에 제약이 많아 변경의 웅장한 자연환경이나 상황 묘사에 적합하지 않았다.

변새시는 변경의 자연환경, 이국의 情趣(정취), 비장한 전투 장면과 병졸의 애환과 향수, 후방에 남은 가족의 그리움과 염려를 주제로 다루고 있다. 때문에 변새시는 호방하고, 힘차며 때로는 낭만적이고 진취적이며 男兒다웠다.

성당의 山水自然詩는 자연의 아름다운 풍경과 전원생활, 자연 속에 묻혀 자신을 되돌아보며 자신만의 즐거움에 탐익하는 내용을 주제로 삼았다. 이런 자연시는 魏晋 이후의 남조 宋에 이르면서 도연명과 謝靈運(사령운)에 의해 수준 높게 발전했으나 이후 그들을 계승한 대가의 출현은 없었다. 그러다가 성당에 이르러 하나의 유파로 확실하게 자리잡았다. 이런 산수자연시의 유파 형성과 발전은 唐代 도교의 발전과 그에 따른 隱逸(은일) 풍조와 관련이 깊다. 은일의 풍조가 관직을 얻기 위한 수단으로 변질되는 경우도 있었지만, 대체적으로 도사와 은일의 철학과 처세는 긍정적 평가를 받았다. 따라서 산수전원 생활의 묘사는 시인이면 누구든 관심을 갖고 창작하였고, 詩의 주요한 素材가 되었다.

산수전원시는 일반적으로 5言 위주이며, 古詩의 형식과 율시의 형식으로도 많이 창작되었다. 시풍은 대체적으로 高雅淸淡(고아청담)하며 質朴하였다. 이런 유파의 시인들은 淸靜閑寂(청정한적)한 전원 생활을 영위하였으나 사회와 민생의 桎梏(질곡)에 대한 관심이나 열정은 상대적으로 적었다. 당대 산수자연시의 대표적 시인을 꼽으라면 누구든지 왕유와 맹호연을 꼽는다.

030

李適之(이적지)

李適之(이적지, ? – 747, 一名 昌)는 당의 宗室로, 개원 연간에 여러 요직을 거쳤다. 현종 天寶 연간에, 左相으로 당시 권신 李林甫(이임보)와 알력을 겪으면서 지방관으로 폄직되었다. 빈객을 좋아했고 음주를 즐기면서도 유능한 관원으로 명성이 높았다.

이적지의 시는《全唐詩》109권에 딱 2首가 수록되었다.

罷相作(파상작)

避賢初罷相，樂聖且銜杯.
爲問門前客，今朝幾個來.

재상에 해임되고 짓다

賢者를 위해 재상에서 물러났고,
淸酒를 즐겨 술잔을 자주 든다.
술집 손님이 내게 물었다.
오늘 몇 번째 오십니까?

| 註釋 | ○ 避賢初罷相 – 避賢(피현)은 현인이 등용될 수 있도록 자리를 피해 준다는 뜻이니, 때로는 사임과 은거의 명분이었다.

○ 樂聖且銜杯 – 樂聖은 淸酒를 즐기다. 且는 또 차. 銜은 머금을 함, 재갈 함. 樂聖의 聖은 聖人, 곧 雙關語(쌍관어)인데 당에서는 황제를 '聖人' 이라 통칭하였다. 그러나 여기 聖人은 淸酒를 뜻하는 은어이다. '賢人' 은 탁주를 의미한다.

曹操(조조)의 참모인 徐邈(서막, 171 – 249년, 字 景山, 邈은 멀 막)은 魏國이 건국된 뒤에는 禁書令이 되었다. 그때 禁酒令을 내렸었는데 서막은 몰래 술을 마시고 취했었다. (관리 비행을 사찰하는) 校事인 趙達(조달)이 부서의 일에 관하여 물어보자, 서막은 '聖人을 좀 했지' 라고 말했다. 조달이 이를 조조에게 보고하자 조조는 크게 화를 내었다. 이에 度遼將軍인 鮮于輔

(선우보)가 나와 말했다. "보통 때 醉客(취객)들은 맑은 술(淸酒)을 聖人이라고 하고, 濁酒를 賢人이라고 부르는데, 서막의 천성은 수양하고 근신하는데 우연히 취해 그런 말을 한 것 같습니다."

이에 서막은 형벌을 받지는 않았다.

○ 今朝幾個來 - 오늘 몇 번째 오십니까. 口語 文章이다.

| 詩意 | 이 시는 풍자시이다.

첫째와 다음 구에서 재상직에서 밀린 이유를 피현이라 설명했고 재상에서 물러났지만 여전히 음주를 즐기는 근황을 말했다.

3, 4구에서는 술집에서 만나는 손님이 "오늘 몇 번째 오십니까?" 라고 묻는 한마디로 이 시의 전체 정황을 요약했다.

反語와 雙關語(쌍관어), 속어를 사용하여 쾌활한 그러면서도 원망이나 한마디 불평도 없는 진정한 酒客의 면모를 보여주었다.

杜甫의 〈飮中八僊歌〉의 '銜杯樂聖하고 稱避賢하다' 의 구절 그대로이다.

朝退(조퇴)

朱門長不閉, 親友恣相過.
年今將半百, 不樂復如何.

조정에서 물러나다

朱門을 오랫동안 닫지 않았더니,
親友가 마음대로 서로 찾아 오간다.
나이가 올해 쉰 살이 되려하니,
즐기지 않고 또 무엇을 하리오?

| 詩意 | 조정에 재직 중에 소탈하게 사람을 가리지 않았기에 친우들이 마음대로 찾아왔다는 뜻이다. 이제 50이니 관직에서 물러나 즐기고 싶다고 하였다. 다른 사람보다 관직에 대한 욕심이 없는 것 같다.

031
張說(장열)

張說(장열, 667 – 730, 字 道濟, 一字 說之) – 원적은 范陽〔범양, 今 河北省 중부, 涿州市(탁주시)〕. 中宗 때부터 병부원외랑, 공부시랑, 병부시랑, 홍문관 학사 등을 역임한 뒤, 현종 때 3번이나 재상의 지위에 올라 燕國公에 봉해졌으며, 시호는 文貞이다. 조정의 중요한 辭章(사장)은 거의 그가 지었기에 許國公 蘇頲(소정)과 함께 '燕許大手筆(연허대수필)' 이라 불리었다.

蜀道後期(촉도후기)

客心爭日月，來往預期程.
秋風不相待，先至洛陽城.

蜀에서 오며 약속보다 늦다

나그네 마음은 日月을 따지는데,
오가는 일정을 앞질러 정했었다.
秋風은 이몸을 아니 기다리고서,
서둘러 낙양성 벌써 도착했다네.

| 詩意 | 벗과 함께 만나 낙양으로 가자고 했는데 張說이 약속보다 늦어졌고 우인은 기다릴 수 없어 먼저 낙양에 도착하였다. 자신이 늦은 것을 '秋風이 기다려 주지 않았다' 하여 제목의 '後期'를 표현하였다.

守歲(수세)

故歲今宵盡，愁心隨斗柄.
新年明旦來，東北望春回.

섣달 그믐

묵은 해는 오늘 밤 끝이지만,
북두성 따라 시름은 돌아간다.
새해는 내일 아침 밝으리니,
봄에는 고향으로 돌아가겠지.

| 詩意 | 새해 새봄은 예나 지금이나 희망이다. 東北은 아마 고향이거나 皇都인 長安일 것이다.

南中別蔣五岑向青州(남중별장오잠향청주)

老親依北海, 賤子棄南荒.
有淚皆成血, 無聲不斷腸.
此中逢故友, 彼地送還鄉.
願作楓林葉, 隨君度洛陽.

南中에서 青州로 가는 蔣五岑과 헤어지다

연노하신 부모님 青州에 계시지만,
어린 몸은 남쪽의 荒地에 버려졌다.
흘린 눈물 모두 피가 되었고,
삼킨 울음 전부 창자를 도렸다.
여기서 옛 벗을 만났는데,
멀리서 고향으로 돌아간다네.
바라나니 단풍 잎이 되어,
벗따라 낙양에 가고 싶다오.

| 註釋 | ㅇ 〈南中別蔣五岑向青州〉의 南中은 張說(장열)이 放逐(방축) 되었던 五嶺 남쪽의 欽州(흠주)이다. 蔣五岑(장오잠)은 벗의 이름이다. 青州는, 今 山東省의 지명이다.

ㅇ 老親依北海 – 北海는 지금 지도상의 渤海(발해)이다. 山東半島 북쪽의 바다. 시인의 고향, 青州.

ㅇ 有淚皆成血 – 부모 생각에 고향 그리워 흘린 눈물(淚, 눈물)은

어쩌면 피만큼 진할 것이다.

| 詩意 | 楓林葉(풍림엽, 단풍잎)의 함의는 다양하다. 고향을 떠나 떠도는 몸을 지는 단풍에 기탁할 수도 있고, 흘러버린 세월을, 또는 榮枯盛衰(영고성쇠)를 의미할 수도 있다. 시인은 떨어져 죽어갈 단풍이 아닌 다시 한 번 등용되기를 바라면서, 벗을 따라 가고픈 가벼운 희망, 꿈에서나 그릴 수 있는 희망으로 치환하였다. 벗의 귀향을 기뻐하면서 자신의 염원을 담백한 필치로 그려내었다.

深渡驛(심도역)

旅泊青山夜, 荒庭白露秋.
洞房懸月影, 高枕聽江流.
猿響寒巖樹, 螢飛古驛樓.
他鄉對搖落, 幷覺起離憂.

심도역에서

어느 靑山에 머문 나그네의 밤,
거친 뜨락에 가을 이슬이 내렸다.
불켜진 방에 달그림자 어른거리고,
나그네 누워 흐르는 물소리 듣는다.
차가운 수풀 바위에 원숭이가 울고,
쇠락한 역관 누각에 반딧불이 난다.
타향을 떠도는 처량한 이 한 몸,
어느새 나몰래 근심이 따라왔다.

| 註釋 | ○ 〈深渡驛〉은 驛館(역관) 이름이다. 〈심도역〉은, 今 安徽省(안휘성) 암부 黃山市 歙縣(흡현)으로 알려졌다. 靑雲에 오르려 장안엘 가든, 돈을 벌려고 지방에 가든, 아니면 폄직되어 쫓겨가든, 客人은 驛館에서 숙식을 해결해야 한다. 그런 객인에게 역관은 시의 다양한 素材가 된다.

○ 幷覺起離憂 - 幷覺(병각)은 저절로 느껴지다. 離憂(이우)는 근

심. 걱정. 離는 ~을 당하다.

| 詩意 | 驛(역)은 旅(여)이다. 온갖 나그네가 지나가는 곳 – 거기에는 움직이지만 떠나지 못하는 물상이 있다. 어른거리는 달빛, 흘러가는 물소리, 원숭이 울음 같은 것은 분명 생동하면서 늘 거기에 있다.

머리를 높이 두고 비스듬히 자리에 누운 나그네 – 가을 이슬이 내렸으니 이제 곧 추워질 것이니, 나그네의 시름은 깊어질 수 밖에 없다.

送梁六自洞庭山(송양육자동정산)

巴陵一望洞庭秋, 日見孤峰水上浮.
聞道神仙不可接, 心隨湖水共悠悠.

梁六을 洞庭山에서 전송하며

巴陵서 추색에 물든 동정호를 바라보나니,
빼어난 봉우리 날마다 물 위에 떠 있다.
듣자니 神仙은 가까이 접할 수 없다지만,
마음은 동정호 물따라 함께 유유히 노닌다.

| 註釋 | ○ 巴陵一望洞庭秋 – 巴陵(파릉)은 長江 중류의 洞庭湖(동정호)를 내려다 볼 수 있는 지명이며, 산 이름이다. 동정호 안에 솟아 있는 산은 君山인데, 湘山(상산)이라고도 하며, 舜 임금의 왕비 娥皇(아황)과 女英(여영)의 무덤도 있고, 八仙과 얽힌 전설이 남아 있다. 옛날에는 '八百里洞庭' 라 하였으나 지금은 토사 축적과 개간으로 인해 면적이 크게 줄고 호수도 3개로 분리되었다. 1600년대의 면적을 100으로 보았을 때 지금은 약 45%정도라고 한다. 중국에서는 鄱陽湖(파양호)에 이어 두 번째로 큰 민물호수이다.

| 詩意 | 송별의 뜻을 직접 서술하지는 않았다. 그러나 우인을 보내며, 우인을 신선처럼 생각하고, 함께 동정호에 노닐고 싶다는 아쉬움을 서술하였다. 이 칠언절구는 初唐에서 성당으로 진입하는 기념비적인 詩作이라는 평가를 받고 있다.

襄陽路逢寒食(양양로봉한식)

去年寒食洞庭波, 今年寒食襄陽路.
不辭著處尋山水, 秖畏還家落春暮.

襄陽路에서 寒食을 보내다

작년 한식은 동정호에서 보냈는데,
올해 한식은 襄陽에 가면서 지낸다.
갈곳 어디든 山水를 가리지 않지만,
아마 봄날이 져야만 집에 돌아가리.

| 詩意 | 不辭著處尋山水 – 있을 만한 곳을 골라 가리지 않고 산수를 찾다. 尋은 찾을 심.

떠도는 나그네의 마음도 병이라면 병이다. 산수를 찾아 노닐고 싶고, 그래서 각지를 떠돌면서 또 고향을 그린다. 명절일수록 고향이 더 그립다. 그런데도 무엇에 끌리는지 山水를 찾아 또 떠나게 되니, 이는 분명 병이다. 그러면서 시를 읊을 수 있다면 그런 떠돌이 생활도 괜찮을 것이다. 인생 백년도 결국 지나가는 나그네이다(人生百年如過客). 중은 절로 가고, 나그네는 객점(주막)으로 가는 것이 정해진 이치이다. 그래서 산이 험해도 길손은 그치질 않고(險山不絶行路客), 물이 험악해도 나루를 건너는 사람이 있다(惡水也有擺渡人). 산이 높아도 사람이 다니는 길이 있고(山高自有客行路), 물이 깊으면 배로 건너는 사람이 있게 마련이다(水深自有渡船人).

세상 이치가 다 그런 것 아닌가?

032

蘇頲(소정)

蘇頲〔소정, 670－727. 곧을 정, 字는 廷碩(정석)〕－장안 武功縣(今 陝西省 咸陽市 관할 武功縣) 사람이다. 監察御史, 給事中, 修文館學士, 中書舍人을 차례로 역임하고 玄宗 때 재상이 되었고 許國公에 봉해졌다. 문학에 뛰어나 燕國公 張說(장열)과 함께 '燕許大手筆'이라는 명성을 누렸다.

汾上驚秋(분상경추)

北風吹白雲，萬里渡河汾.
心緖逢搖落，秋聲不可聞.

분하에서 갑자기 느낀 가을

북풍에 흰 구름이 날리는데,
머나먼 길 분하를 건너간다.
낙엽이 지는 때에 마음엔,
秋聲도 귀에 아니 들린다!

| 詩意 | 지금 중국 山西省 사람들은 汾河(분하)를 '母親河' 라고 부르는데, 황하의 큰 지류이다. 山西省의 省會인 太原市를 지나 서남부 運城市의 河津이란 곳에서 황하에 합류한다.

이 시에서는 황하와 분수의 합류지점을 뜻한다. 秋聲을 딱히 어느 한 가지 소리만을 지칭할 수는 없고, 하여튼 시인은 세월이 빨리 흘러간다고 탄식하고 있다.

將赴益州題小園壁(장부익주제소원벽)

歲窮惟益老, 春至却辭家.
可惜東園樹, 無人也作花.

익주 부임 전에 뜰의 벽에 쓰다

만년에 몸은 더더 늙어 가는데,
봄날이 되어 되레 집을 떠난다.
아쉽긴 東園 뜨락의 나무들이니,
주인이 없더라도 꽃을 피우리라.

| 詩意 | 시인은 721년에 益州의 지방관으로 폄직되었는데, 그때 집을 떠나는 아쉬움을 묘사하였다. 家長이 떠나도, 주인이 없어도 꽃은 피겠지 하면서 자기 위안을 미련처럼 남겼다.

山鷓鴣詞(산자고사) 二首 (其二)

人坐青樓晚, 鶯語百花時.
愁多人易老, 斷腸君不知.

산속의 자고새 (2 / 2)

내가 해질녘에 청루에 앉았는데,
꾀꼬리는 百花 핀 계절을 노래한다.
걱정이 많아 사람 절로 늙어가나니,
애끓는 마음 그대는 모르리라.

| 詩意 | 〈山鷓鴣詞〉는 곡조의 이름이고, 여기에 여러 가지 뜻을 읊을 수 있다. 산속의 자고새를 묘사한 내용이 아니다. 걱정이 많기에 쉽게 늙는다고 하였다.

奉和春日幸望春宮應制(봉화춘일행만춘궁응제)

東望望春春可憐, 更逢晴日柳含煙.
宮中下見南山盡, 城上平臨北斗懸.
細草偏承回輦處, 輕花微落奉觴前.
宸遊對此歡無極, 鳥哢聲聲入管絃.

春日에 望春宮에 행차하신 뒤, 명을 받아 짓다

동쪽에 보이는 望春宮에 봄 기운이 아련한데,
해맑은 봄날에 버들가지 푸른 기운 머금었다.
궁궐에선 終南山이 모두 내려다 보이고,
성곽에는 北斗星이 옆에 나란히 걸렸다.
돋아난 고운 풀밭을 지나 어가가 돌아오니,
엷은 꽃잎 내려 앉으며 축수의 술잔을 받든다.
이리 皇恩을 입어 크나큰 환희, 끝이 없나니,
지저귀는 새소리가 풍악 속에 함께 들려온다.

| 註釋 | 이 시는 황제의 首唱(수창)에 화답하여(奉和) 지은 應制詩(응제시)이다. 이러한 시는 거개가 황제의 공덕을 칭송하는 내용이며 태평성세를 읊어야 하기에 가작이 나오기가 힘들다. 그러나 이러한 응제시는 귀족의 고상한 思慮(사려)와 典雅한 모습을 풍경을 서술해야 하고 혹시 황제의 禁忌(금기)를 건드려서는 안 되기에 그 창작이 쉽지 않다. 그런데 소정의 이 응제시는 주제가 확실하

고 結構(결구)가 엄밀하여 응제시의 가작으로 알려졌다.

시에 보이는 望春宮은 황제의 별궁이며 종남산 기슭에 자리하였다. 황제의 망춘궁 행차에 수행한 신하로 응당 성덕을 칭송하고 升平(승평)이란 聖代를 칭송하려고 공을 들였고 기교를 다한 시이다.

| 詩意 | 首聯의 '東望望春春可憐'에서는 연속의 뜻이 아닌 疊字(첩자), 望望과 春春으로 破堤(파제)와 함께 음률의 조화를 꾀하면서 天氣와 春色을 그려내었다.

次聯에서는 망춘궁에서 보이는 終南山과 北斗星을 언급하였는데 남산을 언급한 것은 황제의 壽福이 산처럼 크고 변함없기를 기원하는 뜻을 내포하고 있다. 장안 도성의 모양은 북두성과 같다고 하였으니, 황궁의 안녕과 번영이 북두성과 똑같기를 축원하는 신하의 염원이며 皇位의 변함없는 존속을 내포하고 있다.

三聯에서는 앙춘궁에서의 宴樂(연락)을 묘사하였다. 물론 여기서도 황제의 성은은 細草와 가볍게 날리는 輕花에까지 미친다는 칭송을 아니할 수 없다.

그리고 末聯에서 황제의 크나큰 성은을 입은 자신의 영광이 끝없음을 다시 한 번 강조하였다.

033
張九齡(장구령)

張九齡(장구령, 678 – 740, 字는 子壽)은 韶州(소주) 曲江人〔今 廣東省 북부의 廣東省과 湖南, 江西省의 접경의 韶關市(소관시)〕이다. 측천무후 때 진사과에 급제하였고 현종 개원 21년(733)에 재상급인 中書門下侍郎同平章事가 되었다. 唐 현종 때의 저명한 시인이며 재상이었다. 보통 '張曲江' 이라 불리며, 그의 문집으로 《張曲江集》이 있다.

장구령은 開元 盛世의 賢相으로 五嶺山脈(오령산맥) 이남, 곧 지금의 광동, 광서성 출신으로는 유일한 재상이었다고 한다. 그는 강직하면서도 溫雅(온아)했고 풍채와 의표가 매우 단정하여 그때 사람들이 '曲江風度(곡강풍도, 曲江은 그의 고향)' 라고 칭찬을 하였다.

장구령은 재상으로서 정직하고 현명하였으며 이해를 따지지 않고 諫言(간언)을 올렸으며, 특히 安祿山(안록산)의 야심을 간파하고 현종에게 '안록산의 얼굴에 反相이 뚜렷하니 지금 죽이지 않으면 필히 후환이 있을 것' 이라며 제거를 건의하였지만 현종은 받아들이지 않았다. 20년 뒤 현종은 안록산의 난을 피해 蜀으로 피난하면서 장구령의 말을 생각하며 통곡했고, 사람을 보내 장구령의 무덤에 제사를 올리게 했다고 한다.

賦得自君之出矣(부득자군지출의)

自君之出矣, 不復理殘機.
思君如滿月, 夜夜減淸輝.

'임 떠난 뒤로'를 따라 짓다

임께서 떠나가신 뒤에,
다시는 남은 베를 짜지 못했습니다.
그리운 임은 둥근 달 같아서,
밤마다 맑은 달빛은 줄어듭니다.

| 註釋 | 이 시는 樂府의 古題를 따라 지은 시이기에 제목 앞에 '賦得~' 이라 하였다. 後漢 徐幹(서간)의 〈室思, 아내의 사념〉〉라는 악부시에서 '自君之出矣, 明鏡暗不治. 思君如流水, 無唯窮已時.' 라고 읊었는데 이후 이를 따라 지은 시가 많이 나왔다.

| 詩意 | 떠난 임을 그리는 마음이 둥근달이 기울 듯 날마다 조금씩 줄어든다는 말은 거짓이 아니며 또 실제로 생활 속에서 그럴 수밖에 없을 것이다. 그리고 다시 둥근 만월이 되는 것처럼 언젠가는 그리움에 사무쳐 울 수도 있을 것이다.

照鏡見白髮(조경견백발)

宿昔青雲志，蹉跎白髮年.
誰知明鏡裏，形影自相憐.

거울 속에서 백발을 보고

옛날에는 청운의 뜻을 품었는데,
허송세월 백발의 나이가 되었네.
누가 알리오? 거울 속에서,
몸과 그림자가 서로 위로하네.

| 註釋 | ㅇ 蹉跎(차타)는 발을 헛디뎌 넘어진다는 뜻에서 허송세월했다는 의미인데, 재상을 역임했고 또 시인으로서도 명성을 누린 장구령이 허송세월했다고 자책하고 있다.

| 參考 | 張九齡은 開元時期의 賢相으로 五嶺山脈(廣東, 廣貴, 湖南省에 걸쳐있는 산맥, 양자강과 珠江의 분수령) 이남 곧 지금의 광동, 광서성 출신으로는 유일한 재상이었다고 한다. 그는 강직하면서도 溫雅했고 風采와 儀表가 매우 단정하여 그때 사람들이 '曲江風度(曲江은 그의 고향)' 라고 칭찬을 하였다. 장구령이 재상 직책을 그만둔 뒤에, 현종은 인재 추천을 받으면 '그 사람의 풍도가 장구령에 비해 어떠한가?' 라고 반문하였다고 하니 '紳士중의 신사' 였다고 생각된다.

感遇(감우) 十二首 (其一)

蘭葉春葳蕤, 桂華秋皎潔.
欣欣此生意, 自爾爲佳節.
誰知林棲者, 聞風坐相悅.
草木有本心, 何求美人折.

우연한 생각 (1/12)

난초의 잎은 봄날에 무성하고,
桂花는 가을 달빛에 더 희도다.
무성히 자라나는 본성 그대로,
저절로 아름다운 때가 되었다.
누가 알리오? 숨어사는 사람이,
바람 속에 절로 즐기는 마음을!
초목도 本心이 있거늘,
어찌 미인이 꺾어 주길 바라리오.

| 註釋 | ○ 〈感遇〉 – 感遇(감우)의 뜻은 '마음에 우연히 느낀 바를 말로 나타내다(謂有感於心 而寓於言).' 遇는 만날 우. 우연히. 感遇란 일반적으로 '과거에 겪은 일을 추억하고 그에 대한 생각이나 느낌' 이라고 해석하지만 '感士之不遇' 의 뜻으로 '君臣 간에 조우(遭遇)했던 일에 대한 회상' 을 의미한다. 《唐詩紀事》에 의하면, 진자앙(陳子昂, 661 – 702)의 〈感遇詩〉 38首가 최초라고 하였다

○ 桂華秋皎潔 – 桂華(계화)는 상록 교목인 계수나무 꽃(桂花. 一名 목서木犀 – 물푸레나무). 皎潔(교결)은 희고 깨끗하다. 蘭葉과 桂華, 春葳蕤(춘위유)와 秋皎潔(추교결)은 서로 對句이다

○ 欣欣此生意 – 欣은 기뻐할 흔. 欣欣은 기쁘고 즐겁다. 초목이 번성하는 본성(欣欣以向榮). 生意는 生氣.

○ 草木有本心 – 초목은 자연에 순응하며 성장하려는 본성이 있다. 이 구절에서 草는 제 1句의 蘭葉, 木은 2句의 桂華와 상응하니 草木은 고귀한 人品을 지닌 君子를 뜻한다.

○ 何求美人折 – 어찌 미인이 꺾어주길 바라겠는가? 美人은 君主 또는 고위 관료. 草木은 자라는 본성이 있는데 미인이 꺾어준다고 좋아하겠는가? 곧 君子가 굳이 발탁이나 천거되기를 바라겠느냐? 나의 본성대로 은자의 생활을 즐기는데 어찌 主君이 다시 불러주길 바라겠는가?

| 詩意 | '草木有本心' 에서 초목은 자연에 순응하며 성장하려는 본성이 있다. 草木은 고귀한 人品을 지닌 君子이다. 군자는 窮困(궁곤)하다고 그 절개를 바꾸지 않는다. 곧 君子가 굳이 발탁이나 천거되기를 바라겠느냐? 나의 본성대로 은자의 생활을 즐기는데 어찌 主君이 다시 불러 주길 바라겠는가?

感遇(감우) 十二首 (其二)

幽林歸獨臥, 滯虛洗孤清.
持此謝高鳥, 因之傳遠情.
日夕懷空意, 人誰感至精.
飛沈理自隔, 何所慰吾誠.

우연한 생각 (2 / 12)

궁벽한 林野에 홀로 은거하면서,
마음을 비우고 세속 모두 잊었노라.
나의 심경을 높이 나는 새를 빌려,
먼곳 임에게 이 마음을 전해 본다.
밤낮 비워진 내 뜻으로 지내 나니,
누가 지극한 이 정성을 알겠는가?
높고 낮은 사람 생각은 절로 다르니,
어찌 나의 성심을 위로 받겠는가!

| 註釋 | ○ 幽林歸獨臥 － 幽林(유림)은 深遠하고 靜寂(정적)한 숲.

○ 滯虛洗孤淸 － 체(滯)는 머물다, 처하다. 허(虛)는 허정(虛靜)한 경지. 허한(虛閒).

○ 持此謝高鳥 － 持此(지차)는 以此(이차).

○ 因之傳遠情 － 之는 高鳥. 高官. 遠情은 먼 지방에 은거하는 자가 主君을 그리는 情.

○ 飛沈理自隔 – 飛沈(비침)은 조정에 근무하는 자와 在野하는 자. 隔은 사이 뜰 격. 벌어지다. 크게 다르다.

| 詩意 | 前 4句는 은거한 이후 자신의 심경을 피력하였고, 後 4句는 思君과 본인의 충성심을 표현하였다. 장구령 자신도 겪은 바이지만 현직과 은거자의 思考 방식은 다를 수밖에 없다. 입장의 차이를 부정하는 것이 아니라, 각자의 처지에서 본심을 잃느냐 지키느냐의 차이일 것이다.

感遇(감우) 十二首 (其四)

孤鴻海上來，池潢不敢顧.
側見雙翠鳥，巢在三珠樹.
矯矯珍木巓，得無金丸懼.
美服患人指，高明逼神惡.
今我遊冥冥，弋者何所慕.

우연한 생각 (4 / 12)

외기러기 北海에서 날아왔는데,
웅덩이는 아예 보지도 않는다.
얼핏 보니 물총새 한 쌍은,
三珠樹 위에 둥지를 지었구나.
귀한 나무 높은 곳이라지만,
쇠 탄환이 아니 두렵겠는가?
좋은 옷엔 손가락질을 걱정하고,
높은 자린 신령 미움이 두려워라.
지금 나는 아득한 하늘에 노니나니,
주살 사냥꾼이 어찌 나를 잡겠는가?

| 註釋 | ○ 孤鴻海上來 – 孤鴻(고홍)은 외기러기. 기러기는 떼를 지어 살지만 '孤鴻' 이라 하여 속인의 무리와 섞이지 않는 孤高한

志士를 상징하였다. 《詩經》에 '기러기 날며(鴻雁于飛)' 라는 구절이 있고, 《毛傳》에는 '큰 기러기를 홍(鴻), 작은 기러기를 안(雁)' 이라고 주석했다. 《莊子》에 나오는 대붕(大鵬)을 연상해도 좋다. 소인배들을 멀리하는 장구령 자신을 비유했다.

海 – 중국의 실제 바다는 그들의 東海, 곧 우리의 西海뿐이다. 중국인들은 정원 내의 큰 연못을 海라 부른다(例, 北京의 十刹海, 中南海). 또 海는 중국인들이 거주하는 땅에서 먼 곳에 있는 황무지를 지칭하는데, 중국인들이 생각하는 四海는 '이민족들이 사는 지역' 을 의미한다. 따라서 여기 海는 鴻이 날아오는 '북쪽의 광활하고 거친 땅' 을 뜻한다.

○ 池潢不敢顧 – 池潢(지황)은 연못, 지당(池塘). 潢은 웅덩이 황(潢, 積水也). 不敢顧(불감고)는 거들떠보지 않는다. 끝없는 창공이나 九萬里 큰 땅을 나는 큰 새는 좁은 연못 같은 정치적 속세에 마음을 두지 않는다는 뜻.

○ 側見雙翠鳥 – 側見은 곁눈질하다. 雙翠鳥(쌍취조)는 짝지은 물총새. 翠는 물총새 취, 어구(魚狗)라고도 한다.

○ 巢在三珠樹 – 三珠樹에 둥지를 틀었다. 부귀영화를 누리다. 巢는 둥지 소. 三珠樹는 '백(柏)과 비슷하나 잎사귀가 주옥(珠玉)' 이라는 《山海經》 神話 속의 나무.

○ 矯矯珍木巓 – 矯矯(교교)는 높고 우뚝한 모양. 矯는 바로잡을 교. 거짓, 높이 들다. 撟(들 교)와 通. 진귀한 나무 꼭대기. 巓은 꼭대기 전. '높은 벼슬자리를 독점하다.'

○ 得無金丸懼 – 丸(환)은 '쏠 수 있는 쇠나 돌의 작은 알맹이'. 懼는 두려워할 구. 비록 고귀한 자리를 차지하고 있지만 사냥꾼

의 탄환을 피할 수 없을 것이다.

○ 高明逼神惡 – 高明은 顯貴(현귀)한 지위. 逼은 닥칠 핍. 들이닥치다. 神惡(신오)는 神靈의 미움. '千 사람이 손가락질을 하면 병 없어도 죽고, 높은 자리에 있는 집은 귀신이 내려 본다.(千人所指, 無病而死, 高明之家, 鬼瞰其室.)' 라는 속담이 있다.

○ 今我遊冥冥 – 지금 나는 廣漠(광막)한 天空을 날고 있다. 冥은 어둘 명. 아득하다.

○ 弋者何所慕 – 弋은 주살 익(사냥 도구). 慕는 그리워할 모. 여기서는 사냥하려 하다.

感遇(감우) 十二首 (其七)

江南有丹橘，經冬猶綠林.
豈伊地氣暖，自有歲寒心.
可以薦嘉客，奈何阻重深.
運命惟所遇，循環不可尋.
徒言樹桃李，此木豈無陰.

우연한 생각 (7 / 12)

江南에 자라는 붉은 귤나무는,
겨울을 나고도 여전히 푸르도다.
어찌 그곳이 따뜻해서 그러랴?
단귤이 추위를 이기는 뜻이로다.
좋은 손님에게 드릴만하나,
왜 이리 겹겹이 막혔는가?
운명은 회피할 수 없는 것이고,
天道의 순환은 짐작할 수 없다.
사람들은 桃李를 심으라 하지만,
이 나무인들 어찌 그늘이 없으랴?

| 註釋 | ○ 江南有丹橘 – 江南은 長江 남쪽. 橘은 귤나무 귤. 丹橘은 붉은 귤나무, 이식과 재배가 어려워 굳은 節操의 상징으로 통한

다. 작자는 자신을 丹橘에 비유하였다. '귤나무가 회수 이북에서는 탱자가 된다(橘踰淮而北爲枳).' 귤은 먹는 과일이지만 탱자(枳)는 먹지 못한다.

○ 經冬猶綠林 – 經은 날 경(직물의 날실). 다스리다, 경과하다, 견디다.

○ 豈伊地氣暖 – 豈는 어찌 ~이겠는가? 의문사. 伊는 저 이. 이(此), 그, 저(대명사).

○ 自有歲寒心 – 추운 겨울을 견디는 본성. 자연의 본성이 아닌 '意志'로 해석. 歲寒心은 군자의 변함없는 마음. '겨울을 지낸 다음에야 松柏이 뒤에 조락하는 것을 안다.(歲寒然後, 知松柏之後凋也.)'《論語 子罕(자한)》

○ 可以薦嘉客 – 可以는 ~할 수 있다. 薦은 받들 천. 추천하다. 嘉客(가객)은 반가운 손님(嘉賓). 여기서는 主君.

○ 奈何阻重深 – 奈는 어찌 내. 柰(능금나무 내)와 혼동하기 쉬움. 奈何(내하)는 어찌하랴? 反問 형식으로 어찌할 수 없음을 표시. 阻는 막을 조. 가로 막다. 길이 험할 조. 重深은 (~한 상태가) 매우 심하다. 重은 매우, 대단히(副詞).

○ 運命惟所遇 – 운명은 만나게 되는 것(受動). '治亂은 天運이고, 窮達은 天命이다.(夫治亂運也, 窮達命也.)'

○ 循環不可尋 – 循은 좇을 순. 다르다. 環은 고리 환. 돌다. 循環은 天道의 運行. 尋은 찾을 심. 방문하다. 보통의(尋常). 평범한, 예사로운.

○ 徒言樹桃李 – 徒는 무리 도. 사람. 걷다(徒步). 아무것도 없는, 빈. 다만, 헛되이. 樹는 나무 수. 여기서는 심다. 桃李는 복숭아

와 오얏나무(자두). 봄에는 그 꽃이 좋고, 여름에 그늘이 지며, 가을엔 열매를 먹을 수 있다.(春樹桃李, 夏得陰其下, 秋得食其實.) 桃李를 심는다는 말은 인재를 기른다는 의미가 있다.

○ 此木豈無陰 – 此木은 단귤나무. 豈無陰(기무음)은 어찌 그늘이 없으랴. 화려하게 나타나지는 않으나 겨울에도 시들지 않는 충성스런 덕성이 있다.

| 詩意 | 장구령의 〈感遇〉시는 모두 12수이다.

感遇란 지난 일들을 겪었던 때에 대한 회상이며, 일이 지난 다음에 오는 느낌이다. 본시는 詠物詩(영물시)인데, 비유의 수법으로 시인의 정서를 표현하였다.

강남에서 자라는 단귤(丹橘)은 문자 그대로 속이 붉은 귤이다. 그 단귤은 추위에도 松柏처럼 시들지 않고 푸르게 자란다. 그러므로 작자는 이 단귤 나무를 난세에도 변치 않는 충신에 비유했다. 단귤은 바로 자신이라 비유하였다.

※ 南宋의 尤袤(우무, 1127 – 1194. 南宋詩詞 四大家의 한 사람)가 저술한 《全唐詩話》의 설명에 의하면, 唐 玄宗의 정치가 차츰 해이해지자, 재상으로 있던 張九齡이 자주 충언과 直諫을 올렸다. 마침 현종이 牛仙客(우선객)을 朔方節度使(삭방절도사)에 봉하려 하자, 장구령이 극구 반대했다. 한편 음흉한 李林甫는 뒤에서 장구령에 대한 참언을 올렸다.

그때가 마침 가을이라, 현종은 내시 高力士를 시켜 장구령에게

羽扇(우선, 부채)을 보냈다. 부채가 필요 없는 가을에 부채를 보낸다는 뜻은 '그대의 소임이 이제는 없다' 는 의미였다.

이에 장구령은 현종에게 부(賦)를 지어 올리고 황공하다는 뜻을 밝히는 동시에, 이임보에게는 〈燕詩(연시)〉를 지어 보내고 자기가 물러나겠다는 뜻을 표시함으로써, 그 이상의 화를 모면할 수 있었다.

장구령은 玄宗 개원 연간의 名 재상이었다. 장구령이 이임보의 참언으로 재상에서 물러난 뒤 조정에서는 모두가 保身(보신)에 급급하여 직언하는 사람이 없었고 이임보와 牛仙客(우선객)은 더욱 설쳤다고 한다.

李林甫는 玄宗에 아부하여 734 – 752년간 재상의 자리에 있었다. 당의 정치제도에서 宰相(재상)이란 1인이 아니고 '재상 급에 해당하는 다수의 관직' 을 의미한다.

開元 22년에, 장구령이 중서령이 되었을 때 이임보는 그 아래 同三品이 되었다. 이임보는 유순하고 말을 잘했으며 교활한 술수가 많은 사람으로, 환관이나 비빈들의 집안과 깊은 관계를 맺고 황제의 동정을 엿보아 모르는 것이 없었다. 이 때문에 매번 아뢰는 답변이 늘 황제의 뜻에 잘 맞았다고 한다. 이임보는 '口蜜腹劍(구밀복검)' 故事의 주인공이다. 이 시에서 장구령은 자신을 孤鴻(고홍)으로 이임보 등을 雙翠鳥(쌍취조)로 비유하며 강렬하게 대비하였다.

이임보를 풍자한 〈歸燕詩(귀연시)〉는 다음과 같다.

歸燕詩(귀연시)

海燕何微眇, 乘春亦暫來.
豈知泥滓賤, 只見玉堂開.
繡户時雙入, 華軒日幾回.
無心如物競, 鷹隼莫相猜.

돌아온 제비

바다 제비는 어찌 그리 미묘하여,
봄날에 맞춰 잠깐 올 수 있는가?
어찌 진흙을 범벅여 물어오고,
옥당의 열린 문을 알아 보는가?
부잣집에 때 맞춰 짝지어 들어와,
멋진 처마로 날마다 자주 날아든다.
남과 다투고 경쟁할 마음 없으니,
새매라도 나를 잡으려고 하지 말라.

| 詩意 | 군자와 소인이 그 외모나 표정에서 무슨 구별이 있겠는가? 다만 보이지 않는 心地가 군자냐 소인이냐를 구분할 것이다.

군자는 '君子成人之美(군자는 남의 장점을 살려주고), 不成人之惡(남의 악행을 돕지 않는다).' 그러나 소인은 이와 반대이다.

望月懷遠(망월회원)

海上生明月，天涯共此時.

情人怨遙夜，竟夕起相思.

滅燭憐光滿，披衣覺露滋.

不堪盈手贈，還寢夢佳期.

달을 보며 멀리 임을 그리다

바다 위로 밝은 달이 떠오를 때,

하늘 끝의 저쪽서도 함께 보리라.

정이 많은 사람은 긴긴 밤을 원망하나니,

밤이 새도록 서로 그리워하리라.

촛불을 끄니 아련한 달빛이 가득하여,

웃옷을 걸쳐 나서니 이슬이 몸에 스민다.

달빛을 손으로 잡아 보낼 수도 없으니,

돌아온 침상에 만날 기약이나 꿈꾸려 한다.

| 註釋 | ○ 天涯共此時 – 天涯(천애)는 하늘 끝, 저쪽 끝.

○ 竟夕起相思 – 竟은 다할 경. 竟夕은 밤새도록.

○ 不堪盈手贈 – 不堪(불감)은 ~할 수 없다. 대개 좋지 않은 일을 말함. 견딜 수 없다. 盈은 채울 영. 담다.

| 詩意 | 이 시의 話者는 여인이다. 여인이 멀리 떨어진 님을 그린다

는 설정으로 주군에 대한 충절을 隱喩的(은유적)으로 표현했다. 이 시는 여인의 怨을 묘사했다. 怨이 있어 竟夕하고, 새벽에 옷을 걸치고 뜰에 내려선다.

그 야경의 묘사가 매우 사실적이다. 실제 새벽녘에 찬 이슬이 내릴 때, 몸을 휘감는 寒氣(한기)가 있다. 그러면 다시 침상에 돌아와 누워, 꿈에서나 만날 기약을 꿈꾸고자 한다.

곧 景(경)에 대한 서술이 情(정)에 대한 묘사로 저절로 치환된다. 그래서 느낌이 오는 시이다.

秋夕望月(추석망월)

清迥江城月，流光萬里同.
所思如夢裏，相望在庭中.
皎潔青苔露，蕭條黃葉風.
含情不得語，頻使桂華空.

추석에 달을 보다

창공 멀리로 강변 마을에 뜬 달이,
만리 천지를 비춘 달빛은 하나로다.
그리움은 꿈속 그대로이니,
뜨락안에 서로 바라다본다.
고운 달빛이 푸른 이끼와 이슬에 내리고,
지는 잎새의 소슬한 모습 바람에 쓸려간다.
품은 정념 말로는 다하지 못하나니,
계수 나무 심겨진 명월만 공연히 밝다.

| 註釋 | ㅇ 清迥江城月 – 창공에 뜬 달 – 탁트인 공간을 혼자 다 채우는 그 빛을 묘사했다. 강변 마을에서 바라보는 그 명월은 얼마나 밝고 높은가? 迥은 멀 형.

| 詩意 | 장구령의 명성은 조금 후대인 李白이나 杜甫에 가려졌지만, 장구령의 詩才와 사상은 특별하다는 평가를 받고 있다.

이 시는 달로 시작하여 달로 끝을 내었는데, 敍景(서경)에서 抒情(서정)으로 轉移(전이)가 극히 자연스럽다.

그러면서 청아하고 담백한 정서가 온 시편에 가득한 것은 그 자체가 하나의 감동이라고 평할 수 있다.

湖口望廬山瀑布水(후구망여사폭포수)

萬丈洪泉落, 迢迢半紫氛.
奔飛流雜樹, 灑落出重雲.
日照虹蜺似, 天淸風雨聞.
靈山多秀色, 空水共氤氳.

파양호에서 여산의 폭포수를 바라보다

일만 길의 물줄기 큰물에 떨어지나니,
하늘 저쪽 半空에 보라색 기운이 걸쳤다.
잡목 우거진 숲에도 휘몰아 날리고,
짙은 연무를 뚫고서 힘차게 낙하한다.
햇빛 비추자 무지개가 서더니,
날이 개면서 비바람 소리로 들린다.
신성한 靈山에 빼어난 山色이니,
허공에 꽉차는 짙게 퍼진 물안개.

| 註釋 | ○ 〈湖口望廬山瀑布水〉 – 湖口는 鄱陽湖(파양호)의 입구.

廬山(여산)은, 今 江西省 북단 九江市 남교의 산. 中國 國家 5A級 旅遊景區. 여산은 雄(웅), 奇(기), 險(험), 秀(수)로 명성이 났다. 여산의 최고봉은 漢陽峰(한양봉)으로 해발 1,474m이다.

여산의 폭포를 읊은 시가 4,000여 수나 되는데, 司馬遷, 陶淵明, 王羲之(왕희지), 李白, 白居易, 蘇東坡는 물론 현대의 蔣介石

(장개석)과 毛澤東(모택동)도 시를 지었다.

○ 迢迢半紫氛 - 迢迢(초조)는 멀고 먼. 紫氛(자분)은 보랏빛 기운. 폭포의 물보라를 묘사하였다. 紫色은 상서로운 색, 瑞氣(서기).

○ 灑落出重雲 - 灑는 뿌릴 쇄. 灑落은 흩뿌리다. 폭포수의 낙하를 묘사.

○ 日照虹蜺似 - 虹蜺(홍예)는 무지개. 虹는 무지개 홍. 蜺는 무지개 예.

○ 空水共氤氳 - 空水는 폭포수. 氤氳(인온)은 왕성한 기운. 물안개가(水霧) 진하게 퍼진 모양. 氤은 기운 성할 인. 氳은 기운 성할 온.

| 詩意 | 이 시는 廬山(여산)의 폭포를 서로 다른 각도에서 서로 다른 수법으로, 그리고 대략을 취하면서도 세밀하게 묘사하였으니, 여산의 풍경 속에 사람이 그려지고, 묘사되지 않은 소리가 있고, 정감이 들어 있다. 그래서 이 시는 장구령 자신의 返照(반조)와 같다는 느낌이 온다.

首聯에서는 하늘에서 떨어지는 높이를 묘사하였으니 萬丈(만장)의 길이에 그 거리(멀기)는 迢迢(초초)하다고 하였다. 그러니 거기서 자색 기운이 하늘로 뻗쳐오른다.

次聯에서는 폭포의 모습인데, 푸르고 높은 여산을 배경으로 깊은 잡목 수풀 속에서 雲氣를 생성하고 허공에 飛騰(비등)하는 모습으로 묘사하였다.

三聯에서는 폭포의 神威(신위)와 聲勢(성세)를 묘사하였으니 하늘에 무지개를 세우고 날이 개이면 물보라를 비바람처럼 뿌린다고 하였다.

이어 末聯에서는 폭포의 景概(경개)를 서술하였으니 그 자체가 仙境이고 천지의 造化이며 純粹(순수)라고 하였다.

이 시는 山水詩이다. 산수를 어떠한 시각으로 어떻게 바라보는가는 그 사람의 품격이다. 이 시의 예술적 성취는 시인이 그만한 안목을 갖고 있다는 뜻이다. 풍경을 감상하는 名士의 氣度(기도)가 느껴지는 시이다. 가슴에 품은 격정은 순화시켜 표출하기 – 蘊蓄(온축)된 감정, 壯志(장지), 탁 트인 胸襟(흉금), 豪放(호방)한 襟度(금도) – 이러한 모든 것이 산수시로 표현된다. 그래서 '詩는 志氣를 말한다(詩言志).' 라고 말한다. 그의 산수시는 바로 그 사람이다(山水卽人).

034
李隆基(玄宗)〔이융기(현종)〕

唐 玄宗 李隆基(이융기, 685 – 762)는 睿宗(예종)의 제3子인데, 皇帝로 44년을 재위하여(712 – 756), 唐에서 재위 기간이 가장 긴 황제이다.

玄宗은 廟號(묘호)이고, 諡號(시호)는 至道大聖大明孝皇帝. 보통 唐明皇이라 부른다.

中宗을 시해한 황후 韋氏(위씨)를 처단하고 아버지 睿宗(예종)을 복위시켰다가 예종의 양위를 받아 28세에 즉위하였다. 즉위하고 30年간은 '開元之治'라 하여 당의 최 전성기를 맞이했었다.

그러나 장기간 재위에 따라 정사에 게을러져서 天寶 연간(742 – 756)에 양귀비를 좋아했고 간신 李林甫와 楊國忠을 중용하고 안록산을 신임하여 결과적으로 안사의 난(안록산과 그 부장 史思明, 755 – 763)을 초래했다. 756년에, 아들 숙종에게 양위하였다. 757년에, 안록산이 아들 안경서에게 피살된 뒤에 長安으로 돌아와 太上皇으로 살다가 762년에 78세에 죽었다.

唐 玄宗은 音樂的 재능이 뛰어나 唐朝의 音樂 발전에 큰 영향을 주었다. 현종 자신이 비파와 북을 연주하기를 좋아하였고 〈霓裳羽衣曲(예상우의곡)〉등 100여 곡을 작곡하였다. 현종은 樂工을 직접 선발하고 宮女들을 모아 歌舞를 익히게 하였는데, 이를 梨園(이원)이

라 불렀다. 중국의 藝人들은 현종을 '老郎神'이라 하여 자신들의 職業 神으로 숭배하고 있다.

참고로, 안록산의 난이 일어나기 전 해인 天寶 13年(754)년의 唐의 國勢는 전국 321郡에 1,530개의 縣 16,829개소의 鄕이 있었다. 그리고 9,069,154戶에 총 인구는 52,880,488名이었다고 한다.

送胡眞師還西山(송호진사환서산)

仙客厭人間, 孤雲比性閒.
話離情未已, 煙水萬重山.

西山으로 돌아가는 胡 眞師를 보내며

신선같은 도사는 속세를 싫어하니,
한가로이 뜬구름 같은 본성이다.
작별인사 끝나고 情은 남았는데,
구름과 물, 첩첩 만겹 산 뿐이다.

| 詩意 | 漢 武帝 이후 역대 제왕들은 나름대로 신선의 세계를 동경했다. 唐은 國姓과 같은 老子를〔李耳, 前 571? – 471?, 字 伯陽, 外字 聃(담)〕 받들었고 곳곳에 道觀을 건립했으며 道士를 우대하였다. 제목의 '眞師' 는 도사에 대한 존칭이다.

經魯祭孔子而歎之(경노제공자이탄지)

夫子何爲者, 栖栖一代中.
地猶鄹氏邑, 宅卽魯王宮.
歎鳳嗟身否, 傷麟怨道窮.
今看兩楹奠, 當與夢時同.

魯에 가서 孔子를 제사하고 탄식하다

孔子는 무슨 일을 하신 분인가?
한평생 바쁘게만 돌아다녔다.
살았던 곳은 추읍이었으나,
옛집은 漢 魯王의 왕궁이 되었다.
봉황도 오지 않아 막힌 신세를 한탄하며,
기린을 슬퍼하고 道가 다했다 원망했었다.
이제 두 기둥 사이에 제사 올리니,
그때 꿈꾸던 모습과 똑같다 하리라.

| 註釋 | ○〈經魯祭孔子而歎之〉-〈魯에 가서 孔子를 제사하고 공자를 두고 (그 뜻을 이루지 못했음을) 탄식하다〉. 唐 玄宗은 開元 13년(729년) 泰山에서 封禪禮를 행하고 魯의 昌平鄕에 있는 공자의 舊宅에 행차해서 제사를 지냈다는 기록이《新唐書》에 있다. 이 시는 그때 지은 詩이다. 당 태종은 공자를 '先聖' 으로 높였고, 당 현종은 開元 27年(739)에 공자를 '文宣王' 에 봉했다. 이후 공

자의 존호는 계속 늘어 宋代에는 '至聖文宣王', 清朝에서는 공자를 '大成至聖文宣先師'라 불렀다.

○ 夫子何爲者 – 夫子는 일반적으로는 남자의 통칭. 공자의 제자들은 공자를 '夫子'라 호칭했다.(例, 曾子曰 夫子之道 忠恕而已矣.《論語 里仁》/ 子貢曰 夫子之文章可得而聞也.《論語 公冶長》)

○ 栖栖一代中 – 栖는 깃들 서. 살다. 棲와 同. 栖栖(서서)는 바쁜 모양. '微生畝謂孔子曰, 丘 何爲是栖栖者與?(공자 그분은 무엇 때문에 저리 바쁘신가?) ~ '《論語 憲問》

○ 地猶鄹氏邑 – 鄹는 나라 이름 추(鄒와 同). 땅이름 추. 공자의 부친 叔梁紇(숙량흘)이 大夫로 있던 땅. 今 山東省 남부의 曲阜市(곡부시).

○ 宅即魯王宮 – 宅은 집 택. 魯王宮 – 漢 景帝의 5子인 魯王은 집의 치장을 즐겼는데, 공자의 고택을 헐고 자신의 집을 넓혔다고 한다.

○ 歎鳳嗟身否 – 공자는 봉황이 오지 않는다면서 자신의 늙음을 한탄하였다. '子曰, 鳳鳥不至 河不出圖, 吾已矣.'《論語 子罕(자한)》. 嗟는 탄식할 차. 否는 막힐 비. 周易의 괘 이름 비. 아닐 부. 身否(신비)는 자신의 운명이 트이질 않고 막히다.

○ 傷麟怨道窮 – 傷麟(상린)은 기린이 잡혀 죽을 것을 슬퍼하다. 道窮(도궁)은 자신의 道가 다하다. 공자는 기린이 출현하였는데 叔孫氏의 마부에게 잡혀 죽은 것을 확인하고서 "기린이다. 기린이 출현했다가 죽었으니 나의 道도 이제는 다하였다."고 말했다.

○ 今看兩楹奠 – 楹은 기둥 영. 큰 건물의 기둥. 奠은 제사 지낼 전. 兩楹奠(양영전) – 正堂에 모시고 제사를 올리다.

○ 當與夢時同 – (지금의 이런 제사를 받는 것이) 공자가 꿈을 꾼 그 모습과 틀림없다. 공자는 기원전 479년에 73세에 노환으로 죽었는데, 죽기 전에 자신이 큰 집의 두 기둥 사이에 앉아 있는 꿈을 꾸었다고 한다. 그리고 병석에 누워 7일 뒤에 죽었다. 중국에 '인생은 73이나 84' (人生七十三八十四)라는 속담이 있다. 공자는 73세, 맹자는 84세에 죽었다. 당시로서는 무척 장수한 셈이다.

| 詩意 | 孔子의 일생에 대한 지식이 좀 있어야 제대로 새길 수 있는 詩이다. 사실 공자는 하급 서리의 신분으로 출생하여 魯의 大司寇(대사구)를 잠시 역임하였으나 정치적으로 그 뜻을 펼 수 없었다.

기원전 497년, 55세의 공자는 魯나라를 떠나 각국을 여행한다. 공자가 노나라를 떠난 이유를 명확하게 설명한 사료도 없으며 오랜 기간의 외유에 관하여 《論語》에도 극히 간단한 서술이 있을 뿐이다. 하여튼 공자는 당시 노나라의 실권자 季桓子(계환자)와 갈등이 있었다고 추정할 수 있다.

공자는 68세 되는 해까지 14년간 자신의 도를 실현할 수 있는 나라를 찾아다녔다. 공자는 당시 노나라 주변의 약소국인 衛(위), 宋, 陳, 蔡 등에 주로 머물렀고 晉(진), 楚(초), 齊(제) 같은 큰 나라에는 가지도 않았다.

이러한 외유를 공자가 천하를 周遊(주유)했다고 표현하지만 사실은 많은 역경과 난관만을 겪었을 뿐 끝내 뜻을 이루지 못했다. 공자가 각국을 돌아다니는 동안 鄭나라 성문에서는 일행과 떨어져 '喪家之狗(상가지구, 상갓집의 개)' 처럼 처량한 상황에 처하기도 했으며, 匡(광)이란 곳에서는 마을 사람들의 공격을 받아 목숨이 위태로웠던 때도 있었다. 뿐만 아니라 陳(진)나라와 蔡(채) 사이에서는 식량이 떨어져 7일 동안 굶기도 했었다.

우리가 흔히 쓰는 '喪家之狗' 란《史記 孔子世家》에 나오는 표현이다. 상갓집의 개는 주인이 경황이 없어 먹을 것을 챙겨줄 수 없다. 떠돌아다녔던 공자의 생활을 이렇게 표현한 것은 공자 같은 聖人일지라도 일상생활은 결코 쉽지 않았다는 점을 후세에 전해주기 위한 사마천의 의도였다고 생각한다. 하여튼 공자는 사후에 그 제자들의 활동에 의해 존중받았고 역대 황제의 제사를 받는 고귀한 神으로 상승하였다.

唐 玄宗의 이 詩를 孔子의 일생을 알 수 있는 중요한 자료로 활용하는 것도 의미 있는 일일 것이다.

035

張敬忠(장경충)

張敬忠(장경충)은 中宗 때 監察御史 역임. 開元 연간에 平盧節應使 등 여러 무관직을 역임했다. 장경충의 시는《全唐詩》75권에 딱 2수가 수록되었다.

戲詠(희영)

有意嫌兵部，專心望考功.
誰知脚蹭蹬，幾落省牆東.

장난삼아 읊다

兵部에 근무하기를 꺼렸기에,
考功을 담당부서로 열망하였다.
누가 알았으리오, 걸음이 꼬여서,
상서성 동쪽 끝에 떨어질 뻔 했네.

| 詩意 | 誰知脚蹭蹬 – 蹭蹬(층등, 蹭은 비틀거릴 층. 蹬은 비틀거릴 등)은 비틀거리다. 걸을 때 다리가 꼬여 비틀거리다.

'幾落省牆東' 은 상서성 관할의 膳部司(선부사)는 궁궐 동북 끝 담장 모서리에 있었다고 한다.

관직의 여러 부서 중 그래도 근무하고 싶은 부서가 있을 것이다. 시인은 兵部에 근무하기 싫어 관리의 人事와 考課를 담당하는 (考功) 부서, 곧 吏部에 발령나길 열망했지만, 尙書省의 동북쪽 모퉁이에 있는 禮部의 膳部司(황제의 식사 담당, 식자재 구입, 관리 담당)에 배치될 뻔했다는 내용이다.

邊詞(변사)

五原春色舊來遲，二月垂楊未掛絲.
卽今河畔冰開日，正是長安花落時.

변방의 노래

五原의 올봄은 이전보다 늦었기에,
이월의 버들은 아직 아니 늘어졌다.
이제야 강가의 얼음이 풀리지만,
지금쯤 長安은 꽃이 지고 있으리.

| 註釋 | 五原郡은 漢代의 郡名으로, 幷州刺史部(병주자사부) 관할이었다. 그 치소는 九原縣인데, 今 內蒙古(내몽고) 남부 包頭市 서북에 해당한다. 황하가 내몽고에서 ∩ 모양으로 흐르는 북안. 《삼국연의》에 나오는 呂布(여포, ? – 198년)의 고향. 中國人의 俗談에 '人中呂布 馬中赤兎' (사람은 呂布, 말은 적토마)라는 말이 있다. 呂布는 그만큼 잘 생긴 美男子였다.

036

王之渙(왕지환)

王之渙〔왕지환, 688－742, 字 季凌(계릉)〕은 幷州(병주, 今 山西省 太原市) 사람으로, 盛唐 시절에 〈登鸛雀樓〉가 人口에 회자하여 유명한 시인이 되었다.

王之渙(흩어질 환, 빛나다)은 과거 합격이나 벼슬에 관심을 갖지 않았기에 그에 관한 生平에 관한 자료는 많지 않지만, 高適(고적), 岑參(잠삼), 王昌齡(왕창령)과 나란히 이름을 얻었고 作風도 비슷하다. 왕지환은 五言에 능했고 邊塞(변새)의 風光에 대한 묘사에 뛰어났었다. 지금 그의 시는 6수가 남아 있다고 하는데, 〈登鸛雀樓〉와 七絶樂府인 〈涼州詞, 一作 出塞〉가 아주 유명하다.

登鸛雀樓(등관작루)

白日依山盡，黃河入海流.

欲窮千里目，更上一層樓.

관작루에 오르다

白日은 서산에 지는데,

黃河는 바다로 가려고 흐른다.

천리밖 먼 곳을 바라보려고,

누각을 또 다시 한층 올라간다.

| 註釋 | ㅇ 〈登鸛雀樓〉 - '관작루' 鸛은 황새 관. 雀은 참새 작. 鸛雀(관작)을 우리말로는 까치라 번역하지만 까치는 물새가 아니다. 관작은 물새의 한 종류니, 황새 또는 백로와 같은 물새로 생각해야 한다. 鸛雀樓는 山西省 서남부 臨汾市(임분시) 관할의 蒲縣(포현)에 있다.

지금 관작루는 黃鶴樓, 岳陽樓, 滕王閣(등왕각)과 함께 四大 歷史文化名樓로 꼽히고 있다. 지금 건물은 2002년에 다시 중건된 것으로, 唐代의 高臺 樓閣을 모방하여 전체 높이가 73.9m에 달하는 큰 건물이다. 누각에는 王之渙의 青銅 塑像(소상)이 설치되어 있고, 1층에는 毛澤東이 손으로 쓴 〈登鸛雀樓〉가 걸려있다고 한다.

ㅇ 白日依山盡 - 白日은 해. 해는 석양에 더욱 하얗게 보일 때가

많다. 아침에 뜨는 해는 어린 아이들 노랫말 그대로 '붉은 해' 이다. 依山盡(의산진)은 산에 기대어 곧 산 너머로 진다. 중국인들은 해가 바다에 지는 것을 구경 못한다.(단, 山東半島 일부 지역 제외)

○ 黃河入海流 – 황하는 바다로 들어가려고 흐른다. 이는 관작루에서 보면 黃河가 동쪽으로 흐르는 것을 의미한다. 黃河가 東으로 흘러 바다로 들어간다는 것은 중국인들의 상식이다. 관작루에서 바다로 들어가는 것이 보인다는 뜻은 전혀 아니다.

○ 欲窮千里目 – 窮은 다할 궁. 끝내다. 千里目은 아주 먼데를 보려고 하는 눈길.

○ 更上一層樓 – 바로 이 구절이 이 시를 유명하게 만들었다. 관작루에서 고향 쪽을 바라보다가 한층 더 올라가면 더 먼 곳까지 바라볼 수 있다고 생각하여 한 층을 더 올라간다.

이는 아주 당연한 이야기이다. 그러나 학문에서 한 단계 더 올라가면 보이는 것은 열 배 이상 더 넓게 보인다. 학문을 하는 사람에게 더 열심히 노력하여 한 단계 상승하라고 勸勉의 뜻으로 이 시를 권한다.

| 詩意 | 今 山西省의 永濟市 지역에서, 곧 관작루에서 보면 북에서 남으로 흘러 내려오던 황하가 90°로 꺾어지면서 동해를 향해 동쪽으로 흐른다.

사실 '白日依山盡' 은 관작루뿐만 아니라 중국의 어디에서든 서산으로 해가 진다. '黃河入海流' 도 그 사람들 사이에 그냥 보통으로 하는 이야기이다. 또 좀 더 멀리 보려고 한다면? 이것이 바로 起承轉結(기승전결)에서 '轉' 이다. 여기서 이 구절의 反轉(반전)이 좋은 질문을 던졌고 그 답은 結句이다. 곧 누구든지 한층 더 높은 곳으로 올라가야 한다.

이상 1句와 2句는 실상이다. 관작루에서 눈으로 확인되는 實景이다. 이에 비하여 3, 4구는 시인의 머리에서 나오는 虛想(허상)이다.

그렇다면 1구 – 3句가 하나도 특별하지 않은 구절이다. 그러나 여기서 '왜 1층을 더 올라가느냐?' 가 문제이다. – 더 먼 곳을, 千里目이 닿는 곳을 보려고! 그렇다면 더 먼 그곳은 어디인가?

바로 사람들의 목표지향점이다.

四書를 읽을 사람은 三經이나 五經을 읽어야 한다. 史學에 入門한 사람은 通史에서 더 들어가서 자신이 전공하는 時代史를 또 分類史를 공부해야 한다. 그리고 9급 공무원이라면 7급을 목표로 노력해야 하며, 代理는 課長이나 部將이 되어야 하고 – 이런 세속적 욕망을 가장 모양 좋게 표현한 구절이 '更上一層樓' 이다.

그러니 누가 이 구절을 싫어하겠는가?

送別(송별)

楊柳東風樹, 青青夾御河.
近來攀折苦, 應爲別離多.

송별

버들은 봄을 맞는 나무,
도성의 냇가에 푸르렀다.
근래에 버들이 많이 꺾이기는,
으레껏 이별이 많기 때문이다.

| 註釋 | ○ 青青夾御河 – 夾은 낄 협. 냇물을 가운데 끼고. 御河(어하)는 궁궐과 연결된 하천.

○ 近來攀折苦 – 攀은 잡을 반. 잡고 매달리다. 折苦(절고)는 꺾이는 고통. 꺾이다.

| 詩意 | 唐나라 사람들은 이별할 때 버드나무가지를 꺾어 情을 표시했다고 한다. 내년 봄에 버들잎이 피면 꼭 돌아오라는 의미였을 것이다.

涼州詞(양주사)

黃河遠上白雲間, 一片孤城萬仞山.
羌笛何須怨楊柳, 春風不度玉門關.

涼州의 노래 (一作 〈出塞〉)

멀리 흰구름 따라 황하는 올라가고,
외진 고성에 높은 산만 솟았다.
羌笛의 〈楊柳〉 곡을 어이 원망하리오?
춘풍은 玉門關을 넘어 오지 못한다오.

| 註釋 | ㅇ《全唐詩》에는 〈涼州詞〉이나 보통 〈出塞(출새)〉로 널리 알려졌다. 漢代의 涼州는 長安에서 서역으로 연결되는 넓은 지역을 지칭한다. 곧 전방이고 서역으로 통하는 異域이며 13자사부의 하나이다. 今 甘肅省(감숙성) 일대로 漢代에는 隴西郡, 北地郡, 武威郡, 張掖郡(장액군), 酒泉郡, 敦煌郡(돈황군) 등이 모두 양주 소속이었다.

ㅇ 黃河遠上白雲間 - 黃河遠上 - 黃河의 발원지는 崑崙山(곤륜산)이다. 李白 〈將進酒〉의 '君不見 黃河之水天上來' 하는 구절이 연상된다. 하류에서 황하를 올려다보면 白雲間으로 올라간다는 것을 느꼈을 것이다.

ㅇ 一片孤城萬仞山 - 一片孤城은 涼州城. 仞은 한 길 인. 八尺. 어른 키의 길이를 '한 길' 이라고 한다. '열 길 물속은~' 의 '길'

이다. 萬仞山(만인산)은 아주 높은 산.

- 羌笛何須怨楊柳 – 羌族(강족)의 피리(笛, 적)이 '折楊柳'를 불어댄들 어이 원망하겠는가? 羌은 종족 이름 강. 지금 티베트 지역의 이민족. 匈奴, 鮮卑, 氐(저), 羯(갈), 羌族을 五胡라 통칭한다. 何須怨(하수원)은 어찌 원망하랴? 楊柳는 '折楊柳'의 곡조. 一語雙關.
- 春風不度玉門關 – 春風은 玉門關을 넘지 못한다. 玉門關은 지금의 甘肅省 敦煌市 서쪽에 있는 관문. 옥문관 너머에는 봄이 없다는 뜻. 언제나 춥고 위험한 땅이라는 의미가 들어있어 그런 땅에 나가 싸우는 병졸의 한을 표현했다.

| 詩意 | 봄바람조차 불지 않는 살벌하고 외로운 요새에 긴장감이 넘친다. 주변에서 들려오는 羌族(강족)의 피리 소리가 더욱 슬픔을 보태어 준다. 涼州 땅의 험한 지형, 防守의 힘든 나날을 사실대로 전달해 준다.

1구에서는 黃河를 언급하였다. 중국인들에게 황하는 바다로부터 서쪽으로 거의 일직선으로 올라가다가 山西와 陜西의 경계를 이루며 90도로 북상하다가 내몽고에서 ∩字 형태로 서쪽으로 방향을 틀며 서남으로 향한다. 그 서쪽이 양주이며 이민족과의 접경이다. 따라서 황하는 하늘의 白雲間을 올라가는 것 같다.

2구에서는 涼州城을 묘사하였다. 一片은 대개 孤와 連用된다. '一片孤雲'이나 '孤帆一片'이 그런 예이다. 여기서는 '一座'의 뜻이 있다. 산도 많지만 깊게 파인 황토 절벽을 萬仞(만인)이라고 했다.

3구에서는 들려오는 羌族(강족)의 피리소리를 언급했다. 唐나라 사람들은 이별할 때 버드나무 가지를 꺾어 情을 표시했다고 한다. 그런데 이곳은 봄이 없는 凍土(동토), 버드나무 가지 대신 강족이 부는 〈折楊柳〉의 슬픈 곡을 들어야 한다.

4구 – 여기는 玉門關 너머, 春風도 넘어오지 못하는 땅, 버들도 푸르지 않고, 땅은 얼었고, 싸움은 끝이 없고, 歸家할 희망은 絶望이다. 그러니 怨과 恨만 남아 있는 곳! 병졸의 슬픔은 黃河水 만큼이나 연이어 흘러내린다. '邊塞詩의 절창' 이라 아니할 수 없다.

| 參考 | 王之渙의 〈出塞 一名 涼州詞〉는 當時에도 妓女들이 애창한 악부시였다. 기타 변방에 출정한 병사들을 테마로 읊은 邊塞詩로 유명한 七言絕句는 王翰(왕한)의 '葡萄美酒' 로 시작하는 〈涼州詞〉, 王昌齡의 '秦時明月' 으로 시작하는 〈出塞〉가 있고, 기타 五古 樂府에 속하는 〈塞下曲〉, 〈關山月〉 등이 있다.

그리고 왕유의 '渭城朝雨' 로 시작하는 〈渭城曲〉과 李白의 '朝辭白帝' 로 시작하는 〈早發白帝城〉 등이 가히 七絕의 대표작이 될 만하다고 많은 사람들이 인정하고 있다.

《全唐詩》 253권의 기록에 의하면, 《集異記》란 책에, '開元 연간에 왕지환, 王昌齡(왕창령), 高適(고적) 등이 함께 旗亭(기정)이라는 술집에 가서 가기를 불렀다. 왕창령이 '술을 마시는 동안 누구의 시가 가장 많이 불리나 내기를 하자.' 고 제안했다.

첫 번째 가기가 '寒雨連江夜入吳' (王昌齡 〈芙蓉樓送辛漸〉) 라고 노래를 하자 왕창령은 벽에 '一絕句' 라고 썼다. 다음 가기가 고적의 시를 노래했고, 또 다른 가기는 왕창령의 〈長信秋詞〉를 노래했다. 그러자 왕지환이 '가장 미인인 4번째 가기가 내 시를 노래한다면 앞으로는 자네들과 다투지 않겠다.' 고 말했다.

이어 미인 가기가 '黃河遠上白雲間 ~' 하면서 왕지환의 〈양주사〉를 노래했다. 결국 왕창령과 고적은 내기를 포기했다고 한다. 이를 '旗亭劃壁(기정획벽)' 이라 한다. 정말 운치있는 놀음이다.

宴詞(연사)

長堤春水綠悠悠，畎入漳河一道流.
莫聽聲聲催去棹，桃溪淺處不勝舟.

잔치

큰내 둑의 봄물은 언제나 푸르고,
논밭 사이 漳河(장하)는 한 줄기로 흐른다.
가자고 보채는 사공의 노래는 듣지 마오,
복숭아 꽃지는 냇물에 배를 띠우지 못하리.

| 詩意 | 술집에서 가기가 부르는 노래 – 그런대로 운치가 있고 낭만적이며 시적이다. 이런 정도의 가사는 시인이 지었을 것이다.

시인은 생각이 많고 재능이 뛰어난 사람이니 운치 있는 가사이다. 때로는 슬픈 노래도 잔치에서 들으면 신명이 나고 따라 부를 수 있다.

037

李頎(이기)

李頎(이기, 690 – 751. 頎는 헌걸찬 모양 기)는 唐代 趙郡(今 河北省 趙縣)사람으로 유명한 시인이다. 젊어서 부호자제들과 어울려 파산한 뒤에야 潁陽(영양, 今 河南省 鄭州市 관할 登封市)에 은거하며 苦讀十年하여 개원 23년(735)에 진사에 급제하였다. 新鄕縣尉라는 지방관을 역임했다. 이기는 소탈한 성격에 세속에 구애받지 않으며 王維, 王昌齡, 高適(고적) 등과 긴밀히 왕래하며 교유하였다. 그의 시는 秀麗雄渾(수려웅혼)하며 송별시와 자연을 묘사한 시가 많으나 변새시에 뛰어났으며 〈古從軍行〉이 그의 대표작이라 할 수 있다.

野老曝背(야로폭배)

百歲老翁不種田，惟知曝背樂殘年.
有時捫虱獨搔首，目送歸鴻籬下眠.

시골 늙은이의 햇볕 쬐기

백세 된 늙은이는 밭일을 하지 않고,
볕을 쬐며 남은 여생을 즐길 줄 안다.
가끔 이를 잡고 홀로 머리를 긁적이며,
가는 기러기 보며 울타리 아래서 졸고 있다.

| 參考 | 옛날에는 누구에게나 虱(슬, 이)이 있었다. '狗咬花公子(개는 거지를 물고), 虱咬貧寒人(이는 가난한 사람을 문다).' 이라는 속담이 있으며, 또 '皇帝身上還有三個御虱(황제의 몸에도 세 마리의 황제의 이가 있다).' 이라는 속담은 '이(虱)가 없는 사람은 없다.' 곧 누구나 결점은 있다는 뜻으로 통하고 있다. 光頭上的虱子(대머리에 붙은 이)는 '명백하다'는 의미의 속담이다.

옛날에 이를 잡는 것은 노인들의 일상이었다. 노인이 옷을 뒤집어 이를 잡으며 화롯불에 옷을 털면 이가 떨어져 타 죽는 냄새가 나곤 했다.

古意(고의)

男兒事長征，少小幽燕客.
賭勝馬蹄下，由來輕七尺.
殺人莫敢前，鬚如蝟毛磔.
黃雲隴底白雪飛，未得報恩不能歸.
遼東小婦年十五，慣彈琵琶解歌舞.
今爲羌笛出塞聲，使我三軍淚如雨.

옛 뜻

男兒는 으레 전장에 나가야 한다며,
젊고도 어린 幽州에서 온 젊은이.
말타고 달리는 내기 도박을 걸며,
이렇듯 일곱 자 몸을 가벼이 여긴다.
殺人할 기세에 감히 맞서는 자 없고,
수염은 고슴도치 털처럼 억세다.
흙먼지 가득한 산아래 白雪이 날리는데,
큰공이 없으니 돌아가지 못한다 하네.
요동땅 젊은 여인 나이는 열다섯인데,
비파도 잘 타고 가무 솜씨도 뛰어났다.
오늘도 羌笛을 부니 요새에 소리 퍼져,
우리의 三軍을 비 오듯 눈물 나게 한다.

| 註釋 | ○ 〈古意〉 – 옛날의 시를 따라 쓴 시. 古風과 같다. '옛 사나이들의 意氣' 로 풀어도 된다.

○ 男兒事長征 – 事는 일삼다, 종사하다. 長征은 遠征(원정).

○ 少小幽燕客 – 幽燕客(유연객)은 유주의 사나이. 幽는 河北省, 遼寧省 서남부로 춘추 전국시대 燕나라 땅이었다. 客은 사나이. 그 땅에는 혈기왕성하고 義俠(의협)한 男兒가 많았다.

○ 賭勝馬蹄下 – 賭는 내기 걸 도. 도박. 賭勝(도승)은 내기에 이기다. 蹄는 발굽 제.

○ 由來輕七尺 – 輕은 가벼울 경. 경시하다. 輕七尺은 생명을 건 내기.

○ 鬚如蝟毛磔 – 鬚는 수염 수. 蝟는 고슴도치 위. 磔은 찢을 책. 가르다. 고슴도치 털과 같은 수염이 양옆으로 갈라졌다.

○ 黃雲隴底白雪飛 – 黃雲은 黃塵(황진). 황진에 흐려 누렇게 된 구름. 隴은 고개 이름 농. 天水郡에 있는 隴山(농산). 언덕(山崗). 底는 밑 저. 坻(비탈 지), 阺(비탈 저)와 같다. 隴(농)을 밭두둑으로 해석하거나, 혹은 유주(幽州)의 어떤 큰 산으로 해석해야 한다.(甘肅省의 隴山으로 보면 지리적으로 맞지 않다.) 白雪飛는 흰 눈이 날린다. 黃雲과 白雪은 對가 된다. 백설을 '백운(白雲)' 으로 쓴 책도 있다.

○ 遼東小婦年十五 – 遼東은 遼河(랴오허)의 동쪽, 遼寧省 남부 지역.

○ 慣彈琵琶解歌舞 – 慣은 버릇 관. 익숙하다. 慣彈(관탄)은 익숙하게 연주하다. 琵琶(비파)는 서역에서 전래한 악기. 解는 할 줄 안다. 解歌舞는 가무 솜씨가 능숙하다.

○ 今爲羌笛出塞聲 – 羌은 종족 이름 강. 笛은 피리 적. 羌笛은 서역에서 들어온 악기이다.

| 詩意 | 역시 格式 면에서는 五言과 七言이 각 6구로 된 古體詩다. 漢代의 '邊塞征戍(변새정수)'의 古詩를 모방한 시다. 그러므로 古意라고 詩題를 붙였다.

전반에서는 호협한 용사의 기개를 그렸고, 후반에서는 가냘픈 여인의 피리 소리를 대조시켰다. 긴장과 애수가 교차하는 싸움터의 風情과 군인들의 의기를 잘 엮어 읊었다.

送魏萬之京(송위만지경)

朝聞遊子唱離歌，昨夜微霜初渡河.
鴻雁不堪愁裏聽，雲山況是客中過.
關城樹色催寒近，御苑砧聲向晩多.
莫見長安行樂處，空令歲月易蹉跎.

상경하는 위만을 보내며

아침에 그대가 떠난다는 말을 들었는데,
어젯밤 첫 서리가 黃河를 건너왔다네.
나그네 설움에 기러기 울음 견디기 어렵고,
거기다 구름낀 산을 나그네로 가야 한다네.
함곡관 나무는 추워진다고 재촉하는 듯,
都城의 다듬이 소리는 밤에 더 많아지리라.
長安을 놀기 좋은 곳이라 생각하지 말고,
공연히 쉽게 세월을 허송해서는 안 되리.

| 註釋 | ○ 〈送魏萬之京〉 - 〈上京하는 魏萬을 보내며〉. 魏萬은 高宗 上元 初(674)에 進士 급제했다. 후에 王屋山에 은거하며 '王屋山人'이라 自號했다. 李白과 시를 주고받았다.

○ 朝聞遊子唱離歌 - 遊子는 나그네. 여기서는 魏萬. 唱離歌는 이별가를 부르다. 떠난다는 소식을 알리다.

○ 昨夜微霜初渡河 - 微霜(미상)은 살짝 내린 서리. 初渡河는 황

하 이남에는 처음으로 서리가 내렸다는 뜻.

○ 鴻鴈不堪愁裏聽 – 不堪(불감)은 견디지 못하다.

○ 雲山況是客中過 – 況은 하물며 황. 더군다나.

○ 關城樹色催寒近 – 關城(관성)은 函谷關(함곡관). 樹色(수색)은 잎이 다 진 나무. '曙色' 으로 된 판본도 있다. 催는 재촉할 최.

○ 御苑砧聲向晚多 – 御苑(어원)은 제왕의 궁궐. 京城, 長安. 砧은 다듬잇돌 침. 다듬이질 하는 소리는 겨울옷을 준비하는 소리이다.

○ 莫見長安行樂處 – 莫見은 보지 말라. '莫是' 로 된 판본도 있다.

○ 空令歲月易蹉跎 – 空令(공령)은 공연히 ~ 하지 말라. 易는 쉬울 이. 蹉는 넘어질 차. 때를 놓치다. 跎는 헛디딜 타. 蹉跎(차타)는 시간을 허송하다.

| 詩意 | 友人의 上京을 염려해주는 시인의 마음이 전편에 가득하다.

1句에서는 제목에 대한 보충설명처럼 우인의 출발 소식을 들었고, 2구에서는 서리가 내린 것을 보았다. 수련은 이별의 계절이 늦가을임을 묘사하였다.

3구에서는 鴻雁(홍안, 기러기)의 소리와 4구의 雪山은 友人의 나그네 길에서 듣고 보는 것이다. 이 頷聯(함련)은 旅情의 밑그림이라 할 수 있다.

5구는 여행 중에 낙엽이 진 나무를 바라볼 것이고, 6구는 다듬이질 소리를 들을 것이다. 이 頸聯(경련)에서는 長安에 도착할 쯤에는 초겨울이 될 것이라며 우인을 염려해주고 있다. 이처럼 1구에서 6구까지는 출발지에서 경유지, 다음의 목적지에서의 보고 듣는 것을 순차적으로 묘사하였다.

그리고 尾聯에서는 진심으로 우정 어린 충고를 하고 있다. 행락에 빠지지 말 것, 그리고 세월을 허송하지 말라는 충고를 하였다. 이러한 충고를 하고 또 받아들일 정도로 우정은 깊다는 것을 알 수 있다.

送劉昱(송유욱)

八月寒葦花，秋江浪頭白.
北風吹五兩，誰是潯陽客.
鸕鷀山頭微雨晴，揚州郭裏暮潮生.
行人夜宿金陵渚，試聽沙邊有鴈聲.

유욱을 전송하다

八月에 갈대꽃이 스산하고,
가을날 강물에는 파도가 희다.
북풍은 바람개비를 돌리는데,
潯陽(심양)에 갈 나그네는 누구인가?
鸕鷀山(노자산)에 내린 가랑비 그치고,
揚州의 성곽에 저녁 조수가 들어온다.
行人은 金陵의 강가에 야숙하면서,
모래밭 나르는 기러기 소리 들으리라.

| **註釋** | ○ 北風吹五兩 – 五兩(오량)은 바람의 세기를 측정하는 기구.

○ 潯陽(심양)은, 今 江西省 북부 九江市.

○ 行人夜宿金陵渚 – 金陵은, 今 江蘇省 南京市. 渚는 물가 저. 강가 마을이나 성읍.

| **詩意** | 5언과 7언을 혼용하였고, 對偶(대우)를 활용하며 담담한 이별의 정을 묘사하였다.

古從軍行(고종군행)

白日登山望烽火，黃昏飮馬傍交河.
行人刁斗風沙暗，公主琵琶幽怨多.
野雲萬里無城郭，雨雪紛紛連大漠.
胡鴈哀鳴夜夜飛，胡兒眼淚雙雙落.
聞道玉門猶被遮，應將性命逐輕車.
年年戰骨埋荒外，空見蒲桃入漢家.

옛 從軍의 노래를 따라짓다

대낮에 산에 올라 멀리 봉화를 지키고,
황혼에 交河 가까이서 말에 물을 먹인다.
수비병 조두 소리에 모래 바람이 어둑하고,
공주의 비파 가락에 슬픔이 서려 있도다.
평원에 멀리 깔린 구름에 성곽은 뵈지 않고,
백설이 펄펄 날려 드넓은 사막을 뒤덮었다.
황야에 기러기 슬피 울며 밤마다 날아오면,
호인의 아이도 눈엔 눈물이 줄줄 흐른다.
옥문관 이미 막아버렸다는 소리 들리니,
곧이어 목숨 걸고 戰車를 따라 뛰어야 한다.
해마다 전사한 백골은 황야에 묻히는데,
실없이 포도는 漢나라 황궁에 바쳐진다.

| 註釋 | ○ 〈古從軍行〉 – '옛 從軍의 노래' 從軍行은 군역에 동원된 백성의 아픔을 노래한 악부시로 西晉 代에 이 악부가 지어졌다고 한다. 작자 李頎(이기)는 옛 제목을 그대로 따서 지었기에 〈古從軍行〉이라 했다. '옛날 漢代 종군한 사람의 노래' 라는 의미.

○ 黃昏飮馬傍交河 – 傍은 곁 방. 交河(교하)는 地名. 唐代의 縣 이름. 交河의 故城은 新疆 吐魯番(투루판)市 西쪽 약 11km에 남아 있는데, 세계 最大, 最古의 土城이며 거주지 유적이다. 기원전 2세에 漢에서 처음 축조한 이후 14세기까지 존속한 도시이다.

○ 行人刁斗風沙暗 – 行人은 出征한 사람. 兵卒. 刁斗(조두)는 조두를 치는 소리. 경보음. 風沙暗은 모래 바람에 날이 어둑하다.

○ 公主琵琶幽怨多 – 公主는 烏孫公主(오손), 漢 武帝 때 이민족 오손에 시집보낸 공주. 幽怨(유원)은 말 못할 사연. 말로 다 못하는 그리움.

○ 野雲萬里無城郭 – 野雲(야운)은 막막한 초원에 내려앉은 구름. 城郭(성곽)은 城外의 방어용 시설. 外城. 外廓(외곽)은 성 밖 주변의 땅.

○ 雨雪紛紛連大漠 – 雨는 비나 눈이 내리다. 雨雪은 下雪.

○ 聞道玉門猶被遮 – 聞道는 ~라 하는 말을 들었다. 玉門은 玉門關(옥문관), 敦煌(돈황) 서쪽의 관문. 서역으로 통하는 교통 요로. 遮는 막을 차. 被遮(피차)는 막아버렸다. 여기서는 서역의 다른 지역이 함락되었다는 소식이 왔으니, 이곳도 곧 전투가 벌어질 것이라는 걱정과 불안을 옛일처럼 서술했다. 漢 武帝는 흉노를 치고 있는 李廣(이광) 장군의 분전을 독려하기 위해 옥문관을 닫고 漢軍의 歸城을 막았었다.

○ 應將性命逐輕車 – 應은 으레, 응당. 將性命(장성명)은 목숨을 걸고. 將은 ~으로. 性命은 生命과 同. 逐은 좇을 축. 뒤따라가다. 輕車는 경무장한 戰車. 여기서 輕車는 漢의 輕車將軍 李廣(이광)을 지칭.

○ 年年戰骨埋荒外 – 戰骨은 戰場에서 죽은 시신. 埋는 묻을 매. 묻히다. 荒外는 먼 황야.

○ 空見蒲桃入漢家 – 蒲桃(포도)는 葡萄(포도)와 같다. 서역에서 중국에 전해졌다. 서역에서는 이를 漢과 唐에 조공품으로 바쳤다. 漢家 – 漢나라 황실.

| 詩意 | 漢 武帝는 名馬를 얻어 북쪽의 흉노족에 대비하려고 서역 개척에 힘을 기울였다. 그러나 漢 이후 서역을 확보하기 위해서는 전쟁을 계속해야만 하였다. 唐 태종 때에는 강대해진 국력을 바탕으로 서역의 여러 부족을 제어할 수 있었지만 경계와 군비 확충은 언제나 필요했다. 결국 漢族과 중국 본토의 안전 유지를 위한 征戍(정수)이지만 그 고통은 평민의 몫이었다.

4句까지 1단은 병사들의 향수와 고뇌를 서술했고, 8구까지는 황량한 대지 위에 펼쳐지는 대립은 胡人들에게도 고통이라는 사실을 묘사했다. 이어 3단에서는 전쟁의 참혹을 황야에 묻히는 백골로 형상화하면서 그런 슬픔을 모르고 포도를 즐기는 귀족생활의 아이러니로 마지막 구절을 꾸몄다.

이 樂府詩는 反戰 사상이 그 주제라 할 수 있다. 어느 제왕이든 재위 중에 특별한 공을 세우고 싶어 하지만 공을 세우기가 쉬운 일은 절대로 아니며 그 고통은 언제나 백성들의 몫이다. 또한 이민족이라 하여 그들도 마찬가지 고통을 당한다.

'胡雁哀鳴夜夜飛, 胡兒眼淚雙雙落.' 라 하였으니, 胡兒가 흘리는 눈물은 누가 닦아 주어야 하는가? 일어난 전쟁에 대한 반대가 아니라 전쟁이 없는 평화공존 – '非戰' 은 참으로 어려운 일이다.

送陳章甫(송진장보)

四月南風大麥黃, 棗花未落桐葉長.
青山朝別暮還見, 嘶馬出門思舊鄉.
陳侯立身何坦蕩, 虯鬚虎眉仍大顙.
腹中貯書一萬卷, 不肯低頭在草莽.
東門酤酒飮我曹, 心輕萬事皆鴻毛.
醉臥不知白日暮, 有時空望孤雲高.
長河浪頭連天黑, 津吏停舟渡不得.
鄭國遊人未及家, 洛陽行子空歎息.
聞道故林相識多, 罷官昨日今如何.

진장보를 전송하며

四月의 남풍에 보리는 누렇게 익었고,
대추꽃 지지 않았으나 오동잎은 다 커졌다.
아침에 青山을 지났고 저녁에 돌아와 보면서,
우는 말 타고서 성문을 나서며 고향을 그린다.
진장보 인품은 어찌 그리 넓고 대범하던가!
虯龍의 수염에 호랑이 눈썹 그리고 넓은 이마.
뱃속엔 일만권 서책이 들어있는 듯하니,
고개를 숙이고 초야에 묻히려 하지 않았다.
東門서 술을 사 우리에게 마시게 하며,

마음을 비웠고 만사를 홍모처럼 생각했다.
술취해 누워서 白日이 지는 줄 모르고,
때로는 망연히 孤雲을 바라다 보았다.
長河에 파도 일고 하늘에 먹구름이 가득하니,
나루터 관리가 배를 잡아 건너지 못하게 한다.
鄭國서 벼슬하던 그대, 집에 아니 도착했으려니,
낙양의 나그네는 공연한 탄식을 하고 있다.
듣자니 고향에 그대의 知人이 많다하니,
어제는 벼슬을 버렸고, 오늘은 어떠신가요?

| 註釋 | ㅇ 〈送陳章甫〉 - 〈진장보를 전송하며〉. 陳章甫는 江陵 사람으로, 開元 進士로 한동안 관직을 역임했다고 한다. 이 시에서 보면 뜻이 맞지 않아 벼슬에서 물러나 고향으로 돌아갔음을 알 수 있다. 사람 됨됨이가 호탕하여 小節에 구애 받지 않았고, 관직에 연연하지 않았으며, 우정을 귀히 여긴 丈夫였다고 느껴진다.

ㅇ 四月南風大麥黃 - 黃은 보리가 익다. 영글어 누렇게 되다. 우리나라에서도 보리는 남쪽에서부터 익는다고 했다.

ㅇ 棗花未落桐葉長 - 棗는 대추나무 조. 대추나무는 가장 늦게 잎이 나오는 데 초여름에 희고 노란 꽃이 핀다.

ㅇ 嘶馬出門思舊鄉 - 嘶는 말이 울 시.

ㅇ 陳侯立身何坦蕩 - 陳侯는 陳章甫를 높여 侯(작위 후)라고 했다. 원래는 후작이나 제후의 뜻이다. 立身은 처세하는 태도, 立身出世의 뜻이 아니고 人品이나 風度의 뜻이다. 何는 어찌 이 정

도로. 坦은 평평할 탄. 蕩은 넓을 탕. 《論語 述而(술이)》에 '子曰 君子坦蕩蕩 小人長戚戚.' 이란 말이 있다. 坦은 평탄하다. 蕩蕩(탕탕)은 마음이 관대하고 器量이 넓다는 뜻.

○ 虯鬚虎眉仍大顙 – 虯는 규룡 규. 뿔이 있는 용. 뿔 없는 용을 螭(이)라고도 한다. 鬚는 수염 수. 虯鬚(규수)는 용의 수염. 虎眉(호미)는 호랑이 눈썹. 仍은 말미암을 잉. 거듭, 아울러. 顙은 이마 상.

○ 腹中貯書一萬卷 – 貯는 쌓을 저. 腹中에 책을 저장하고 있다. 학식이 많다.

○ 不肯低頭在草莽 – 不肯은 ~하려 하지 않다. 低頭(저두)는 남에게 고개를 숙이다. 莽은 풀 우거질 망. 在草莽(재초망)은 在野하다.

○ 東門酤酒飮我曹 – 酤는 술 살 고. 沽(살 고)와 同. 飮은 ~을 마시게 하다. 曹는 무리 조. 관아.

○ 心輕萬事皆鴻毛 – 心輕은 物慾이 없다. 萬事는 속세의 名利. 名利를 얻기 위한 잡스런 행동. 鴻毛(홍모)는 기러기 털. 아주 가벼운 물건. 가치가 없는 일.

○ 醉臥不知白日暮 – 醉臥(취와)는 취해 눕다. 暮는 날 저물 모.

○ 有時空望孤雲高 – 有時는 이따금, 때로는. 空은 부질없이. 空望은 망연히 바라보다.

○ 長河浪頭連天黑 – 長河(장하)는 큰 강. 黃河. 浪頭는 파도. 頭는 명사의 뒤에 붙는 虛辭로 쓰인다. 木頭는 나무 꼭대기가 아닌 나무란 뜻. 石頭는 돌. 頭가 동사나 형용사 뒤에 붙으면 명사가 된다. 看頭는 볼만한 가치. 苦頭는 고생. 北頭는 북쪽. 連天黑

은 온 하늘에 검은 구름이 끼여 있다.

○ 津吏停舟渡不得 – 津吏는 나루터를 감시하는 사람. 津口(나루터)라고 된 판본도 있다. 渡不得은 건너지 못하다.

○ 鄭國遊人未及家 – 鄭國遊人(정국유인) – 진씨를 말한다. 鄭(하남성의 지명) 땅에서 벼슬하던 사람. 遊人은 나그네. 未及家 – 아직도 고향집에 도착하지 못하다.

○ 洛陽行子空歎息 – 洛陽行子는 낙양에 있는 나그네, 즉 이 시의 작자, 이기(李頎).

○ 聞道故林相識多 – 聞道는 ~라 하는 말을 들었다. 故林은 故鄕.

○ 罷官昨日今如何 – 今如何는 지금의 감회는 어떠한가?

| 詩意 | 이 시는 내용상으로 전체를 크게 3단으로 나눌 수 있다. 1, 2聯은 이별하는 정경을 그렸다. 3~6연에서 작가는 진장보의 대범한 인품을 여러 각도에서 힘찬 필치로 그렸다. 용모가 호걸로 생겼으며, 학식이 많으면서 속세의 名利를 경시하는 고결한 지조를 지닌 탁월한 사나이로 그렸다. 이따금 호탕하게 술 마시고 공허한 마음으로 하늘의 구름을 쳐다보던 사나이다. 어디로 보나 '머리 숙이고 초야에 묻히기에는 아까운 사나이' 라고 아쉬워하기도 했다.

끝으로 7~9聯에서는 뱃길이 막혀 지체하는 그를 걱정하는 심정을 그렸다. 여러 각도에서 자상하게 쓴 훌륭한 이별시다.

琴歌(금가)

主人有酒歡今夕, 請奏鳴琴廣陵客.
月照城頭烏半飛, 霜凄萬樹風入衣.
銅鑪華燭燭增輝, 初彈淥水後楚妃.
一聲已動物皆靜, 四座無言星欲稀.
清淮奉使千餘里, 敢告雲山從此始.

거문고 노래

주인이 술을 차렸으니 오늘 밤을 즐기노라,
廣陵客을 청해 거문고 연주를 부탁하였다.
달빛이 城에 비치니 까마귀들이 살짝 날고,
서리가 내리니 숲이 소슬하고 찬바람이 스민다.
향로에 향 피우고 촛불은 환히 빛을 내는데,
처음에 淥水(녹수)를 뒤에 楚妃 곡을 연주한다.
한 가락을 마치니 주위 모두 조용하고,
온 자리에 말이 없고 별도 드물도다.
맑은 淮水에서 벼슬하는 천여 리 밖 이곳,
감히 벼슬놓고 은거생각 여기에서 시작했다.

| 註釋 | ㅇ 〈琴歌〉 - 〈거문고의 노래〉. 歌는 악기의 반주가 있고 또 악곡에 맞는 노래가 歌이니, 곧 '노래로 부를 수 있는 詩文' 이고,

曲調가 없이 부르는 노래를 謠(요)라 한다. 그렇다면 우리가 흔히 쓰는 歌謠(가요)의 뜻이 명확해진다.

樂府詩로서 歌는 본래 '放情하고 長言하되 雜된 악부시'로 〈蒿里歌(효리가)〉와 〈薤露歌(해로가)〉 등이 있다.

- 主人有酒歡今夕 – 主人은 李頎(이기) 자신, 손님을 청하고 술잔치를 마련했다.
- 請奏鳴琴廣陵客 – 奏는 아뢸 주. 鳴은 울 명. 鳴琴은 거문고. 廣陵客(광릉객)은 廣陵의 나그네. 광릉은 지금의 江蘇省 남부 揚州市. 죽림칠현의 한 사람인 嵇康(혜강)이 〈廣陵散〉이라는 곡을 잘 연주했기에 거문고를 잘 타는 사람을 광릉객이라 했다.
- 月照城頭烏半飛 – 烏半飛(오반비)는 까마귀가 잠시 날다. 曹操의 〈短歌行〉에 '月明星稀 烏鵲南飛'란 구절이 있다.
- 霜凄萬木風入衣 – 凄는 쓸쓸할 처. 차갑다. 霜凄萬木은 서리가 내리니 잎 떨어진 모든 나무가 처량하게 보인다.
- 銅鑪華燭燭增輝 – 鑪는 화로 노(로). 銅鑪(동로)는 香爐. 華燭 – 촛불. 輝는 빛이 밝다.
- 初彈淥水後楚妃 – 淥은 물이 맑아질 녹(록). 淥水는 琴曲名. 楚妃 – 琴曲名.
- 一聲已動物皆靜 – 一聲已動(일성이동)은 거문고 한 곡 연주가 끝나자 ~.
- 四座無言星欲稀 – 四座無言은 滿座의 사람들이 말이 없다. 星欲稀(성욕희)는 별도 빛을 잃고 희미해지는 듯하다.
- 清淮奉使千餘里 – 清淮(청회)는 맑은 淮水. 奉使(봉사)는 조정의 명을 받아 근무하다. 작자 李頎는 하남성 新鄕縣 縣尉 벼슬

에 있었다. 千餘里는 자기 고향에서 천여 리 떨어진 곳. 李頎는 四川省 출신.

○ 敢告雲山從此始 – 告는 告歸, 辭官하다. 雲山은 구름이 덮인 산. 은거지.

| 詩意 | 당시 작자 이기는, 今 河南省 新鄕縣의 지방관으로 있었다. 신향현은 淮水(회수)와 가까운 곳이다. 그는 달 밝은 밤에 술자리를 마련하고 거문고의 명수를 초청해서 연주케 했으며, 거문고 소리에 감동되어 벼슬을 물리고 고향으로 돌아가리라 생각했다는 시다. 廣陵客은 거문고를 잘 타는 사람이다.

광릉은 今 江蘇省 揚州市다. 그러므로 '광릉객'을 '양주에서 온 길손'으로 풀이할 수도 있다. 그러나 여기서 말하는 '광릉객'은 거문고의 곡명 '광릉산곡(廣陵散曲)을 잘 타는 사람'의 뜻이다. '광릉산곡'은 嵇康(혜강)이 형을 받고 죽기 전에 마지막으로 연주한 곡이다.

聽安萬善吹觱篥歌(청안만선취필율가)

南山截竹爲觱篥, 此樂本自龜茲出.
流傳漢地曲轉奇, 涼州胡人爲我吹.
傍鄰聞者多歎息, 遠客思鄕皆淚垂.
世人解聽不解賞, 長飆風中自來往.
枯桑老柏寒颼飅, 九雛鳴鳳亂啾啾.
龍吟虎嘯一時發, 萬籟百泉相與秋.
忽然更作漁陽摻, 黃雲蕭條白日暗.
變調如聞楊柳春, 上林繁花照眼新.
歲夜高堂列明燭, 美酒一杯聲一曲.

안만선이 부는 피리소리를 들으며

남산의 대를 잘라 필율을 만드는데,
필율의 악곡은 본래 구자에서 시작되었다.
漢땅에 전해져 더욱 기묘하게 좋아진 악곡을
涼州의 胡人이 우릴 위하여 연주한다.
곁에서 듣는 사람 모두가 감탄하는데,
멀리서 온 나그네 고향 그려 눈물흘린다.
世人은 들어도 玩賞(완상)하지 못하고,
가락은 회오리 바람속에 절로 오가는 듯하다.
고사한 뽕과 큰 잣나무에 부는 찬바람 소리 같고,

봉황의 여러 새끼들 어지러이 울어대는 듯하다.

龍虎의 울음과 포효가 한꺼번에 들리는 듯,

온누리 소리와 물소리가 함께 숙연해졌다가,

홀연히 다시 일어나는 어양참의 북소리 마냥,

黃雲도 외롭게 뜨고 白日도 빛이 죽는다.

곡조를 바꾸어 봄날 버들곡이 들리는 듯하더니,

上林苑 모든 꽃이 눈앞에 어른거린 듯하다.

섣달의 그믐밤 좋은 자리 촛불 환히 줄지었고,

좋은술 한 잔에 또 한 가락 울려온다.

| 註釋 | ○ 〈聽安萬善吹觱篥歌〉 - 安萬善이 부는 피리 소리를 듣고 쓴 七言古詩. 안만선은 本 詩에서 涼州의 胡人이라 말했는데, 나머지는 알 수 없다. 觱은 필율 필. 서역지방 피리의 일종, 일명 悲篥(비율). 篥은 대나무 이름 율(률). 피리. 필율은 西域(서역)의 竹管樂器로 대나무로 만드는데 가로(橫)로 불며 소리 구멍이 9개 있다. 그 소리 중 특히 角音이 비창하고 애절하다. 호인들은 이 피리를 불어 중국의 말(馬)들을 놀라게 한다는 기록도 있다.

○ 南山截竹爲觱篥 - 南山은 장안 남쪽에 있는 終南山. 截은 끊을 절. 잘라내다.

○ 此樂本自龜玆出 - 樂은 악기. 樂曲. 樂音. 龜는 거북 구. 玆는 이에 자, 검을 자. 龜玆(구자) - 기원 前 272 - 14세기에 걸쳐 존속한 나라. 중국과는 前漢 말기부터 교역과 왕래가 있었다. 丘慈, 歸玆 등으로도 표기된다. 648년 唐은 이곳에 安西大都護

府를 두었었다. 지금의 新疆(신강) 위구르자치구 중서부 타클라마칸 사막 북쪽의 庫車縣(고차현) 일대.

○ 流傳漢地曲轉奇 – 流傳은 흘러들어오다. 漢地는 漢族의 땅. 중국. 轉은 구를 전. 점차로 변하여. 曲轉奇(곡전기)는 그 악곡이 더욱 기이하게 되었다.

○ 涼州胡人爲我吹 – 涼州(양주)는, 今 甘肅省과 寧夏回族自治區 전역, 青海省 동북부, 新疆省 동남부 지역. 胡人(호인)은 胡族, 즉 安萬善.

○ 傍隣聞者多歎息 – 傍은 곁 방. 옆에서. 隣은 이웃 린. 傍隣聞者(방린문자)는 옆에서 같이 듣는 사람.

○ 遠客思鄕皆淚垂 – 遠客은 遠地서 온 客人. 淚垂(누수)는 눈물을 흘리다.

○ 世人解聽不解賞 – 解는 能, 會(할 줄 안다)와 같은 뜻. 解聽은 들을 줄은 알아도.

○ 長飇風中自來往 – 飇는 폭풍 표. 회오리바람. 狂風. 自來往 – 절로 왔다 갔다 하다.

○ 枯桑老栢寒颼飀 –颼는 바람소리 수. 飀는 바람소리 류(유). 颼飀(수류) –솔솔 부는 바람소리, 혹은 세차게 부는 바람소리로 풀기도 한다.

○ 九雛鳴鳳亂啾啾 –九는 數 중에서 가장 큰 수. 전체, 많다는 의미. 雛는 병아리 추. 鳥類의 어린 새끼. 鳴鳳(명봉)은 울어대는 봉황. 九雛鳴鳳(구추명봉)은 많은 새끼 봉황새가 우는 듯하다. 啾는 소리 추. 시끄러운 소리. 亂啾啾(난추추) –피리소리가 흡사 새 새끼들이 흩어졌다 모였다 하면서 짹짹거리는 소리 같다.

○ 龍吟虎嘯一時發 –嘯는 휘파람 불 소. 여기서는 으르렁대다. 龍吟虎嘯(용음호소)는 용이 울고 호랑이가 울부짖는 듯하다.

○ 萬籟百泉相與秋 –籟는 세 구멍의 퉁소 뇌(뢰). 소리, 울림. 萬籟(만뢰)는 자연 만물이 내는 소리, 음향. 相은 모양. 형상. 相與秋는 (萬籟와 百泉이) 가을이 된 모양이다. 秋는 愁也. 숙연하고 조용하다.

○ 忽然更作漁陽摻 –摻은 잡을 삼. 움켜잡다. 북을 칠 참. 漁陽摻(어양참) – 북(鼓)의 樂曲. 북으로 연주하는 악곡명. 曹操는 자신에게 저항하는 文臣인 禰衡(예형)을 죽일 수 없어 예형이 북을 잘 친다는 말을 듣고 鼓史(고사)로 삼아 예형에게 북을 치는 일을 맡긴다. 그 예형이 북으로 연주한 독특한 鼓曲(고곡)을 漁陽摻撾(어양참과)라 한다. 《三國演義》에 예형이 알몸으로 북을 쳐 조조를 조롱하는 장면이 있다.

○ 黃雲蕭條白日暗 –蕭는 쓸쓸할 소. 蕭條(소조)는 쓸쓸하고 한적한 모양, 초목이 말라 시드는 모양.

○ 變調如聞楊柳春 –楊柳春(양류춘)은 〈折楊柳(절양류)〉라고도 하는 악곡의 이름. 봄철의 이별가.

○ 上林繁花照眼新 –上林은 上林苑(상림원), 황제의 놀이터, 秦나라 때의 옛 정원을 漢 武帝가 확장했다. 당시 장안의 서쪽에 있었다. 황제가 놀이하거나 사냥을 하는 莊園이다. 繁은 많을 번. 照眼新(조안신)은 눈부시도록 산뜻하게 보인다.

○ 歲夜高堂列明燭 –歲夜는 除夕. 섣달그믐 밤.

| 詩意 | 귀에 울리는 신통한 음악소리를 실감나고 생동감 넘치는 시

각적인 漢詩로 읊었다.

신비한 청각적 음악의 감동을 시각적 문자를 통해 신통하게 전달한 李頎(이기)의 문장력이나 표현력은 入神의 경지에 도달했다.

이 七言古詩는 전체를 3단으로 나눌 수 있다. 1~3聯은 안만선의 피리 연주 가락을 설명했다. 두 번째 단은 4~8련이며, 시의 핵심부로 자유자재로 변화하는 피리소리를 여러 가지로 신통하게 그려냈다. 끝으로 9련은 피리를 들은 날이 바로 섣달 그믐날 밤의 자리였음을 명기했다. 漢文과 漢詩가 아니고서는 이러한 예술미와 감동을 전할 수 없을 것이다.

聽董大彈胡笳聲兼寄語弄房給事
(청동대탄호가성겸기어농방급사)

蔡女昔造胡笳聲, 一彈一十有八拍.
胡人落淚沾邊草, 漢使斷腸對歸客.
古戍蒼蒼烽火寒, 大荒沈沈飛雪白.
先拂商絃後角羽, 四郊秋葉驚摵摵.
董夫子, 通神明, 深山竊聽來妖精.
言遲更速皆應手, 將往復旋如有情.
空山百鳥散還合, 萬里浮雲陰且晴.
嘶酸雛鴈失羣夜, 斷絶胡兒戀母聲.
川爲淨其波, 鳥亦罷其鳴.
烏孫部落家鄉遠, 邏娑沙塵哀怨生.
幽音變調忽飄灑, 長風吹林雨墮瓦.
迸泉颯颯飛木末, 野鹿呦呦走堂下.
長安城連東掖垣, 鳳凰池對青瑣門.
高才脫略名與利, 日夕望君抱琴至.

董大의 胡笳聲을 들으며 房給事에게 농담을 하다

蔡氏女가 전에 胡笳曲을 지었는데,
한곡조가 열에 여덟 박자라 하였다.

호인들의 눈물이 초원에 떨어졌고,
漢사신은 애끓듯 돌아가는 사람을 보냈네.
낡은 수루 꺼무레하고 봉화대는 으스스한데,
거친 사막 침침한 벌판에 白雪이 날린다.
먼저 商絃으로 조이고 角聲과 羽聲을 타니,
사방 단풍잎이 떨어져 바삭대는 것 같다.
董氏 夫子는 神明에 통했으니,
깊은 松林의 요괴 精靈이 몰래 와서 듣는다.
느렸다 빨랐다가 모두가 손을 따라오니,
가다가 다시 돌아오며 정을 안은 듯하다.
空山의 온갖 새가 흩어지고 모이는 듯,
萬里를 덮은 구름 흐렸다가 다시 개는 듯.
기러기 새끼 무리 잃고 슬피 우는 밤에,
홀로된 胡人 아이가 어미 그리며 우는구나.
강물은 물결을 잠재우고,
새들도 울기를 멈추었다.
烏孫(오손) 마을에서 고향은 멀기만 한데,
邏娑(라싸) 모래먼지 속에도 슬픈 원망이어라.
그윽한 변조로 가다가 갑자기 가볍고 상쾌하더니,
큰바람 수풀을 때리고 빗방울이 기와에 떨어진다.
솟아난 샘물이 소리내 흐르고 나뭇가지 흔들리면,
野鹿이 울면서 집 안으로 달려온다.

長安城은 동액원으로 이어지고,

鳳凰池와 청쇄문은 마주 보고 있도다.

뛰어난 재주에 명예와 이욕도 벗어났으니,

日夕으로 그대 거문고 안고 오길 기다린다오.

| 註釋 | ○ 〈聽董大彈胡笳聲兼寄語弄房給事〉 - 〈董大의 胡笳 연주 소리를 들으며 房給事에게 농담을 하다.〉 董은 바로잡을 동. 성씨. 董大는 동씨 형제 중 맏이. 姓이 동(董), 이름은 정란(庭蘭). 彈은 연주하다. 笳는 피리 가. 胡笳(호가)는 호인들이 갈대 잎을 말아 부는 피리. 木管으로 만든 구멍 3개의 피리. 兼은 겸할 겸. 弄은 희롱할 농. 房給事는 房琯(방관, 696 - 76). 給事中은 재상급 직위.

○ 蔡女昔造胡笳聲 - 蔡女(채녀) 後漢 말기의 유명한 학자 蔡邕(채옹)의 딸인 蔡琰(채염). 자는 文姬다. 학식이 높고 음악에 정통했다. 전란에 휩쓸려 匈奴(흉노)에게 잡혀 胡地에 끌려가, 강제로 胡王의 시중을 들고, 두 아들까지 낳았다. 그런 지 12년 후에 曹操(조조)가 그녀를 재물을 주고 돌아오게 하여 董祀(동사)란 사람에게 改嫁케 했다.

昔은 옛 석. 옛날에. 胡笳聲(호가성) 채염이 자기의 기구한 생애를 엮어 悲憤詩(비분시)' 를 지었으며(後漢書에 수록), 그중 하나가 楚辭體(초사체)로 된 琴曲이며, 이를 '胡笳十八拍(호가십팔박)' 이라고 했다. 이 곡을 동대가 거문고로 연주한 것이다. 한편 '호가십팔박' 의 작자는 채염이 아니고, 다른 사람이라는 설도 있다.

채염의 부친 蔡邕(채옹)은 後漢 말 才學을 겸비한 명사였다. 靈帝에게 수차 바른 상소를 올렸지만 환관의 질시를 받아 변방으로 강제 이주되었다가 다시 강남 일대에서 12년을 숨어살아야 했다. 나중에 董卓(동탁)의 인정을 받았지만 동탁이 피살된 뒤 옥사했다. 채옹은 음악적 재능이 뛰어난 천재였다.《後漢書 馬融蔡邕列傳》에 立傳.

○ 一彈一十有八拍 – 一彈은 一曲. 胡笳(호가)는 원래 胡人들의 笛曲(적곡)이었다. 이를 채염이 琴曲(금곡)으로 개조했으며, 동대가 거문고로 연주했다. 그래서 탄(彈 – 줄을 퉁기다, 탄다)이라고 했다.

○ 胡人落淚沾邊草 – 淚는 눈물 루. 沾은 더할 첨. 적시다. 沾邊草는 변경의 풀을 적셨을 것이다.

○ 漢使斷腸對歸客 – 漢使는 漢나라의 사신. 斷腸對歸客(단장대귀객)은 창자가 끊어질 듯한 심정으로 漢나라로 돌아가는 사람을 대했으리라. 이에 대해서도 설이 많다. 漢使는 채염을 贖回(속회)하려고 온 漢나라 사신이고, 歸客(귀객)은 '풀려서 한나라로 돌아갈 채염'으로 볼 수도 있다. 한편 漢使(한사)를 오랑캐 땅에 묶여 있는 李陵(이릉)이고, 歸客을 한나라로 돌아가는 蘇武(소무)라고 풀이하기도 한다. 이들은 다 胡地에서 기구한 삶을 살았으며, '호가십팔박'을 들으며 처절하게 작별했던 것이다.

○ 古戍蒼蒼烽火寒 – 古戍(고수)는 옛날부터 있는 낡은 보루, 수루(戍樓). 蒼蒼(창창)은 오래되어 꺼무칙칙하다. 寒은 찰 한. 사람에게 寒氣를 느끼게 하다. 으스스하다.

○ 大荒沈沈飛雪白 – 荒은 거칠 황. 황량한 땅. 大荒은 중국에서

멀리 떨어진 땅 끝. 해와 달이 지는 곳. 沈沈(침침)은 무거운 모양. 초목이 무성한 모양. 위의 蒼蒼과 對句. 陰沈으로 적은 책도 있다.

○ 先拂商絃後角羽 – 先拂商(선불상)은 먼저 거문고의 줄을 털고 商聲을 울린다. 後角羽(후각우)는 그 다음에 角絃(각현)과 羽絃(우현)을 울린다. 옛날에는 音階(음계)를 '宮, 商, 角, 徵(치) 羽(우)' 의 五聲으로 분류했다. 宮은 '土, 黃, 土用, 中央, 信, 慾' 을 상징한다. 商은 '金, 白, 秋, 西, 義, 怒' 를 상징한다. 角은 木, 靑, 春, 東, 仁, 喜' 를 상징한다. 徵(치)는 '火, 赤, 夏, 南, 禮, 樂' 을 상징한다. 羽는 '水, 黑, 冬, 北, 智, 哀' 를 상징한다.

○ 四郊秋葉驚摵摵 – 摵은 털어낼 색. 摵摵(색색)은 잎사귀가 바람에 날리거나 떨어지는 소리.

○ 董夫子 – 夫子는 선생, 거문고를 타는 동대.

○ 通神明 – 神明과 통하다. 높은 경지에 도달하다.

○ 深松竊聽來妖精 – 깊은 소나무 숲에서 요정들이 음악소리를 들으려고 몰래 숨어서 온다. 深松을 深山으로 쓴 책도 있다. 妖精(요정)은 妖怪의 精靈. 산귀신, 도깨비.

○ 言遲更速皆應手 – 言遲更速(언지갱속)은 거문고 소리가 천천히 울리다가 다시 빨라진다. 言은 어조사.

○ 將往復旋如有情 – 將往復旋(장왕복선)은 가려다가 다시 돌아오다.

○ 嘶酸雛雁失羣夜 – 嘶는 울 시. 嘶酸(시산)은 가슴속이 시고 쓰려서 흐느껴 울다. 雛는 병아리 추. 雁은 기러기 안. 雛雁(추안)은 어린 기러기.

○ 斷絶胡兒戀母聲(단절호아연모성) – 홀로 된 胡人의 아이가 어미를 그리며 울다. 蔡琰이 漢나라로 돌아올 때, 오랑캐 왕의 두 아들을 남겨놓고 왔다.

○ 烏孫部落家鄕遠 – 烏孫(오손)은 前漢 시절 서역에 존재한 유목민족, 그들의 나라.

○ 邏娑沙塵哀怨生 – 邏는 순행할 라. 娑는 춤출 사. 邏娑(라싸)는 吐蕃(토번) 國都의 음역. 당 태종 때 文成公主를 토번의 왕에게 시집보낸 적이 있다. 沙塵(사진)은 사막의 흙먼지.

○ 幽音變調忽飄灑 – 幽音(유음)은 그윽한 音調. 飄는 회오리바람 표. 灑는 물 뿌릴 쇄. 飄灑(표새)는 가볍고 상쾌하다.

○ 迸泉颯颯飛木末 – 迸은 솟아 나올 병. 흩어져 달아나다. 迸泉(병천)은 솟아나는 샘물. 颯은 바람소리 삽. 颯颯(삽삽)은 샘물이 흐르는 소리.

○ 野鹿呦呦走堂下 – 野鹿은 야생의 사슴. 呦는 울 유. 呦呦는 들사슴이 우는 소리.

○ 長安城連東掖垣 – 掖은 겨드랑이 액. 垣은 담 원. 掖垣(액원)은 궁궐 正殿 곁의 담. 그 앞에 中書省이 있다.

○ 鳳凰池對靑瑣門 – 鳳凰池는 궁중의 연못. 그 앞에 給事中인 房琯(방관)이 근무하는 중서성이 있다. 瑣는 자질구레할 쇄. 靑瑣門(청쇄문)은 漢 대궐의 대문. 천자의 출입문.

○ 高才脫略名與利 – 高才는 재주가 많은 房琯 脫略(탈략)은 소탈하다. 구애되지 않다. 의젓하다.

○ 日夕望君抱琴至 – 望은 기다리다. 君은 그대. 抱琴至는 거문고를 안고 오다. 風流를 즐기다.

| 詩意 | 이 七言古詩는 전체를 크게 3단으로 나눌 수 있다.

제1단(1~3聯)은 胡笳의 서글픈 내력을 기술했다. 즉 오랑캐에게 끌려가 胡王의 두 아들을 출산한 蔡文姬(채문희)가 자기의 곡절 많은 비운을 胡地에서 '悲憤詩(비분시)'로 읊었다. 그리고 그중의 하나를 胡笛(호적)의 곡조를 바탕으로 胡笳十八拍(호가십팔박)이라는 琴曲으로 개조했다. 그러므로 그 음악 속에는 채문희의 哀怨(애원)이 깊이 서려 있다.

제2단(4~12연)은 이 시의 핵심으로 거문고의 명수 董庭蘭(동정란)이 연주하는 거문고 소리를 절묘하게 묘사했다. 청각적인 음악을 시각적인 漢字를 바탕으로 한 漢詩로 생생하게 재생했다. 참으로 신통한 솜씨다. 이 시를 읽으면, 음악을 듣는 것보다 더 황홀한 경지에 들어갈 수 있다. 작자 이기는 시 속에서 董夫子의 연주가 通神明했다고 말했으나, 작자 이기의 묘사가 바로 通神明이며, 그 묘사 수법이나 표현의 的確性에서는 白居易(白樂天)의 〈琵琶行〉보다 더 높다고 하겠다.

제3단(13~14연)은 동정란을 후원해주는 재상 房琯(방관)에 대한 인사말이다. 시 제목의 '농급사(弄給事)'를 풀이하면, 재상 같은 높은 자리에 있는 방관이 정사에 보다 열중해서 안녹산의 난을 미연에 막거나 혹은 평정하지 못하고 자리에서 물러났으니, 그게 다 그가 풍류를 좋아하고 문인이나 음악인들을 애호한 때문이라고 농을 한 것이라고 풀이할 수 있다.

그러나, 제3단은 이 시의 중심이 아니고 董大(동대) 같은 '거문고의 명인'을 문객으로 둔 방관을 드러내기 위한 덤에 불과하다.

❖ 房琯(방관, 696 – 763)은 안록산 난 중에 소가 끄는 우차를 대거 동원해 안록산 군을 공격하자는 아이디어를 냈으나 장안 동쪽 陳濤斜(진도사)란 곳에서 관군 4만 명이 안록산의 반군에게 대패하여 거의 전멸하였다. 이를 역사에서는 '陳濤斜의 戰' 이라 한다. 장안 수복 후 清河郡公에 봉해졌었다. 晩年에 門客 董廷蘭의 彈琴을 들으며 풍류를 즐겼으나 董廷蘭이 뇌물을 받아먹은 것이 들통이 났기에 房琯도 이 때문에 좌천을 당한다. 이 방관은 두보가 관직에 나갈 수 있도록 추천했었다. 때문에 두보는 방관을 변호하다가 華州로 폄직된다.

《唐詩大觀》 부록

1. 唐代 帝系表

【隋 世系表(西紀 581~618)】

① 文帝(문제) —— ② 煬帝(양제) —— 元德太子(원덕태자, 昭) —— ③ 代王(대왕)
(楊堅 : 581-604) (廣 : 605-618) 早亡(조망)
〔恭帝(공제), 侑(유) : 617-618〕
越王(월왕)
〔皇泰帝(황태제), 侗(동) : 618-619〕

【唐 世系表(618~907)】

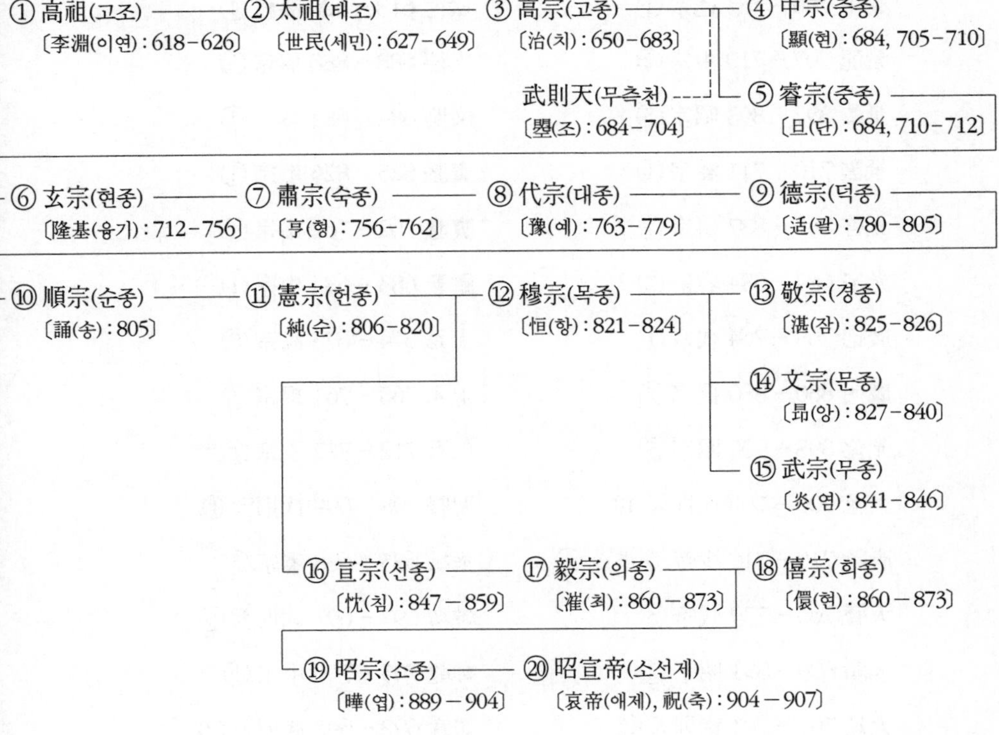

2. 唐代 年號 一覽

開成 836 – 840 文宗 ②

開耀 681 – 681 高宗 ⑫

開元 713 – 741 玄宗 ②

乾寧 894 – 897 昭宗 ④

乾封 666 – 667 高宗 ⑤

乾符 874 – 879 僖宗 ①

乾元 758 – 759 肅宗 ②

建中 780 – 783 德宗 ①

景龍 707 – 710 中宗 ②

景福 892 – 893 昭宗 ③

景雲 710 – 711 睿宗 ①

光啓 885 – 887 僖宗 ④

光宅 684 – 684 睿宗 ②

廣德 763 – 764 代宗 ①

廣明 880 – 880 僖宗 ②

光化 898 – 900 昭宗 ⑤

久視 700 – 700 武則天 ⑪

唐隆 710 – 710 少帝 李重茂 ①

大曆 766 – 779 代宗 ③

大順 890 – 891 昭宗 ②

大足 701 – 701 武則天 ⑫

大中 847 – 859 宣宗 ①

大和 827 – 835 文宗 ①

龍紀 889 – 889 昭宗 ①

龍朔 661 – 663 高宗 ③

麟德 664 – 665 高宗 ④

萬歲登封 695 – 695 武則天 ⑦

萬歲通天 696 – 696 武則天 ⑧

武德 618 – 626 高祖 ①

文德 888 – 888 僖宗 ⑤

文明 684 – 684 睿宗 ①

寶歷 825 – 826 敬宗 ①

寶應 762 – 762 肅宗 ④

嗣聖 683 – 684 中宗 ①

上元 674 – 675 高宗 ⑧

上元 760 – 761 肅宗 ③

先天 712 – 712 玄宗 ①

聖曆 698 – 699 武則天 ⑩

垂拱 685 – 688 睿宗 ③

神功 697 – 697 武則天 ⑨

神龍 705 – 706 中宗 ①

如意 692 – 692 武則天 ②

延載 694 – 696 武則天 ④

延和 712 – 712 睿宗 ③

永隆 680 – 680 高宗 ⑪

永淳 682 – 682 高宗 ⑬

永貞 805 – 805 順宗 ①

永昌 689 – 689 睿宗 ④

永泰 765 – 765 代宗 ②

永徽 650 – 655 高宗 ①

元和 806 – 820 憲宗 ①

儀鳳 676 – 678 高宗 ⑨

長慶 821 – 824 穆宗 ①

長壽 692 – 693 武則天 ③

長安 701 – 705 武則天 ⑬

載初 689 – 689 睿宗 ⑤

貞觀 626 – 649 太宗 ①

証聖 695 – 695 武則天 ⑤

貞元 785 – 805 德宗 ③

調露 679 – 679 高宗 ⑩

中和 881 – 884 僖宗 ③

至德 756 – 757 肅宗 ①

天寶 742 – 756 玄宗 ③

天复 901 – 903 昭宗 ⑥

天授 690 – 691 武則天 ①

天祐 904 – 904 昭宗 ⑦

天祐 904 – 907 哀帝 ①

天册萬歲 695 – 695 武則天 ⑥

總章 668 – 669 高宗 ⑥

太極 712 – 712 睿宗 ②

咸通 859 – 873 懿宗 ①

咸亨 670 – 673 高宗 ⑦

顯慶 656 – 660 高宗 ②

弘道 683 – 683 高宗 ⑭

會昌 841 – 846 武宗 ①

興元 784 – 784 德宗 ②

3. 唐代 詩人 年表

廟號	在位	年號	詩人 生年	詩人 卒年	詩人記事, 大事略記
高祖 李淵	618－626	武德 618			618 隋煬帝 피살. 李淵 稱帝. 622 科擧 시행. 626 玄武門의 變.
太宗 李世民	626－649	貞觀 626	626? 駱賓王 635? 盧照隣 645? 杜審言 648 蘇味道	638 虞世南 644 王績	627 上官儀 진사 급제. 643 凌烟閣 24공신 圖畵. 645 高句麗 원정 실패. 649 太宗 卒. 李治 卽位.
高宗	649－683	永徽 650 顯慶 656 龍朔 661 麟德 664 乾封 666 總章 668 咸亨 670 上元 674 儀鳳 676 調露 679 永隆 680 開耀 681 永淳 682 弘道 683	650 王勃 650 楊炯 651 劉希夷 656? 沈佺期 656? 宋之問 656 郭震 658 張旭 659 賀知章 660 張若虛 661 陳子昂 667 張說 670 蘇頲 678 張九齡	664 上官儀 670 王梵志 676 王勃 678 劉希夷	653《五經正義》반포. 655 武昭儀 立皇后. 666 泰山 封禪. 670 杜審言 進士 及第. 675 沈佺期 宋之問 劉希夷 進士 급제. 676 楊炯 급제. 678 駱賓王 入獄(679 석방). 683 高宗 졸.
中宗	683－684	嗣聖 684			
睿宗	684－689	文明 684 光宅 684 垂拱 685 永昌 689 載初 689	685 玄宗 688 王之渙 689? 孟浩然	684? 駱賓王	685 武則天, 臨朝 稱制. 686 陳子昂 從軍, 出塞. 688 武后 大殺 唐 宗室.

廟號	在位	年號	詩人 出生	詩人 死亡	詩人記事, 大事略記
武則天	690-705	天授 690 如意 692 長壽 692 延載 694 証聖 695 天册萬歲 695 萬歲登封 695 萬歲通天 696 神功 697 聖曆 698 久視 700 大足 701 長安 701	692 王維 692 綦毋潛 693 王灣 694 邱爲 696 孫逖 698 王昌齡 699 祖詠 ? 700 以前, 王維 701 李白 702 高適 ? 704 崔顥	693 楊炯 ? 695 盧照隣 ? 702 陳子昂	690 武后 改國號-周 睿宗-皇嗣라 稱. 武后 親策 殿試 劉方平(生卒 未詳) 695 賀知章 進士 급제. 696 嵩山 封禪. 697 張九齡 進士 급제. 698 大祚榮 渤海 건국. 705 中宗 복위, 武則天 졸. 국호 회복. 韋后가 국정 간여. 杜審言, 沈佺期, 宋之問 폄직.
中宗	705-710	神龍 705 景龍 707	706 高適 707 儲光羲 ? 708 常建 709 劉長卿	705 蘇味道 708 杜審言	
李重茂 (少帝)	710-	唐隆 710	710 錢起 ?		710 소제 즉위, 韋后 섭정. 이융기-殺 安樂公主. 부친 睿宗을 옹립. 710 王翰(왕한) 진사 급제, 생 졸 미상. 劉知幾《史通》修成. 712 睿宗 傳位 太子.(玄宗) 王灣 進士 급제 .
睿宗	710-712	景雲 710 太極 712 延和 712	712 杜甫	712 宋之問	

廟號	在位	年號	詩人 出生	詩人 死亡	詩人記事, 大事略記
玄宗	712－756	先天 712 開元 713 天寶 742	715 岑參 李華 716 裴迪 718 賈至 719 元結 720 司空曙 722 錢起 723 元結 725 顧況 726 嚴武 732 戴叔倫 737 韋應物 739 盧綸 743 李端 746? 李益 751 孟郊	713 郭震 714 沈佺期 720? 張若虛 727 蘇頲 730 張說 740 張九齡 740 孟浩然 742 王之渙 744 賀知章 746 祖詠 747 李適之, 張旭 749 綦毋潛 751 李頎 751 王灣 754 崔顥	713 太平公主 謀議 廢帝. 피살, 高力士 有功. 張說 封 燕國公. 714 梨園 설치,市舶司 설치. 裴迪(배적) 졸년 미상. 716 宋璟 爲相 劉眘虛(유신허) 在世. 720 李白 隱居 岷山(민산). 721 王維 진사 급제(太樂丞 부임 – 곧 폄직. 723 崔顥 進士 급제. 724 祖詠 進士 급제. 725 泰山 封禪. 726 儲光羲, 綦毋潛, 崔國輔 진사 급제. 李白 蜀을 떠나 東遊. 崔曙(최서) – 개원 26년 급제. 생졸 미상. 727 王昌齡 진사 급제. 728 李白 成婚. 孟浩然 낙방, 張九齡, 王維와 교제. 731 杜甫 漫遊 吳, 越. 732 高適 北遊 薊州. 733 張九齡 爲相. 734 王維 左拾遺에 발탁. 734 李林甫 爲相. 735 杜甫 應試 不第. 741 杜甫 成婚. 742 李白見賀知章, 稱謫仙人. 翰林供奉을 제수. 743 安祿山 入朝. 744 李白 離長安, 杜甫, 高適과 유람. 745 楊太眞 爲貴妃. 746 杜甫入長安 困居. 748 王維 輞川別墅(망천별서) 閑居. 750 錢起 進士 급제. 753 李白 金陵, 宣城을 유람. 755 안록산 반란, 陷 洛陽. 756 안록산 入 長安, 玄宗 播遷(파천), 양귀비 자살. 태자(李亨) 靈武서 즉위.

廟號	在位	年號	詩人 出生	詩人 死亡	詩人記事, 大事略記
肅宗	756-762	至德 756 乾元 758 上元 760 寶應 762	759 權德輿	755 綦毋潛 756? 王昌齡 760 儲光羲 761? 王維 762 李白 762 玄宗	757 安祿山, 아들인 安慶緖에게 피살 杜甫, 鳳翔에서 肅宗알현 王維, 일시 하옥. 758 李白 夜郎에 유배. 759 李白 사면. 杜甫 入蜀. 760 杜甫, 浣花溪에 草堂. 嚴武, 劍南節度使. 761 이백, 族叔 李陽冰에 의지. 762 숙종 卒. 代宗 즉위.
代宗	762-779	廣德 763 永泰 765 大曆 766	766 張籍 767? 張籍 767? 王建 768 韓愈 772 劉禹錫 772 白居易 772 李紳 773 柳宗元	765 常建 765 高適 766 李華 770 杜甫 770 岑參 772 元結, 賈至.	763 安史의 亂 종결. 764 杜甫 嚴武의 막료. 765 嚴武 卒. 杜甫, 離蜀. 766 杜甫 居 夔州(기주). 768 岑參 客居 成都. 769 杜甫 漂泊 湖湘 일대. 770 杜甫 卒 湘江 舟中.
德宗	779-805	建中 780 興元 784 貞元 785	779 賈島 779 元稹 779 姚合 785 張祜 790 李賀 803 杜牧	780 錢起 782 李端 786? 劉長卿 789 邱爲 789 戴叔倫 790 司空曙 792? 韋應物 798 盧綸	780 재상 楊炎, 兩稅法 시행. 780 劉長卿 隨州刺史. 785 韋應物 江州刺史. 792 韓愈 진사 급제. 793 柳宗元, 劉禹錫 진사 급제. 元稹 明經科 급제. 800 白居易 진사 급제. 803 韓愈, 柳宗元, 劉禹錫 在朝. 805 정월 德宗 졸. 順宗 즉위. 朱慶餘 生卒年 미상. 柳中庸 生卒未詳.
順宗	805-	永貞 805			805 순종 재위 8월 퇴위. 永貞 개혁 실패. 805 柳宗元, 劉禹錫 지방관으로 폄직.

廟號	在位	年號	詩人 出生	詩人 死亡	詩人記事, 大事略記
憲宗	805－820	元和 806	812 溫庭筠 812 陳陶 813 李商隱	814 孟郊 814? 顧況 816 李賀 818 權德輿 819 柳宗元 819 張仲素	806 李紳 진사 급제. 韓愈 國子監 박사. 807 白居易 翰林學士 李賀 韓愈 알현. 809 白,元,李紳 등 新樂府운동. 811 李賀 爲奉禮郎 賈島 洛陽서 韓愈 알현. 813 李賀 辭官 歸 昌谷. 815 白居易 江州司馬로 폄직. 柳宗元 柳州刺史 劉禹錫 返京 遊 玄都觀 復出 連州刺史. 818 韓愈 爲 刑部侍郎 白居易 忠州刺史. 819 韓愈 諫迎佛骨, 貶 潮州刺史. 820 宦官弑害憲宗, 穆宗 옹립.
穆宗	820－824	長慶 821	821 高駢	824 韓愈	821 白居易 中書舍人 韓愈 國子祭酒 劉禹錫 夔州(기주)자사. 822 韓愈 吏部侍郎 白居易 杭州刺史
敬宗	824－826	寶歷 825	825 鄭畋		825 白居易 蘇州刺史. 826 白居易 病免 蘇州자사. 827 白居易 爲秘書監.
文宗	826－840	大和 827 開成 836	833 羅隱 834 皮日休 836 韋莊 837 司空圖 聶夷中	829 李益 830? 張籍 830? 王建 831 元稹 834? 薛濤 835 盧仝	828 杜牧 進士 급제. 劉禹錫 重遊 長安玄都觀. 829 白居易 定居洛陽. 831 劉禹錫 蘇州刺史. 832 許渾(허혼) 進士 급제. 837 李商隱 進士 급제. 840 文宗 卒.
武宗	841－846	會昌 841	842 韓偓(한악) 846 杜荀鶴	842 劉禹錫 843 賈島 846 白居易 李紳, 姚合	841 薛逢 進士. 생졸미상. 842 白居易 致仕.
宣宗	847－859	大中	854 崔塗	852 杜牧 858? 李商隱	851 李商隱 喪妻. 859 武寧 軍亂. 宣宗 卒. 崔塗 卒年 미상.

廟號	在位	年號	詩人 出生	詩人 死亡	詩人記事, 大事略記
懿宗	859－873	咸通		860? 李群玉 866 溫庭筠 871 魚玄機	867 皮日休 進士 급제. 869 司空圖 進士 급제. 870 魏博軍亂 張喬 咸通 연간 進士. 生卒 미상.
僖宗	873－888	874 乾符 880 廣明 881 中和 885 光啓 888 文德		881? 陸龜夢 883 鄭畋(정전) 885 陳陶 887 高駢 888 方干	875 黃巢(황소의 난). 876 原州 軍亂. 879 黃巢 入廣州. 880 黃巢入長安稱帝 국호 大齊. 884 黃巢 卒. 887 鄭谷 進士 급제. 888 僖宗 病卒.
昭宗	888－904	889 龍紀 890 大順 892 景福 894 乾寧 898 光化 901 天夏(복) 904 天祐			889 韓握(한악), 吳融 진사 급제. 891 杜荀鶴 進士 급제. 901 朱溫(朱全忠) 入長安. 903 王建 爲蜀王(前蜀, ~925) 張泌(장필) 生卒 미상.
哀帝	904－907	904 天祐		904 杜荀鶴 910 韋莊	907 朱溫(朱全忠) 칭제, 後梁 건국.

〈저자 약력〉

도연 진기환(陶硯 陳起煥)

서울 대동세무고등학교장 역임

《三國演義》 원문읽기 (2020년), 《新譯 王維》 (2016년), 《唐詩絶句》 (2015년), 《唐詩逸話》 (2015년), 《唐詩三百首 (上·中·下)》 (2014년. 공역), 《金瓶梅 評說》 (2012년), 《上洞八仙傳》 (2012년), 《三國志 人物 評論》 (2010년), 《水滸傳 評說》 (2010년), 《中國人의 俗談》 (2008년), 《儒林外史》 (抄譯) 1권 (2008년), 《三國志 故事名言 三百選》 1권 (2001년), 《三國志 故事成語 辭典》 1권 (2001년), 《東遊記》 (2000년), 《聊齋誌異(요재지이)》 (1994년), 《神人》 (1994년), 《儒林外史》 (1990년)

《완역 漢書》 八表 / 十志. 5권. 近刊 예정, 《正史 三國志》 全 6권 (2019년), 《완역 後漢書》 全 10권 (2018 – 2019년), 《완역 漢書》 全 10권 (2016 – 2017년), 《十八史略》 5권 중 3권 (2013 – 2014년), 《史記人物評》 (1994년), 《史記講讀》 (1992년)

《孔子聖蹟圖》 (2020년), 《論語名言三百選》 (2018년), 《論述로 읽는 論語》 (2012년), 《중국의 神仙 이야기》 (2011년), 《아들을 아들로 키우기 / 가정교육론》 (2011년), 《三國志의 지혜》 (2009년), 《三國志에서 배우는 인생의 지혜》 (1999년), 《中國人의 土俗神과 그 神話》 (1996년)

唐詩大觀(당시대관) [1권]

초판 인쇄 2020년 9월 15일
초판 발행 2020년 9월 25일

편 역 | 진기환
발 행 자 | 김동구
디 자 인 | 이명숙 · 양철민
발 행 처 | 명문당(1923. 10. 1 창립)
주 소 | 서울시 종로구 윤보선길 61(안국동)
우체국 010579-01-000682
전 화 | 02)733-3039, 734-4798, 733-4748(영)
팩 스 | 02)734-9209
Homepage | www.myungmundang.net
E-mail | mmdbook1@hanmail.net
등 록 | 1977. 11. 19. 제1~148호

ISBN 979-11-90155-51-9 (94820)
ISBN 979-11-90155-50-2 (세트)
25,000원